LES RESSUSCITÉS

AVEC ÉRIC GIACOMETTI :

ROMANS :

Le Rituel de l'ombre, Fleuve noir, 2005.
Conjuration Casanova, Fleuve noir, 2006.
Le Frère de sang, Fleuve noir, 2007.
La Croix des assassins, Fleuve noir, 2008.
Apocalypse, Fleuve noir, 2009.
Lux Tenebrae, Fleuve noir, 2010.
Le Septième Templier, Fleuve noir, 2011.
Le Temple noir, Fleuve noir, 2012.
Le Règne des Illuminati, Fleuve noir, 2014.
L'Empire du Graal, Lattès, 2016.
Conspiration, Lattès, 2017.
Le Triomphe des ténèbres, Lattès, 2018.
La Nuit du mal, Lattès, 2019.
La Relique du chaos, Lattès, 2020.
Résurrection, Lattès, 2021.
Marcas, Lattès, 2021.
669, Lattès, 2022.
Le Royaume perdu, Lattès, 2022.
Le Graal du Diable, Lattès, 2023.
La Clef et la Croix, Lattès, 2024.
Le Livre des merveilles, Lattès, 2024.

NOUVELLE :

In nomine, Pocket, 2010.

ESSAI :

Le Symbole retrouvé : Dan Brown et le Mystère maçonnique, Fleuve noir, 2009.
Trois minutes pour comprendre les cinquante piliers de l'ésotérisme, Guy Trédaniel, 2017.

www.editions.jclattes.fr

Jacques Ravenne

LES RESSUSCITÉS

Roman

JC Lattès

Design de couverture : Studio Off.

Images de couverture : Sean Gladwell / Getty Images, German Totskyi / Alamy.
Images intérieures : Nicolas de Delamare / Catalogue BNF, Studio Off.

ISBN : 978-2-7096-7428-7

10
7
8
6
9
5
2
3
4
Tour
Hôtel
de Nesle
S.t Sulpice

Le Palais
La Bastille
Hotel St Paul
Les Celestins
PARIS
1309
1. Notre-Dame
2. Palais de la Cité
3. Charnier Saint-Séverin
4. Abbaye de Saint-Germain-des-Prés
5. L'Hôtel de Nesle
6. Le Grand Châtelet
7. Saint-Germain-l'Auxerrois
8. Château du Louvre
9. Le moulin de Bussy
10. Le cimetière des Saints-Innocents

Prologue

Paris, quartier Notre-Dame
30 mars 1309

En bord de Seine, la vaste demeure des chanoines qui officiaient à Notre-Dame était encore plongée dans la nuit. Les cuisines où s'affairaient d'ordinaire les servantes, ranimant les braises de la cheminée, signant le pain de la croix, étaient vides. Toute la domesticité dormait encore, épuisée par le long dîner de la veille. Pour fêter Pâques, les chanoines s'étaient réunis et avaient célébré la résurrection du Sauveur avec force libations. « Buvez-en tous, car ceci est mon sang » avait dit Jésus en tendant une coupe de vin, et les chanoines ne s'en étaient pas privés. Jusque tard dans la nuit, ils avaient entonné *Ave Maria* et *Deo gratias*, empêchant même le gardien de la prison de la cathédrale de dormir. Ce dernier en avait profité pour faire sa ronde. En effet, les chanoines n'étaient pas les seuls à avoir commis des excès ce soir-là : prêtres ivres d'avoir abusé du vin de Montmartre, enfants de chœur aux jeux troubles, catins en quête de clients... les cellules étaient pleines.

Le gardien les avait inspectées une à une avant de ressortir à l'air libre pour respirer la fraîcheur de la nuit. La Seine, grossie des pluies de printemps, battait les quais de ses flots sombres tandis que la lune descendait au-dessus du palais de la Cité. Le gardien se demanda s'il s'agissait du premier ou du dernier quartier, il n'arrivait jamais à les reconnaître. Il fit rouler ses chausses sur ses cuisses et s'apprêtait à vider sa vessie quand une main glacée le saisit à la nuque.

— Les clés !

De mémoire de gardien, jamais personne n'avait osé s'en prendre à la prison des chanoines. S'attaquer à Notre-Dame, c'était s'attaquer à Dieu.

— Vous êtes fous, vous allez finir sur la roue...

La pointe d'une dague vint se planter dans l'aine, juste au-dessous de son sexe qui n'en finissait pas de rétrécir. Il dénoua les clés de son trousseau.

— Pour l'amour de Dieu, ne me...

Une cavalcade de pas lui répondit, suivie du fracas d'une porte : ses assaillants étaient déjà dans la prison.

Le cliquetis inattendu de la serrure précipita les prisonniers aux barreaux. Ce n'était pourtant pas l'heure de la maigre pitance qu'on leur servait sous forme de pain rassis et d'eau croupie. Stupéfaits, ils virent deux ombres se ruer vers la cellule du fond. Celle fermée d'une porte bardée de fer. Le bruit sec d'une clé qu'on fait tourner, puis un cri, aussitôt étouffé. Terrifiés, la plupart des prisonniers se signèrent. L'un d'entre eux courait vers la mort, ou pire... Les deux ombres ressurgirent, traînant derrière elles un corps inanimé. La porte claqua à nouveau et la prison retomba dans le silence angoissé de la nuit. L'assaut et l'enlèvement n'avaient pas plus duré que le chant d'un coq. En voyant revenir ses assaillants, le gardien, qui avait réussi à remonter ses chausses, s'exclama :

— Mais pourquoi vous avez enlevé la sorcière ?

Pour seule réponse, un coup de poing le cueillit en plein visage et il s'effondra. Au lieu du contact brutal de son corps contre le sol, il eut l'impression de sentir du vin inonder ses vêtements et se demanda pourquoi.

Ce fut sa dernière pensée avant de se noyer dans la Seine.

Pâle et glacée, la lune passait juste au-dessus de Notre-Dame, éclairant l'échafaudage qui, pareil à du lierre, recouvrait toute la façade. Sa lueur livide faisait ressortir deux ombres qui se déplaçaient sur le dernier niveau de madriers, à peine séparé du vide par une corde branlante. Les silhouettes s'arrêtèrent devant une porte basse découpée dans la tour orientée au septentrion[1]. L'espace d'un instant, un nuage vint se placer devant l'astre, et lorsque celui-ci reparut, les ombres avaient disparu, engouffrées dans les entrailles de la cathédrale. Dévalant l'escalier à vis qui descendait du clocher, les nouveaux venus jaillirent dans la nef, immensément vide et silencieuse. Ils restèrent un moment immobiles pour détecter une éventuelle présence, puis l'un d'eux sortit de sous sa tunique une lampe à huile qu'il leva au-dessus de sa tête. La cathédrale était un perpétuel chantier. Des blocs de calcaire à peine dégrossis encombraient le passage, tandis que, dans une chapelle, l'éclat de la lampe dévoilait progressivement un atelier de taille de pierre. La lumière fugitive éclaira une gargouille en forme de dragon, puis un bénitier dont le marbre veiné de rose reposait sur une tête d'Asmodée.

— Nous sommes seuls ?

— Oui, Maître.

— Va chercher les autres.

L'homme au visage dissimulé qui tenait la lampe saisit un marteau abandonné près d'un bloc de pierre et se dirigea vers l'entrée de la cathédrale. La lueur qui accompagnait ses pas courut sur les murs, rebondit sur les dalles, pour finalement se fixer sur une porte étroite dont la serrure se disloqua au premier coup de masse. Enroulés dans des capes couleur de nuit, cinq hommes entrèrent. L'un d'eux portait sur son épaule un corps inerte, comme s'il venait de le détacher du gibet de Montfaucon. Arrivé devant le Maître, il le posa délicatement au sol.

1. Le Nord.

— Mets-la de face, que je la voie.

Tous contemplèrent le visage de celle qu'ils venaient de sortir de geôle. Sous la crasse charbonneuse qui dissimulait ses traits, deux yeux venaient de s'allumer. Deux yeux jaunes.

— Tu as été arrêtée dans l'enceinte de la cathédrale, ce qui signifie que tu dépends de la justice des chanoines. Les hommes de Dieu n'aiment pas les femmes qui se sont vouées au diable. Tu vas finir sur un bûcher.

Les yeux brillèrent.

— Je ne me suis pas donnée à Satan ! C'est ma belle-famille qui m'a calomniée. Ils prétendent que j'ai occis mon mari par malédictions et sortilèges.

— Pas seulement ton mari, mais aussi tes deux beaux-fils. Ils sont morts, le feu au ventre, en te maudissant.

— Je n'ai rien fait ! Je le jure !

Le Maître montra l'imposante croix derrière l'autel.

— Tu le jures devant Dieu ?

Le silence lui répondit.

— Les mires[1] ont examiné la langue, les entrailles et même la vessie de tes beaux-fils, et ils n'y ont trouvé aucune lésion ni trace de poison. Comment sont-ils morts, consumés de l'intérieur, si ce n'est par l'entremise du Très-Bas ?

Sidérée, la sorcière répéta :

— Je ne me suis pas donnée à Satan !

Une dague jaillit dans la main gantée du Maître.

— Si tu n'as pas commerce avec le diable, alors tu ne m'intéresses plus et je vais te renvoyer dans le néant.

— Mais, qui êtes-vous ?

— Ce que nous sommes, même la nuit ne le sait pas. Je te le demande une dernière fois, es-tu capable d'invoquer les forces du Mal ?

Les yeux jaunes fixèrent la lame dont le tranchant brillait à la lumière de la lampe. Cette fois, elle n'avait plus le choix.

1. Nom donné aux médecins.

— Oui.

— Alors, fais bon et puissant acte de sorcellerie, sinon je connais un autre moyen de faire appel au Prince des ténèbres.

La dague se ficha sur la veine bleue qui palpitait dans l'ombre du menton féminin.

— Ton sang !

La nuit de Notre-Dame

Une nuit viendra où, du fond des catacombes,
Les morts sortiront de leurs tombes...

La complainte des Ressuscités

1.

Paris, Notre-Dame
30 mars 1309

Un parfum d'encens stagnait encore dans la cathédrale. Des jours durant, le peuple s'était pressé dans la nef pour fêter la Semaine sainte. Il avait suivi la Passion de Jésus dans un vacarme assourdissant, criant sa douleur à la mise en croix et hurlant de joie à la Résurrection. Puis le Christ avait quitté la terre des hommes et le sanctuaire avait retrouvé son silence.

Le Maître se tenait devant l'autel. Il fixait l'immense croix nue.

Dieu avait déserté la cathédrale. Le diable allait le remplacer.

Le bruit sourd de la masse retentit encore une fois et la dalle mortuaire finit par céder et s'écraser au fond de la tombe. Le sol de Notre-Dame était constellé de sépultures, gorgé de cadavres. En s'effondrant, la pierre tombale avait broyé un squelette, pulvérisant tibias et bassin. Le crâne, lui, était intact. Il fut soigneusement prélevé et porté devant l'autel où l'attendaient les ossements d'une main récupérés dans une autre tombe. Tout autour, les sept hommes formèrent un demi-cercle. L'un d'eux sortit un sceptre surmonté d'une croix et le posa sur les phalanges.

— Que ta main se dessèche, pape Clément, et s'émiette en enfer ! prononça le Maître.

— Amen.

Un des participants brandit une couronne et en coiffa le crâne jauni.

— Que ton esprit se racornisse, roi Philippe, et pourrisse en enfer !

— Amen.

Adossée à une colonne, sous un buisson de chandelles, la sorcière regardait avec avidité l'étrange cérémonie. Elle sentait encore la pointe de la dague contre son cou. Bientôt elle devrait faire ses preuves, ou mourir. D'une voix dense, le Maître reprit la parole :

— Un jour viendra où nous ressusciterons. Ce sera un jour de sang. Les églises seront détruites, les autels pillés... Notre vengeance frappera tous ceux qui se prétendent hommes de Dieu et nous ont condamnés sans jugement, ainsi que leurs successeurs. Le trône de saint Pierre sera vide et le pape, réduit en esclavage.

— Que notre volonté soit faite ! répondit le chœur des hommes en noir.

La respiration de la sorcière se fit haletante. Jusque-là, elle n'avait pratiqué que des rites mineurs, jamais le Grand Rituel. Elle avait peur. Invoquer les démons était une chose, convoquer le diable en était une autre. Le Maître montra du doigt le crâne surmonté d'une couronne.

— Un jour viendra où, armés de la puissance, nous reviendrons sous un visage invisible. Ce sera un jour de gloire, et tous ceux qui se disent rois et nous ont persécutés seront anéantis. Alors le trône de France sera maudit et les fils des monarques périront dans le sang.

— Que notre règne vienne ! répliquèrent ses comparses d'une voix vibrante.

Le Maître enfila d'épais gants de cuir, puis sortit deux feuilles de parchemin de son manteau. Sur chacune d'elles était dessiné un visage. La sorcière n'en reconnut aucun, mais les hommes présents, eux, éclatèrent en sourdes imprécations face aux portraits du roi Philippe et du pape Clément, leurs ennemis mortels. Sans un mot, le Maître les posa à égale distance du crâne couronné et du sceptre papal.

— L'heure n'est pas encore venue de révéler notre vengeance au monde, mais nous devons dès à présent en semer les germes.

Un des hommes saisit la sorcière et la jeta au sol.

— Maintenant, à ton tour. Invoque le Grand Cornu et que toute la rancœur dont son cœur noir est rempli, toute la violence qui bout dans ses veines, tout le mal qui est en lui depuis la nuit des temps, frappent, mutilent et corrompent ceux qui nous ont condamnés injustement.

La sorcière se releva et lissa ses cheveux en arrière. Un étrange sourire luisait sur ses lèvres. Les yeux clos, elle rappela à sa mémoire le corps fumant de braises, l'haleine pareille à un feu de joie et la queue, longue, nue et écailleuse du Très-Bas quand il s'était approché d'elle pour la première fois. Ce souvenir la fit se cambrer. Le diable l'avait honorée de son amour. Désormais, elle était sa servante et le Maître des ténèbres ne la décevrait pas.

Quand elle ouvrit les yeux, les sept hommes se dressaient devant elle, chacun brandissant une dague en direction des deux portraits. Elle ne savait toujours pas qui ils représentaient mais, dans la pénombre, ils semblaient rayonner d'un halo mystérieux.

— Fais ton œuvre sacrilège, sorcière !

Aussitôt elle psalmodia :

— Ô Toi que Dieu exècre, ô Toi qui as tué son Fils unique, ô Toi qui as souillé l'Esprit-Saint, ô Toi auquel le Royaume est promis, ô Toi qui as pénétré Ève de profondes ténèbres, ô Toi mon père véritable, ô Toi mon amant éternel, écoute ma prière maudite !

La jeune sorcière s'accroupit, collant ses cuisses nues contre le sol.

— Que tous les damnés d'ici-bas se réveillent, que les impies hurlent leurs blasphèmes, que les assassins se repaissent du sang de leurs victimes, que les esprits maudits s'amoncellent comme l'orage, que les incubes détruisent jusqu'aux rêves des hommes, que les succubes profanent toute innocence, que le peuple du Mal se rassemble, car je vais prononcer le Grand Rituel, celui contre lequel Dieu lui-même ne peut rien.

Lentement, elle se redressa. De la prisonnière avilie, il ne restait plus rien. Tout son corps se tendait comme mû par un ressort invisible. Ses yeux jaunes avaient pris une lueur inquiétante.

Désormais, elle ne s'appartenait plus.

Surgi des profondeurs, le Très-Bas serpentait au creux de ses reins, s'immisçait sous sa peau, pénétrait les tréfonds de sa chair. Bientôt, elle ne serait plus que sa volonté.

Brusquement, les hommes en noir reculèrent. Une odeur ignoble montait du sol comme si toute la pourriture des corps morts s'échappait en un seul souffle infernal.

— Il n'y a de pouvoir que le nom et je connais ceux du Prince des ténèbres, annonça la sorcière.

Elle s'approcha des deux portraits et les frôla de la main avant de s'en écarter. Une chaleur inattendue en émanait.

— Ô Toi, dont je connais le nom le plus secret, donne-moi ta force, donne-moi le pouvoir.

Comme elle prononçait ces paroles, le Maître la saisit à la nuque et la força à poser ses lèvres sur chaque peinture. Sa bouche eut subitement un goût amer.

— Ô Toi, dont je sais le secret, donne-moi...

Les derniers mots du rituel tout à coup lui manquèrent. Elle tourna un regard égaré vers ses ravisseurs. Ils allaient la tuer si elle n'achevait pas.

— Ô Toi qui...

Affolée, elle déchira les derniers haillons qui la recouvraient. Si son esprit l'avait abandonnée, son corps lui appartenait encore. C'est son ventre qui allait appeler le diable pour qu'il se vautre dans les ténèbres de sa chair, la possède jusqu'aux tréfonds.

— Ô Toi, ange du Mal, fais tienne ta servante et transmets-lui ta puissance.

La sorcière se cambra violemment. Une onde la saisit et la jeta face aux portraits du roi et du pape. Cette fois, elle allait avoir le dessus, les vaincre. Satan lui avait donné sa force...

Elle saisit les deux images. Et les embrassa à pleine bouche. Le baiser de la mort.

Alors qu'elle tentait de se relever, ses jambes cédèrent et elle s'effondra sur le dallage. Le Maître s'avança.

— Tu t'es trompée, sorcière, tu n'es pas capable de pratiquer le Grand Rituel. Le diable ne veut pas de toi.

— Ce n'est pas possible... je l'ai vu... je l'ai senti... il m'a donné sa force...

— Satan est le pire des serpents. Il t'a trompée pour te posséder. Tu n'es plus rien pour lui.

— Je vous en supplie... je sais des choses... si vous me laissez la vie sauve... je vous dirai... j'ai un secret...

Le Maître se pencha. La sorcière l'agrippa par les épaules et lui parla, d'un ton saccadé, à l'oreille. Quand elle eut terminé, la tête lui tournait atrocement, elle ne sentait plus son corps, mais elle avait le regard encore chargé d'espoir.

— Ce que tu m'avoues, sorcière, je le sais déjà. Je sais tout de toi.

— Tu ne sais rien ! Ta bouche n'est que mensonge.

— Tu veux une preuve ? murmura-t-il. Je connais le mot sacré : ALCOR.

— Sois maudit !

Le Maître montra la croix. Noire et nue, elle s'élançait vers l'autel.

— Décrochez-la.

Trois hommes se détachèrent du groupe. La croix était à taille humaine. Ils s'en saisirent et la traînèrent au sol. Le Maître montra du doigt les deux portraits.

— Portez-la devant.

Il saisit la sorcière par les cheveux.

— Satan ne t'aime pas assez...

— Pourquoi m'as-tu abandonnée, Prince de la nuit !

— ... mais moi, je sais ce qu'il aime vraiment.

Le Maître fit un signe. Aussitôt ses compagnons s'emparèrent de la sorcière.

— Plus que le plaisir d'une femme, Satan aime la souffrance. Il n'y résiste pas.

— Non !

— Couchez-la sur la croix !

De son manteau, le Maître sortit quatre clous qu'il posa au sol, à côté du maillet trouvé dans la chapelle des tailleurs de pierre.

Hurlante, la sorcière se débattait sur le bois froid de la croix.

— Lucifer... Satan... Asmodée... Belzébuth... je t'en conjure...

— Le diable n'entend plus ta voix, c'est ta douleur qu'il attend...

— Pitié !

— ... et je vais lui offrir ton calvaire.

2.

Paris, quartier latin
1er avril 1309

La pluie venait de cesser. Une flaque reflétait la lumière au milieu des pavés disjoints. Le Maître se pencha, comme s'il avait laissé tomber quelque chose, et se contempla dans le miroir de l'eau. Son visage, buriné par les années passées en Orient, disparaissait presque sous une barbe que la clandestinité avait prématurément blanchie. Les cheveux lui tombaient sur le front, masquant une blessure reçue au combat. Il avait beau se regarder, il ne se reconnaissait pas. Seuls ses yeux, noirs et lustrés, trahissaient l'intensité qu'il avait ressentie le jour de son entrée dans le Temple, une foi irrésistible qui le portait encore aujourd'hui.

— Pousse-toi, sale gueux, le houspilla un paysan derrière son chariot de victuailles. Je vais te faire tâter de mon fouet, si tu ne bouges pas, maudite vermine.

Le Maître releva sa capuche crasseuse, ferma son vieux pourpoint déchiré et s'éloigna sans un mot. Son déguisement fonctionnait. Il tourna dans la rue Saint-Séverin, envahie d'étudiants qui rivalisaient de moqueries, et longea l'église aux murs grisés par le temps. Une eau sale dégoulinait de la bouche édentée des gargouilles. Les mêmes qu'à Notre-Dame. Il ralentit le pas et observa le porche. Une nuée de mendiants entouraient des paroissiens qui les repoussaient à coups d'injures et de malédictions. Le Maître profita du tumulte pour entrer furtivement, il se méfiait des indigents, souvent organisés en corporation de voleurs et parmi lesquels Nogaret avait de nombreux espions. Au souvenir du garde des Sceaux, le Maître sentit ses mâchoires se contracter. Si, à Notre-Dame, il ne l'avait pas inclus dans la malédiction, c'est qu'il comptait bien avoir un jour l'occasion de lui mettre la main dessus en personne. Et ce jour... Comme il se glissait dans l'une des chapelles qui bordaient la nef, il repensa à la cérémonie de la veille. Au quatrième clou enfoncé dans sa chair, la sorcière n'était toujours pas morte. Il avait fallu l'achever d'un coup de lame.

Dissimulé dans la pénombre, sous un vitrail noirci, le Maître scruta l'intérieur de l'église : des femmes voilées priaient devant un bûcher de cierges tandis qu'un sacristain ôtait de l'autel ostensoir et ciboires. Nogaret ne pouvait certes pas avoir des yeux partout, mais mieux valait rester prudent. Il traversa le transept, esquissa un signe de croix devant une statue de saint Antoine et se dirigea vers une porte entrouverte. Le sacristain le dévisagea avec mépris, mais il n'osa pas le chasser. Dès qu'il eut le dos tourné, le Maître passa la porte.

Le charnier Saint-Séverin, comme on l'appelait, était le cimetière de la paroisse et, depuis des siècles, on y inhumait les habitants du quartier dans des fosses communes. Un fossoyeur était justement en train d'en creuser une nouvelle. Un coup de pelle après l'autre, il remontait des ossements qu'un aide récoltait soigneusement avant de les ajouter au mur de crânes et d'os qui courait le long des arcades. C'était la tradition dans ce charnier : pour ouvrir une nouvelle fosse, on déterrait les corps qui occupaient la précédente et les disposait de la sorte. En attendant le jour du Jugement dernier et la résurrection des morts.

— *Non nobis, Domine...*

Sans bouger, le Maître répondit :

— ... *sed Nomini tuo da gloriam*[1].

1. « Non pour nous, Seigneur, mais pour la gloire de ton Nom. » Devise des Templiers empruntée aux Psaumes (Ps 115 : 1).

À côté de lui, vêtu comme un apprenti, la tunique souillée de plâtre, se tenait un de ses complices de Notre-Dame.

— Que dit la rue ?

— Rien ne circule sur notre opération. En revanche, on parle beaucoup de l'arrivée de l'envoyé du pape, Duèze. On dit qu'il va interroger à nouveau nos frères en prison, mais que leur sort est déjà scellé. Ceux qui renieront le Temple auront la vie sauve, les autres...

— ... seront livrés au bûcher. Que Dieu protège nos frères dans la tourmente !

— Et que notre vengeance advienne !

Le Maître se tourna vers la partie du cimetière qui accueillait le carré des fortunés. Ceux qui pouvaient s'offrir une sépulture individuelle. Un maçon, burin à la main, achevait de tailler une pierre tombale.

— Qu'avez-vous fait de la sorcière ?

— Nous avons suivi vos ordres, Maître. Nous lui avons coupé pieds et mains pour que personne ne puisse deviner qu'elle a été crucifiée, puis nous avons dissimulé son corps sous un monceau d'ordures près du quai des Morfondus. Quand les chiffonniers la trouveront, les rats en auront déjà fait leur festin.

Le Maître pencha la tête pour dissimuler un sourire. Lui savait que les voies de Dieu étaient impénétrables, surtout quand on les aide.

— J'ai une nouvelle mission pour toi.

— Ordonnez, Maître.

— Dieu ne nous a pas abandonnés : dans notre nuit, il m'a envoyé un signe. Lorsque nous étions à Notre-Dame.

— La sorcière... elle vous a parlé. Je l'ai vu.

Le Maître posa la main sur l'épaule de son frère. Il regrettait de ne pouvoir tout lui dire, mais le temps n'était pas encore venu. Un jour peut-être ALCOR lui serait révélé.

— Je suis certain que Dieu a inspiré sa confession. Au fond de cette âme noire se cachait un secret qui peut nous aider. Voilà pourquoi je veux que tu prennes deux frères avec toi et que vous vous rendiez au lieu que je vais t'indiquer. Observe et rends-moi compte.

— Où dois-je aller ?

Comme le Maître allait répondre, un cortège funèbre entra dans le cimetière. Une charrette, escortée de deux prêtres, débordante de cadavres. Le visage d'une fillette rebondissait sur l'essieu sanglant. Derrière, une foule hurlait de désespoir.

— On dit qu'il y a une recrudescence de morts dans les faubourgs. Un mal qui se serait déclaré en Champagne lors des grandes foires.

— Suis-moi.

Le Maître se dirigea vers le carré des tombes. Le maçon avait quitté son poste, attiré par le spectacle morbide. Juste à côté de la pierre tombale inachevée se trouvait un lit de sable.

— Regarde et retiens.

Le Maître saisit un compas dans les affaires du tailleur de pierre et traça un cercle sur la surface granuleuse. Au centre, il dessina un donjon surmonté d'une couronne.

— Paris, la capitale du royaume, comprit son frère.

Puis le Maître fit courir un ruban qui traversait la ville de part en part avant de la contourner du côté du couchant.

— La Seine.

Au septentrion, il ajouta des arbres. Le frère comprit tout de suite : du temps de sa puissance, le Temple possédait plusieurs riches commanderies qui exploitaient le bois de cette région.

— La forêt de Montmorency.

Au cœur de la forêt, le Maître vint placer plusieurs ovales reliés par une ligne en forme de serpent.

— Un cours d'eau, devina le frère, un cours d'eau qui alimente des étangs.

À l'extrémité du dernier étang, le Maître esquissa une enceinte crénelée bordée de tours.

— Un château.

Il devait surveiller un château, mais lequel ? Comme il allait interroger le Maître, un bruit sourd les fit se retourner. Un premier corps venait de s'abîmer dans la fosse. Un autre suivit, enroulé dans un linceul. Une femme tomba à genoux. Tout autour, la foule se mit à hurler :

— Seigneur, aie pitié de nous !

Subitement pressé, le Maître effaça les dessins sur le sable, à l'exception de celui du château. Juste à côté, il dessina une silhouette, lance à la main, entourée de chiens.

— Un chasseur, murmura le frère dans le tumulte. Le château de la Chasse ?

Le Maître lui saisit le poignet et, du majeur, appuya sur la veine qui remontait dans la paume de la main.

— Par le sang versé pour l'Ordre, pars et reviens au plus vite.

3.

Paris, île de la Cité
3 avril 1309

La lumière printanière, qui, jusque-là, illuminait la rangée bruyante des échoppes, s'interrompit brusquement, remplacée par une ombre noire et glacée. Arnal leva les yeux. La masse sombre et trapue du Grand Châtelet se dressait devant lui comme une bête maudite prête à bondir. La plus sordide des prisons de Paris, avec ses tours grises, ses échauguettes acérées et ses meurtrières en tranchant de rasoir, lui avait toujours fait penser à ces démons velus, aux canines voraces et au regard oblique, que l'on voyait sculptés sur la façade de Notre-Dame. L'antichambre de l'enfer sur terre.

Les passants qui empruntaient le passage voûté sous le Châtelet arboraient une mine inquiète, et ne manquaient pas de se signer avant de traverser le ventre de la Bête. Derrière ces murs rongés par l'humidité de la Seine toute proche se trouvaient les prisons du roi. Trois étages d'où s'échappaient, à peine la nuit tombée, des hurlements à vous glacer le sang. Depuis que le roi avait arrêté les Templiers, les plus grands bougres[1] que la terre ait connus, le troisième étage était devenu l'enfer du vice. C'était du moins la rumeur qui bruissait dans la capitale. Tous les Parisiens craignaient de tomber un jour entre les griffes

1. Homosexuels.

de Guillaume de Nogaret, le garde des Sceaux du roi, qui avait la haute main sur les arrestations, et Arnal ne faisait pas exception. Il s'entendit réciter un *Ave Maria*. Depuis qu'un des lévites[1] de Nogaret était venu lui dire ce matin de se rendre au Châtelet toutes affaires cessantes, il ne cessait de trembler.

Cette fois, il y était. La porte du guichet s'ouvrit et un garde le dévisagea, la main sur le pommeau de son épée.

— Qui êtes-vous ?

— Arnal, drapier rue Saint-Éloi. On m'a ordonné de me rendre au Châtelet.

Le garde recula avec mépris. Encore un qui ne tiendrait même pas une heure entre les mains des tourmenteurs. Il montra la salle basse :

— Attendez ici.

Arnal se retrouva assis sur un banc, environné d'une odeur qu'il ne parvenait pas à reconnaître. Un mélange de sueur aigre et d'urine éventée, comme si les murs suaient d'angoisse. Instinctivement, il joignit les mains en direction du crucifix de bois noirci. Et dire qu'il y a encore une heure il était chez lui, avec sa femme, ses commis, en train d'ouvrir la boutique...

— Arnal, merci d'être venu.

Devant lui se dressait Nogaret. Le drapier voulut se lever, mais les jambes lui manquèrent. C'était donc lui, l'homme que craignait toute l'Europe, l'homme qui avait osé porter la main sur un pape, l'homme qui avait brisé l'ordre séculaire des Templiers, l'homme qui...

— Vous ne vous sentez pas bien, Arnal ?

La voix du garde des Sceaux était d'une douceur saisissante et son visage, étonnamment poupin.

— Je vous ai fait mander, car j'ai besoin de votre conseil. Suivez-moi.

Le garde des Sceaux s'engagea dans un escalier à vis dont les marches, maçonnées dans l'épaisseur des murs, étaient aussi raides qu'étroites. Arrivés à l'étage, les deux

1. Hommes de main.

hommes remontèrent un long couloir pavé pour entrer dans une petite pièce. Nogaret fit signe au marchand de s'approcher, puis ouvrit une fenêtre intérieure.

— Ce jour[1] donne sur une cellule. Regardez.

Les mains jointes pour masquer leur tremblement, Arnal s'approcha. L'odeur était abominable. Sur une dalle, un homme nu était couché, couvert de sueur et de crasse. Sa barbe dégoulinait sur sa poitrine et il ne lui restait qu'un œil.

— Dans deux semaines, annonça Nogaret, le pape Clément va nommer, dans chaque diocèse, une commission pour interroger les templiers arrêtés.

Arnal songea que le pontife avait bien tardé. Déjà près de deux ans que les frères de l'ordre du Temple avaient été arrêtés, emprisonnés, interrogés et qu'ils avaient avoué les pires turpitudes de la terre.

— Le Saint-Père est comme saint Thomas qui n'a pas cru en la résurrection du Christ et a réclamé de toucher son corps : il lui faut des preuves. Voilà pourquoi, dans toutes les prisons du royaume de France, nous interrogeons à nouveau chaque templier...

Nogaret adressa un geste au tourmenteur qui attendait dans un coin de la cellule. Celui-ci ouvrit la boîte qu'il tenait à la main et en répandit le contenu sur un drap plié. Au bruit qui ressemblait à du gravier éparpillé, le templier se mit à gémir.

— Cet homme s'appelle Richard de Léobard, il était membre de la commanderie de Bretteville en Normandie. Dès le premier interrogatoire, en novembre 1307, il a tout avoué, puis il s'est rétracté. Nous avons donc dû le soumettre à la question. Ça lui a coûté sa jambe.

Arnal s'appuya contre le mur. Sa main était plus glacée que la pierre nue.

— Pour lui apprendre l'importance de la parole donnée, nous l'avons jeté dans un cul-de-basse-fosse avec sa jambe amputée. Elle a pourri lentement. Au début, il ne s'en est pas approché, mais la faim aidant...

1. Fenêtre étroite.

Sur la dalle de pierre, le templier s'agita.

— J'ai demandé qu'on récupère les ossements qu'il avait récurés de sa propre bouche.

Le drapier sentit son gosier s'emplir d'un liquide âcre. Sur un nouveau signe de Nogaret, le tourmenteur saisit une scie dont il fit vibrer le tranchant sur le rebord de la dalle. Le templier se mit à hurler.

— Voyons si tu connais bien ta leçon, commença le garde des Sceaux. Lors de ton intronisation dans l'ordre du Temple, tu as bien craché sur la Croix ?

— Oui. Trois fois. J'ai craché trois fois sur le corps de Notre Seigneur, je le jure !

— Alors, tu as bien renié le Christ ?

— Oui, je suis un hérétique, je l'avoue, un chien d'hérétique !

Nogaret sourit. Les envoyés du pape n'allaient pas être déçus.

— Mais tu n'as pas commis que cette abomination ?

— Non, messire, j'ai dû m'agenouiller et... c'est chose ignoble à dire...

Horrifié, Arnal se signa.

— Quand j'étais à genoux, on m'a fait embrasser... on m'a fait embrasser l'anus d'un de mes frères.

— Et que t'a-t-on dit ?

— Que je devais satisfaire le désir de chacun et le plaisir de tous.

— Hérétique et parjure... sacrilège et sodomite..., commenta Nogaret. Le pape t'enverra au bûcher !

Le templier se mit à implorer.

— Dieu, ayez pitié ! Dieu, ayez pitié !

Nogaret baissa la voix comme s'il parlait à un enfant.

— Désormais, tu ne peux plus échapper à ton destin. En revanche, tu as le choix : mourir sans douleur ou brûler dans la souffrance.

Échappant aux mains du bourreau, le templier se précipita au sol pour se prosterner devant l'étroite fenêtre qui donnait sur la pièce où se tenait le garde des Sceaux.

— La pitié, messire, la pitié ! J'ai tellement souffert !

— Répète mots pour mots aux envoyés du pape ce que tu viens de me dire et j'ordonnerai au bourreau de t'étrangler avant que le bûcher ne te consume.

Le templier se roula sur le dallage souillé.

— Merci, messire, merci !

Arnal était pétrifié. Pourquoi diable Nogaret avait-il tenu à ce qu'il assiste à cet interrogatoire ?

— À propos, Arnal, vous êtes bien drapier ?

— Oui, messire, je vends des draps en provenance de toute l'Europe, de Flandre, d'Italie ! Si vous veniez dans mon échoppe...

— Justement, mes hommes en sortent.

Un exempt, qui portait à la main un bâton fleurdelisé – signe qu'il était en mission pour le roi –, entra et jeta au sol un sac de laine d'où s'échappèrent des ciboires et des ostensoirs en argent.

— Vous vous êtes lancé, Arnal, dans une activité périlleuse : vendre des objets sacrés est un véritable sacrilège !

Il ramassa un calice gravé d'une croix pattée.

— D'autant plus quand il s'agit d'objets dérobés au Temple. Car voler le Temple, aujourd'hui, c'est voler le roi. Et voler le roi, c'est me voler moi.

Le drapier savait qu'il était trop tard pour nier ; soit il avait encore une valeur pour Nogaret, soit il était mort.

— Que puis-je faire pour mériter votre pardon ?

— Tout d'abord, me dire qui vous a vendu ces objets.

— Un receleur, messire, mais j'ignorais leur origine. Ma cupidité m'a aveuglé, il y avait aussi de la bonne vaisselle d'argent, alors j'ai cru...

Agacé, le garde des Sceaux leva la main. Il avait horreur des justifications inutiles.

— Des exempts sont en train de conduire votre femme à Saint-Antoine-des-Champs. Saviez-vous que c'est là que l'on enferme toutes les putains de Paris ?

Le drapier tomba à genoux.

— La grande pitié, messire !

— Donnez-moi le nom de celui qui a volé ces objets.

— Je ne connais que celui du receleur ! Je le jure devant Dieu !

— Je me demande ce que je vais faire de votre fille. Quel âge a-t-elle déjà ?

— Pas ma fille, messire !

— Rassurez-vous, ironisa Nogaret, je n'aurai pas la cruauté de la séparer de sa mère... elle aussi ira à Saint-Antoine.

Cette fois, Arnal comprit qu'il avait atteint sa limite. Sa propre mort ne lui importait plus. Il y avait pire.

— Pardonnez-moi, messire, si je ne vous ai pas dit la vérité, mais j'ai voulu protéger ma famille. Pour apaiser mes doutes, le receleur a affirmé que les objets provenaient d'un haut et puissant seigneur qui avait des dettes.

— Le nom de ce *haut et puissant seigneur* ?

Brusquement, le drapier revit un souvenir d'enfance. Sur une enclume, un forgeron pulvérisait un morceau de métal d'un seul coup de masse. Il était fini.

— Le fils du roi.

4.

Forêt de Montmorency
3 avril 1309

La barque filait, silencieuse, entre les berges dégoulinantes de brume. Il avait plu toute la nuit et la rame s'enfonçait dans la vase avec un bruit souple. Accoudé au bastingage, Guilhem tenait sa main crispée sur l'arbalète. Il surveillait la berge blanchie de givre. Déjà, il avait aperçu comme l'éclair d'un regard fauve entre les joncs. Si ce n'était pas un loup qui les suivait, ce ne pouvait être qu'une engeance du diable, les marais en étaient pleins. Jamais il n'aurait dû accepter cette mission.

La rame heurta un tronc d'arbre effondré et la barque ralentit. Devant eux, le chenal, déjà étroit, se divisait en deux canaux qui se perdaient ensuite dans la brume poisseuse. On ne voyait qu'à quelques toises. Le brouillard dense avait tout envahi tel un linceul jeté sur la terre pour mieux dissimuler d'inquiétants fantômes. Tout à coup, Guilhem brandit son arbalète. Face à la proue, une forme noire venait d'apparaître : une poutre massive fichée dans un îlot pelé. Haute et luisante de pluie, elle était prolongée, à son sommet, par une barre perpendiculaire sur laquelle trônait un corbeau immobile. Les plumes lustrées, l'œil doré, le bec tacheté de rouge, il semblait attendre sa proie.

Guilhem se raidit pour abattre cet oiseau de malheur, mais un geste du nautonier[1] l'arrêta. Sous la potence, un cadavre pendait au bout d'une corde. Si le corps, nu, semblait encore intact, le visage, lui, n'était plus qu'un souvenir.

— Le gibet des seigneurs de la Chasse, annonça l'homme de proue.

Guilhem voulut se tapir au fond de la barque. L'air lui manquait. En reculant, il heurta ses deux compagnons d'infortune : Balafre, dont le visage était coupé en deux par une cicatrice, et L'Écorcheur, un ancien soldat qui craignait plus le diable que Dieu. Eux aussi fixaient le bout de corde, le regard vide et la bouche sèche. S'ils rataient leur mission, c'est là qu'ils termineraient.

— Que Dieu et tous ses saints nous viennent en aide !

— Que le Malin nous oublie !

La silhouette à l'avant du bateau se retourna. Drapée dans une cape noire, le visage enfoui dans les replis d'un foulard, seules les mains étaient visibles qui venaient d'empoigner à nouveau la rame. Depuis la nuit à Notre-Dame, le Maître avait pris un nouveau nom : Charon. Le nautonier de la mort. Le passeur des Enfers. Il repensa aux traits convulsés de la sorcière, au bruit des clous s'enfonçant dans le bois. Depuis, ses frères avaient bien travaillé. Conformément à ses ordres, trois d'entre eux s'étaient infiltrés dans le fief de la Chasse. Déguisés en charbonniers itinérants, ils avaient croisé le chemin des colporteurs qui sillonnaient la forêt et, le vin aidant, les langues s'étaient vite déliées. Beaucoup parlaient du mal qui se répandait dans la région. Des villages entiers avaient été décimés. Les prêtres fuyaient leur paroisse et les seigneurs s'enfermaient dans leur château. À cette nouvelle, le Maître avait compris que le moment était venu et s'était mis en route à son tour. Les fils du destin étaient en train de se tendre. Désormais la vengeance qu'il préparait en secret allait pouvoir éclater au grand jour.

1. Le conducteur de la barque.

Il se tourna vers Guilhem :

— Incline la barre, nous prenons le passage de gauche. L'île des Grands Anciens est au bout.

Le ruffian posa son arbalète et saisit le manche du gouvernail. La barque changea de direction et s'engagea dans un canal plus étroit. Comme chacun manœuvrait pour éviter que la barque ne s'envase, un long serpent vert vint s'enrouler autour de l'étrave avant de disparaître. Guilhem sentit son estomac se creuser comme une tombe. Il faillit jurer, mais se retint : il avait vu le regard de Charon, et cet homme lui faisait bien plus peur que le diable.

Enfin, une lisière de saules envasés et de frênes effondrés déchira le brouillard. Le nautonier arrima la barque à une branche pendante et mit pied à terre sur une cale empierrée qui montait vers la berge. Il montra la forêt enchevêtrée :

— Allons, ne faisons pas attendre notre invité.

L'île des Grands Anciens était située au centre des marais qui menaient au fief de la Chasse. À l'arrivée de la barque, hérons et échassiers s'étaient envolés dans un froissement d'ailes effrayé. Guilhem se demandait pourquoi l'île portait ce nom quand il aperçut, derrière un roncier, une pierre dressée. D'une taille impressionnante, elle semblait être tombée du ciel, comme une flèche de granit lancée par un dieu vengeur. Guilhem se signa frénétiquement. Ces monolithes n'auguraient jamais rien de bon. Les prêtres disaient que les peuples d'antan y célébraient des cultes de sang et que les âmes des sacrifiés erraient autour sans jamais trouver le repos éternel. Balafre secoua sa tignasse noire et cracha au sol pour conjurer le mauvais sort.

Peu à peu, les arbres s'espacèrent pour laisser place à des taillis épars qui déchiraient la brume de leurs épines brunes.

— Nous y sommes, annonça Charon.

Lui savait ce qui les attendait. Ses frères n'avaient pas fait qu'espionner, ils avaient aussi traqué et capturé un gibier de choix.

Devant eux s'étendait une lande où les pas, sur l'herbe craquante de givre, résonnaient dans un silence absolu. Guilhem se dit qu'on pouvait les entendre à sept lieues à la ronde. Il se retourna pour voir ses compagnons. L'Écorcheur serrait nerveusement le manche de corne de son coutelas et Balafre avait à l'épaule les trois pioches que Charon lui avait ordonné d'emporter. Du vent monta des marais, bruissa parmi les arbres, puis balaya le brouillard, dévoilant un amas de roches noires tout en longueur. Un tunnel, pensa Guilhem, mais un tunnel en surface. Ça n'avait pas de sens. En s'approchant, il s'aperçut que le monticule était soutenu par de lourds blocs de pierre taillée à la verticale. Chaque bloc devait peser le poids de plusieurs dizaines d'hommes. Seul un peuple de géants avait pu construire cette allée couverte. Des géants sournois et cruels, bien sûr. Des géants qui appartenaient au diable.

— C'est ici que les Anciens venaient enterrer leurs morts, bien avant que le Christ ne soit apparu dans le monde, annonça Charon.

Il montra l'entrée obstruée.

— Prenez chacun une pioche et dégagez le passage.

— Mais on va réveiller les morts, s'écria Guilhem, c'est péché !

— Ils sont déjà réveillés.

Pour ne pas passer pour un pleutre devant ses compagnons, Guilhem saisit une pioche, aussitôt suivi par Balafre. Les premiers cailloux roulèrent au sol. Resté à l'arrière, L'Écorcheur les écartait pour ne pas gêner la désobstruction. Bientôt, le haut de l'amoncellement de pierres fut dégagé. Tous se tournèrent vers Charon. Ils détestaient cet homme qui les avait conduits là. Ils étaient trois et un seul coup de pioche aurait suffi pour s'en débarrasser, mais aucun ne fit un geste. Ils avaient plus peur de lui que de l'antre des morts qui s'ouvrait devant eux. Charon désigna Guilhem.

— Toi !

Le ruffian s'approcha. Un souffle moisi le saisit aux narines, suivi d'un effluve plus diffus.

— Il y a un cadavre, je le sens !

Tous reculèrent. Charon dégagea brusquement un pan de sa cape, révélant une dague longue et effilée.

— Reprenez immédiatement le travail !

Guilhem osa répondre :

— Cette odeur, je la connais...

— Tu la connais, oui, mais ce n'est pas l'odeur de la mort, c'est le parfum de la peur.

Lorsque les dernières pierres roulèrent sur le sol gelé, les trois compagnons s'écartèrent. Ils n'avaient aucune envie d'entrer dans ce tunnel. Charon siffla.

Un bruit semblable à la course d'une bête traquée au fond de son terrier lui répondit. Charon fit jaillir sa dague et s'enfonça dans l'obscurité.

— Ce n'est pas une bête..., murmura Balafre. C'est le diable.

L'Écorcheur dégaina son coutelas.

Comme arrachée aux ténèbres, une forme hurlante roula au sol.

Guilhem braqua son arbalète.

La forme se releva.

Ce n'était ni une bête, même s'il en avait l'apparence hirsute, ni le diable, même s'il en avait l'odeur immonde de fange.

Mais un homme sale et puant.

Un homme qui portait une croix sur la poitrine et suintait la peur.

Un prêtre.

5.

Paris, île de la Cité
3 avril 1309

La pluie avait cessé et les rues de Paris reprenaient vie. Tandis que sur le pavé, un ruisseau noir d'immondices courait vers la Seine, les marchands déployaient leurs étals, en rapportant les rumeurs du jour. Une averse de grêle avait dévasté les vignes de Montmartre. Sur l'île aux Chèvres, le guet[1] avait découvert une effigie du roi, clouée sur un arbre. Cette nouvelle provoqua une frénésie de signes de croix. Sans qu'on ose prononcer leur nom, chacun pensait aux Templiers. Ces maudits, revenus d'Orient, pourris jusqu'à l'os d'hérésie. Sûr que le roi et Nogaret n'avaient pas réussi à tous les arrêter.

— Place !

Sur le pont Saint-Michel, un groupe de cavaliers entourait un jeune homme au visage émacié. Tous reconnurent Louis de Navarre, le fils aîné du roi.

— En voilà un à qui le mariage ne réussit pas !

Un éclat de rire salua la plaisanterie. Depuis quatre ans qu'il était marié à la jeune duchesse de Bourgogne, dont toute la cour louait la beauté, le prince n'avait toujours pas réussi à la rendre grosse.

— Place !

1. Le guet de Paris correspond à la police municipale actuelle.

La populace s'éparpilla dans les rues adjacentes dans un tumulte de cris et d'injures. Décidément, aujourd'hui les chevauchées se succédaient dans l'île de la Cité. D'abord Charles de Valois, le frère du roi, et son équipage fastueux, puis les deux frères cadets de Louis. Tous se rendaient au palais de la Cité pour le conseil du roi.

D'une des fenêtres du donjon du Châtelet, Nogaret observait la cavalcade du prince Louis. Que cet avorton soit un jour appelé à régner, simplement parce qu'il était sorti le premier du ventre de sa mère, lui semblait une ironie de la Providence – qui n'en était pas avare. Pour autant, Nogaret ne se sentait pas menacé. À la différence des membres de la cour, imbus de leur naissance et de leurs titres, lui savait la fragilité des destinées humaines : Louis, souffreteux et emporté, ne serait peut-être que le marchepied pour le règne de son frère. Heureusement pour le royaume, la reine, avant de mourir, avait eu trois fils. La lignée, issue d'Hugues Capet, n'était pas près de s'éteindre.

Nogaret détourna le regard du vacarme de l'île de la Cité et reprit le rapport qu'il était en train de lire. Très tôt ce matin, on avait retrouvé le corps d'un homme échoué sur les rives du Pré-aux-Clercs. Malgré sans doute plusieurs jours passés dans la Seine, une forte odeur de vin imprégnait encore ses vêtements. Le lien avait été rapidement fait avec la disparition du geôlier de la prison de Notre-Dame et, une fois son identité confirmée par les chanoines, l'enquête avait conclu que le gardien, fin soûl pour la fête de Pâques, avait dû tomber dans le fleuve. Un ivrogne de moins à Paris n'était pas un problème, une prisonnière en moins, en revanche... D'autant que celle qui manquait à l'appel était soupçonnée de crime de sorcellerie et risquait le bûcher et la damnation éternelle. Le plus probable était que le geôlier, déjà ivre, l'ait libérée pour abuser d'elle : elle en avait profité pour s'échapper en le poussant dans la Seine. Dans ce cas, ce n'était plus un accident, mais un meurtre.

Nogaret se caressa le menton. Une sorcière, doublée d'une meurtrière, disparue en plein Paris... il n'aimait pas ça. Maintenant que les hérétiques, Cathares et Templiers, étaient sur le point de disparaître, le diable surgissait au grand jour. Depuis plusieurs mois, les cas d'envoûtements et de malédictions se multipliaient. En ville comme à la cour. Jailli de l'enfer, Satan gagnait tout Paris. D'une plume pressée, Nogaret annota le rapport : *retrouvez l'évadée de toute urgence et enfermez-la au secret*. Comme il cachetait l'ordre, un détail attira son regard vers la rue Saint-Denis en contrebas. Là, une cohorte de charrettes approvisionnait en permanence l'île de la Cité. Tonneaux de vin pour les tavernes, foin pour les écuries royales, denrées pour les chanoines de Notre-Dame : pareil à un cœur battant, le centre politique et spirituel de la ville devait être sans cesse irrigué. Et au milieu de la foule, se détachait le voile clair d'une religieuse. Nogaret sourit, puis se tourna vers le lit dont il avait demandé qu'il soit parfumé d'essence de rose. Bientôt le plaisir allait commencer.

Mathilde d'Aulnay leva les yeux vers le Châtelet. La masse hostile de la forteresse ne l'avait jamais troublée, pas plus que le triste destin de ceux qui y croupissaient. Être obligée de prendre le voile pour la seule raison qu'elle était fille et la cadette de sa fratrie avait paradoxalement étouffé chez elle toute prédisposition à la compassion et à la charité. Surtout envers les hommes. Heureusement, sa famille avait su se montrer généreuse avec le couvent, qui en avait fait une chanoinesse : ainsi une rente dûment versée par ses deux frères lui assurait une certaine liberté de mouvement. Un privilège dont elle n'hésitait pas à faire usage... et mésusage. Plusieurs fois par semaine, elle disparaissait sous le prétexte de visiter sa famille ou de soulager la détresse des humbles. Sa famille, bien sûr, ne la voyait jamais, quant aux pauvres, ils continuaient à croupir dans la misère.

Comme elle avançait au cœur de la foule, une main leste se glissa sous sa robe. Plutôt que de se mettre à hurler et de risquer de devenir la cible de moqueries et d'obscénités, Mathilde la laissa s'insinuer dans le pli de son habit. Lorsque les doigts agrippèrent sa hanche, elle sourit subrepticement. Elle le tenait. Du fond de son mantelet jaillit l'éclair blanc d'une dague qu'elle planta dans la paume de son assaillant. Des années à accompagner ses frères à la chasse lui avaient appris où et surtout comment frapper pour en finir avec une bête sauvage. Sans attendre, elle dégagea la lame de la plaie, étoilant son habit de religieuse d'un chapelet de gouttes de sang. À ses pieds, un homme se roulait à terre en essayant de comprimer le flot rougissant qui s'échappait de sa main transpercée. Comme ses hurlements ameutaient la foule, Mathilde se pencha vers lui.

— Pour l'instant, tu as encore une main qui peut servir, mais si tu continues à beugler – elle montra la lame effilée de sa dague – je te cisaille le poignet jusqu'à l'os.

Les cris cessèrent en un instant. Mathilde se releva, rengaina son arme et disparut dans la foule. À l'entrée du Châtelet, les gardes qui la connaissaient s'écartèrent, mais l'un d'eux, plus observateur, montra du doigt sa robe tachée :

— Vous vous êtes blessée, ma sœur ?

— Non, je viens de me rendre justice.

6.

Marais de la Chasse, île des Anciens
3 avril 1309

Le corbeau venait de se poser sur une branche de chêne lorsque Guilhem le reconnut. Le même plumage noir, le même regard avide et ces taches brunes sur le bec. Des taches de sang. Désormais, il ne faisait plus aucun doute pour Guilhem que le volatile se repaissait des victimes de la justice seigneuriale. Et s'il avait abandonné son perchoir au sommet du gibet, c'est peut-être qu'il avait fini par trouver que la chair des cadavres durcissait trop vite.

— Toi, tu es venu pour le prêtre, ricana Guilhem, il pue, mais sa chair est fraîche.

De fait, les yeux jaunes du corbeau fixaient l'homme de Dieu qui se relevait lentement. Devant lui se tenait Charon, une dague à la main droite. De la gauche, il arracha la croix qui pendait au cou du prêtre.

— Je vous présente le curé de la paroisse de la Chasse. Il a délaissé son église, abandonné ses fidèles pour se réfugier dans cette ancienne tombe comme un rat dans son trou.

— J'ai fui le mal noir !

D'un coup de botte, Charon le frappa en plein ventre.

— Ton devoir était de rester auprès de ceux dont tu avais charge d'âme, mais toi, tu as détalé. Et je suis sûr que tu n'as pas oublié de voler les biens de ton église, avant de t'enfuir.

Charon se tourna vers L'Écorcheur, le plus courageux des trois compères.

— Va et ramène ce que tu trouves.

Quand il reparut, L'Écorcheur tirait derrière lui un sac dont il fit tomber un ciboire, un crucifix et un ostensoir.

— Je vous avais promis des pillages, annonça Charon, servez-vous.

Guilhem se jeta sur l'ostensoir. Il était en argent. Il le ferait fondre. Balafre glissa le ciboire dans sa besace. L'Écorcheur, lui, prit le crucifix, mais, avant de le glisser sous sa tunique, il en arracha le corps torturé du Christ et le jeta au sol.

— Seigneur Dieu tout-puissant ! hurla le prêtre en se relevant. Sois maudit, chien sacrilège !

Cette fois, le coup de botte l'atteignit au menton et un jet de sang et de dents jaillit de sa bouche. Le corbeau croassa.

— Et maintenant, tu vas nous dire précisément ce qui s'est passé au village de la Chasse.

Le prêtre se traîna sous le chêne pour s'adosser au tronc. Les deux coups de Charon lui avaient fait perdre toute dignité. Lui qui avait été un homme respecté n'était plus désormais qu'une loque rampante.

— Je dirai tout.

— Quand la maladie est-elle arrivée ?

— Il y a cinq jours. C'est un hameau qui a été frappé en premier. Des pêcheurs sur une île. Toute une famille.

— Comment l'as-tu appris ?

— Par un autre pêcheur. Il est passé près de l'île et a entendu les chiens hurler. Comme on ne les nourrissait plus, ils avaient... c'est lui qui a averti le village. Il disait que les morts étaient noirs comme de la suie. Du moins, ceux qui étaient encore intacts.

— Et après ?

— Le pêcheur est tombé malade dans la nuit. La fièvre, puis le délire. Il grelottait de froid, puis les bubons sont apparus.

— Les bubons ? interrogea Guilhem.

— C'est comme des figues qui sortent du corps, sous les aisselles, entre les cuisses. Elles ne cessent de grossir et, quand elles sont noires, elles éclatent. Ensuite, même la souffrance est une bénédiction.

Impatient, Charon le coupa :

— Quand tu as quitté le village, il y avait encore des vivants ?

Le prêtre se signa.

— Ceux qui respiraient encore, la vie leur fuyait déjà entre les dents. Tous doivent être morts désormais.

— Et toi tu n'es toujours pas malade ? s'étonna Charon. Déshabille-toi.

— Vous ne pouvez pas me demander ça !

— Tu préfères que je le demande à ton cadavre ?

Le curé s'effondra.

— Dieu, ayez pitié !

Les mains tendues vers le ciel, le prêtre tournait lentement sur lui-même tandis que Charon et ses hommes l'examinaient avec attention. Sale, puant, le visage souillé de larmes, mais sain. Aucune marbrure, aucun bubon. Guilhem cracha par terre de dégoût.

— Pourquoi Dieu a-t-il préservé une crevure pareille alors que tous les siens sont morts ?

— Parce que Dieu n'existe pas, répliqua L'Écorcheur.

Charon rengaina sa dague et s'enroula dans sa cape.

— L'épidémie a commencé il y a cinq jours, ce qui signifie que les cadavres ne peuvent plus nous infecter et que vous allez pouvoir piller tout votre soûl.

— Par la mort de Dieu ! hurla Balafre.

Guilhem serra l'ostensoir entre ses mains. Ce maudit prêtre n'avait peut-être pas tout pris avec lui. Charon saisit le curé par la nuque et le traîna à l'écart :

— Maintenant, je veux que tu me dises tout ce que tu sais sur le château.

Le prêtre parlait sans plus s'arrêter. Tant qu'il avait des choses à dire, il était vivant.

— Au château... dès le début... ils se sont enfermés. Le seigneur de Mornay, sa femme et sa fille. Ils ont renvoyé les bouches inutiles, puis ils ont levé le pont-levis... en fuyant, j'ai vu les serviteurs morts au bord des douves... le mal ne les a pas épargnés.

— Et à l'intérieur du château, ils ont survécu ?

— Nul ne le sait.

Le curé jeta un œil vers les compagnons de Charon qui, tout à la joie du pillage à venir, vidaient une gourde de vin. Une question le tourmentait :

— Comment avez-vous su que je me cachais là ?

Charon ne répondit pas.

— Décris-moi le château. Et n'oublie rien.

— C'est un logis flanqué de quatre tours. Celle qui regarde vers le levant, à droite, contient la vis[1].

— Comment est-elle éclairée ?

— Par des meurtrières.

— Et les fenêtres du logis ?

Le prêtre avait compris.

— Elles sont toutes grillagées. Si vous voulez entrer dans le château, il n'y a qu'un seul moyen : la grosse tour face au clocher du village. Le dernier étage, c'est la chambre de la comtesse. La baie est plus large et elle n'a pas de grille.

Charon regarda le soleil. Il était tôt et la lumière n'avait pas encore dissipé le brouillard. S'ils partaient tout de suite, personne ne les verrait. Il donnerait à Guilhem et aux siens un moment pour voler tout ce qu'ils voudraient dans le village. Ensuite, ils attaqueraient le château.

— Je vous ai aidé. Laissez-moi partir, implora le curé.

— Un de mes hommes va te ramener à la berge.

Le prêtre tomba à genoux et implora le Très-Haut :

— Christ ne m'a pas abandonné !

1. L'escalier.

Charon fit signe à L'Écorcheur de s'approcher.

— Raccompagne l'homme de Dieu. Et ne me déçois pas.

Pour la première fois depuis qu'il l'avait recruté, Charon vit l'ombre d'un sourire sur les lèvres blêmes de L'Écorcheur.

Les hurlements commencèrent dès la lisière de la forêt.

7.

Paris, le Châtelet
3 avril 1309

Dès l'arrestation des Templiers, Nogaret avait fait aménager une chambre au dernier étage du donjon pour être au plus près du lieu des interrogatoires. Chaque soir, il se rendait au hasard dans les cellules où les tourmenteurs œuvraient sans répit. Ni les cris, ni les pleurs ne l'atteignaient. Seul le résultat comptait et les moyens d'y parvenir. Ainsi, il avait vite recommandé d'appliquer la torture d'abord aux jambes. On s'évade rarement avec une cheville en miettes et si, par hasard, un templier réussissait à s'échapper, on repère plus facilement un boiteux. Après une partie de la nuit passée à recueillir des aveux, il remontait dans son donjon. Là, il se plongeait avec une même délectation dans un cuveau d'eau bouillante et dans le compte rendu des interrogatoires, afin d'en extraire les détails les plus à même de frapper l'imagination. Le matin, sur les marchés, des prêtres, des marchands, des commères – tous discrètement rétribués par ses soins – répandaient des rumeurs de blasphèmes et de profanations à longueur d'étals. Le soir, tout Paris en parlait, horrifié.

On frappa à la porte. Trois coups secs. Nogaret, plongé dans son bain, ne répondit pas. Il savourait l'attente.

En entrant, le premier geste de Mathilde fut d'arracher le voile qui domestiquait sa chevelure. Une toison sombre, mouvante, presque animale, se rua sur ses épaules. Le garde des Sceaux en imagina la douceur et le parfum, et en fut subjugué. Mathilde s'approcha et demanda :

— Je viens de voir passer le fils du roi, Louis, qui se rendait au palais, tu n'es pas au conseil du roi ?

— C'est un conseil de famille. Les ministres n'y participent pas.

Le regard de la jeune femme s'alluma.

— Le roi a des secrets pour toi, Guillaume ?

— Un roi a toujours des secrets.

Mathilde dénoua la ceinture de corde qui lui enserrait la taille. En levant les bras pour retirer sa robe de religieuse, elle sourit :

— Le peuple raconte que le fils aîné du roi n'ose même plus entrer dans la couche de sa femme...

— L'héritier du trône est de santé fragile. Il doit se ménager.

— À moins qu'on ne lui ait noué l'aiguillette.

Nogaret arqua un sourcil qu'il avait très fin. Signe chez lui d'un intérêt subit.

— Tu parles d'un acte de sorcellerie ?

— Une malédiction rituelle. Elle doit toujours être prononcée en présence des deux époux. On essaime discrètement du poivre sur leur passage, puis on prononce une incantation.

— Pourquoi du poivre ?

— Si le sel protège du Mal, le poivre noir en revanche attire le diable. Pendant l'incantation, on tient un lacet de cuir entre ses doigts. Et à chaque phrase, on serre un peu plus le lacet...

Mathilde fit lentement rouler ses bas sur ses cuisses, dévoilant la finesse délicatement arquée de ses jambes. Nogaret sentit une bouffée de désir l'envahir.

— ... et quand on prononce la dernière parole – « que le Grand Cornu te noue l'aiguillette à jamais » –, le lacet ne doit plus être qu'un nœud.

— Si le pape t'entendait, il t'enverrait rôtir sur le bûcher !

— Le pape...

Le regard de la jeune femme se durcit, elle montra son habit de religieuse, jeté au sol.

— Je lui dois *ça* !

Une fois sortie du bain, Mathilde s'accouda à la fenêtre pour tordre ses longs cheveux mouillés en regardant l'île de la Cité s'effacer sous la pluie. Du torrent de nuages qui déferlait sur la ville n'émergeaient que la flèche de la Sainte-Chapelle et les toits en poivrière des tours César et Bonbec qui protégeaient le palais du roi. Notre-Dame n'était plus qu'une silhouette fantomatique, prête à rompre les amarres.

— J'ai l'impression d'être sur un bateau à la dérive.

Nogaret vint se poster près d'elle. Il caressa l'épaule nue de la jeune fille et se pencha à son oreille.

— Je veux te montrer quelque chose.

Il traversa la pièce dallée de carreaux vernissés, ouvrit un coffre en bois et en tira un objet roulé dans une pièce de tissu rouge.

— Ce matin, j'ai fait fouiller de fond en comble la demeure d'un drapier soupçonné de recel de métaux précieux. Depuis plusieurs semaines, on voit surgir dans les bouges de Paris des biens qui appartenaient aux commanderies templières et devraient normalement être sous séquestre.

Mathilde se retourna, nue comme Ève avant le péché.

— Pourquoi me parles-tu de ça ?

— Parce qu'au milieu des ciboires et autres ostensoirs, il y avait ceci.

Il déplia le tissu et posa sur la table un petit reliquaire en or en forme de main. Deux doigts étaient dressés en signe de bénédiction.

— Regarde les armoiries de chaque côté.

La chanoinesse saisit un chandelier pour mieux les distinguer.

— La fleur de lys : ce sont les armes de la famille royale. En revanche, je ne connais pas l'autre blason.

— Bandé d'or et d'azur de six pièces, à la bordure de gueules : les armes du duché de Bourgogne. J'ai vérifié dans les archives royales, ce reliquaire a été réalisé pour le mariage du prince Louis et de Marguerite de Bourgogne. Il n'en existe que deux exemplaires, et j'aimerais bien savoir comment celui-ci s'est retrouvé chez un marchand drapier de la rue Saint-Éloi.

— Un serviteur peut l'avoir volé et revendu.

— Impossible. Ce reliquaire, comme son jumeau, fait partie du trésor de la chapelle de l'hôtel de Nesle, d'où on ne les sort que pour des occasions exceptionnelles : maladie grave du roi ou naissance d'un héritier. D'ailleurs, ils sont chacun enfermé dans une armoire murale, close d'une porte en fer. Et il n'y a qu'une clé.

Mathilde tressa une de ses mèches.

— Celui qui l'a revendu savait donc qu'il avait peu de risque d'être découvert.

— Celui ou celle... Contrairement à ce qu'affirme le marchand, je doute que le fils du roi vende en sous-main un reliquaire reçu pour son mariage.

— Sa femme, en revanche...

Nogaret caressa la chair veloutée de sa compagne. Mathilde comprenait toujours juste et vite.

— Il est impératif que je sache qui est responsable de ce commerce clandestin et pourquoi.

Mathilde savait que les relations de Nogaret avec le prince héritier étaient mauvaises. Découvrir qui pillait ses biens pouvait se révéler politiquement très utile.

— Et puis, voler un tel objet, ce n'est pas comme dérober de la vaisselle d'argent. Il contient un doigt de saint Louis. On peut faire beaucoup de choses avec une relique...

— Donc tu as besoin de moi.

— Oui, je veux que tu pistes la personne qui monnaye des reliques à Paris, que tu remontes la filière. Tu es religieuse, tu pourrais chercher des reliques pour ton couvent...

— Je sais déjà comment m'y prendre, l'interrompit son amante, maintenant pourquoi le ferais-je ?

— Parce que si tu m'aides, je te ferai sortir de ton couvent.

Dehors, les nuages roulaient sur la ville et la pluie, à nouveau, crépitait sur les toitures. Une charrette passa, transportant une roue et un pilori. Demain, on exécuterait place de Grève un faux-monnayeur. Le bourreau allait monter l'échafaud en plein cœur de Paris devant un public avide de sang. Battre monnaie était un privilège royal et il fallait faire un exemple.

Nogaret se retourna vers Mathilde.

— Dès que tu auras éclairci ce commerce souterrain de reliques, tu vas tomber malade, déclara-t-il. La poitrine. Avec ce temps de froid et de pluie, nul ne s'en étonnera. La vie stricte du couvent ne pouvant qu'aggraver ton état, tu devras en sortir.

— On ne quitte pas si facilement ses obligations monacales.

Nogaret haussa les épaules.

— Tes sœurs craindront pour ta vie.

— Elles craindront surtout de perdre la bonne rente que mes frères leur versent !

Le garde des Sceaux lova sa main entre les hanches de Mathilde.

— Une fois libre, tu prendras service à la cour du roi, auprès de Marguerite, l'épouse de Louis.

— Celle-là même que tu soupçonnes ?

— Tu seras le ver dans le fruit. J'ai ouï dire qu'elle cherchait une lectrice : elle adore entendre des romans.

Mathilde rougit de plaisir. Elle pourrait voir son amant de jour comme de nuit. Guillaume, lui, enfouit son visage dans sa chevelure.

— Tu seras sa voix... et mes yeux.

8.

Village de la Chasse
3 avril 1309

Le soleil commençait à percer le brouillard, répandant une lumière pâle et glacée qui faisait briller le givre sur les buissons. Derrière un roncier d'églantines, Guilhem observait les premières maisons du village. Le faîtage des toitures était noirci de nuées de corbeaux et les portes ouvraient sur le vide.

— Tu sens cette odeur ? demanda Balafre.

Guilhem hocha la tête. C'était une odeur lourde et entêtante comme celle que l'on sentait le long des bras morts de la Seine. L'Écorcheur, lui, observait le givre craquant qui recouvrait le sol du village. Il n'y avait aucune trace de pas. Personne n'était sorti des maisons depuis l'aube.

— Soit ils ont abandonné le village, soit..., commença Guilhem

— Ils n'ont pas pris la fuite, écoute...

Derrière l'église, on reconnaissait le meuglement lancinant des vaches.

— Jamais un vilain[1] ne partirait sans son troupeau. Non, ils sont tous crevés dans leur maison.

— Et s'il y en a qui ne sont pas encore morts ? demanda Balafre, inquiet.

1. Un paysan.

L'Écorcheur montra la branche émondée de noisetier à l'extrémité de laquelle il avait solidement arrimé son coutelas.

— Si un de ces demi-morts bouge, je le cloue comme le Christ sur la croix.

Guilhem sortit une lame de sous son surcot, parfaite pour cisailler un doigt ou le lobe d'une oreille.

— Il est temps de remplir nos poches !

Tous se tournèrent vers Charon qui se tenait debout, indifférent aux menaces d'outre-tombe de ce village fantôme.

— Vous n'avez rien à craindre des morts. Ils sont en train de pourrir. En revanche...

Un corbeau venait de sortir d'une maison, serrant dans son bec une main gluante. Un doigt tomba au sol, étoilant le givre d'une rosace de sang noir.

— Seigneur Dieu..., gémit Guilhem.

Aussitôt, une troupe de corbeaux s'abattit depuis les toitures, et une bataille féroce s'engagea pour s'emparer des débris poisseux de chair.

Le Maître leur avait promis le pillage. Il savait que c'était le seul moyen de s'assurer de leur fidélité. Il les regarda s'éloigner, puis enfila ses gants et sortit de sa tunique les deux images peintes que la sorcière avait nourries de son sang. Son attention se porta d'abord sur le portrait du roi Philippe. L'homme qui les avait anéantis en un tour de main. Malgré sa haine, le Maître était admiratif : alors qu'en plus de deux siècles, nul n'avait osé s'attaquer au Temple, lui l'avait balayé en une seule journée. Un roi de fer, comme disait le peuple, mais tout homme a son point faible. Pour Philippe, il s'agissait de sa famille, et les vers étaient déjà dans le fruit.

Le Maître se concentra ensuite sur l'effigie du pape. Des yeux enfoncés, un visage sirupeux et un menton qui se noyait dans la graisse : il exhalait la ruse comme le feu la fumée. Depuis que le roi Philippe avait arrêté les Templiers, Clément V ne cessait de louvoyer pour mettre la main sur leurs richesses. L'argent, voilà ce qui l'intéressait. L'argent qui achète, l'or qui corrompt, la certitude de toute-puissance. C'est pourquoi il avait envoyé un légat à Paris : seul le pape avait le pouvoir de dissoudre le Temple et il comptait bien le monnayer. Cher. Très cher. Le Maître ramassa un caillou dont il lesta les deux portraits avant de les jeter à l'eau. Avec un sourire, il les regarda s'enfoncer. La vengeance du Temple ne faisait que commencer.

Guilhem vomissait pour la seconde fois. Dans la salle où il venait d'entrer, une femme en liquéfaction, les orbites creuses, agrippait encore le rebord d'un berceau où stagnait une forme noirâtre et puante. Balafre, lui, regardait l'échelle qui montait au grenier. Un liquide graisseux gouttait du plafond et enduisait tous les barreaux.

— Il y en a au moins un là-haut.

L'Écorcheur s'approcha de la cheminée. Le fond de l'âtre était fait de briques noircies. Sauf une sur laquelle la suie avait disparu par endroits. L'Écorcheur appuya sur un des bords. La brique bougea. Il se tourna vers Balafre.

— Vas-y, frappe.

La brute ne se fit pas prier. Le fond de l'âtre vola en éclats et une bourse roussie roula jusqu'à Guilhem qui s'en saisit. Sous ses doigts, il sentit la forme des pièces. La journée commençait bien.

— Il y a encore tout le village à piller.

Le Maître écoutait le silence. Depuis deux ans qu'il se cachait, il avait presque oublié le fracas des armes et celui qu'il était autrefois. La clandestinité en avait fait un homme nouveau, une lame prête à frapper. Il fit tomber sa capuche sur ses épaules. Un vent glacé montait des marais. Il lui semblait renaître, ressusciter. Des nuits durant, il avait préparé son plan, soupesé chaque détail, mûri chaque geste, effacé chaque hasard. Ne manquait plus que la pierre d'angle, celle qui donnerait élan et force à tout son édifice.

ALCOR.

Une profonde exaltation s'empara de lui. S'il trouvait le secret, il serait plus que Dieu.

Il serait le destin.

Guilhem avait rassemblé dans une besace le butin dérobé. Devenus voraces, ils avaient démonté chaque cheminée, arraché les planchers, éventré même les matelas de paille. Ils avaient fini par dépouiller jusqu'aux cadavres bleuis par la pourriture, becquetés par les corbeaux, dévorés par les chiens. Car même à l'agonie, les femmes serraient les bijoux entre leurs seins et les hommes mouraient le poing crispé sur une pièce d'argent.

Ils venaient de s'arrêter dans l'ombre du clocher. La porte de l'église était entrouverte. Du sang avait séché sur les marches.

— Des malades ont dû se précipiter à l'intérieur pour implorer Dieu. Il ne les a pas entendus, railla L'Écorcheur.

— On a assez détroussé de cadavres comme ça. Laissons ceux-là dormir en paix, dit Balafre, angoissé à l'idée de s'attaquer à un sanctuaire.

— Au contraire, ils ont sans doute pris avec eux tout ce qu'ils possédaient. Et puis, je suis sûr que le prêtre n'a pas tout emporté. Il n'a pas eu le temps, il avait trop peur...

Un grognement retentit brusquement dans le fond de la nef.

— Le diable est venu les chercher, il dévore leurs âmes !

Balafre se figea. Il ne ferait pas un pas de plus.

Guilhem serra son butin contre lui.

Il l'avait volé à des morts, même Satan ne le lui arracherait pas.

— Ce n'est pas le diable, lança L'Écorcheur en poussant le battant de la porte.

Sur les dalles, un homme, les bras raidis, avait tenté d'agripper un banc renversé avant de mourir. Mais ce n'était pas le mal noir qui l'avait tué.

Sur lui, une forme sombre s'acharnait.

L'Écorcheur fit un pas.

Un groin luisant de sang jaillit du ventre du mort et un parfum bouillonnant d'entrailles se répandit dans l'église.

Deux yeux avides fixaient L'Écorcheur.

Depuis des jours, le sanglier déchirait des viscères pourris, broyait des chairs putrides. Et il n'en avait jamais assez.

La viande malade qu'il dévorait avait fait de lui un ventre hurlant de désir.

Il avait faim.

Faim de la chair des hommes.

Il fixa les trois intrus et se rua en avant.

9.

Paris, palais de la Cité
3 avril 1309

La salle du Conseil restreint ne comportait aucune fenêtre. Seules deux cheminées allumées éclairaient la pièce au plafond peint. Un artiste d'Avignon, qui avait travaillé pour le pape, avait représenté sur les poutres les tourments de l'enfer. Les rares visiteurs qui n'appartenaient pas à la famille royale en avaient conclu à la foi profonde de Philippe le Bel et à sa crainte sincère de l'au-delà. Nul ne pouvait imaginer que les sévices étaient ceux que le roi réservait à ses ennemis. Il faut dire que d'ennemis, la Couronne de France ne manquait pas. Du duché de Bretagne au comté de Foix, l'autorité royale était souvent contestée. Sans compter l'Angleterre et la Flandre, avec lesquelles les conflits étaient aussi récurrents que les épidémies de mal noir.

— Sire, Monseigneur de Valois demande à être introduit, annonça un héraut vêtu d'une tunique bleue.

Philippe prit son temps pour répondre. Son frère cadet, Charles, qui n'avait jamais supporté de ne pas être roi, passait sa vie à chercher une couronne à mettre sur sa tête. Il avait tenté de s'emparer par les armes du duché de Naples, par mariage de l'empire byzantin, et rêvait maintenant de lancer une croisade pour mettre la Terre sainte à ses pieds. Son obsession tournait au ridicule. Le roi fit signe qu'on le laisse entrer. Monseigneur de Valois se rua dans la salle comme une tempête, le verbe haut, le geste tonitruant.

— Enfin un conseil où je n'aurai pas le déplaisir de voir vos maudits conseillers ! En particulier Nogaret, ce juriste de malheur, un homme de rien.

— Messire de Nogaret descend d'une illustre famille du Languedoc. Son sang est aussi noble que le vôtre, mon frère.

— Du sang de Cathare, oui ! Vous savez très bien que son grand-père était un hérétique, condamné par l'Inquisition.

— Nogaret est mon garde des Sceaux, et il m'a toujours conseillé dans l'intérêt du royaume. Ce qui est rarement votre cas.

— Et quels bons conseils ! Ce chien vous a convaincu d'attaquer le pape, d'abattre l'ordre du Temple...

— Nul ne me convainc, mon frère, vous devriez le savoir.

Le comte de Valois haussa ses larges épaules et s'écroula sur une chaise qui faillit s'écrouler sous son poids.

— Où sont vos fils, mes neveux ?

— Me voici, mon oncle, répondit une voix grêle.

Louis entra sans être annoncé, privilège d'héritier du trône. Comme toute la France, Charles le regarda avec pitié. Les épaules tombantes, le visage délavé et le regard de cendre, Louis de Navarre toussait comme s'il allait rendre son âme à Dieu. Et dire que pareil homoncule allait devenir roi ! La pitié laissa place à la jalousie. Pire, ce falot était marié à la plus belle femme du royaume, un vrai gâchis ! Haletant, Louis ôta la sueur de son front : le trajet entre sa résidence de la tour de Nesle et l'île de la Cité l'avait éreinté. Parfois, Charles se demandait ce qu'il adviendrait si son neveu passait brusquement de vie à trépas. La couronne sauterait alors sur la tête de ses frères, mais aucun d'eux n'avait hérité d'une santé éclatante. Il sourit : en un instant, il enterra son frère, ses trois neveux et se rêva roi de France.

— Monseigneur Philippe, fils de France.

Si le fils cadet de Philippe le Bel n'avait pas plus de largeur d'épaule que son aîné, il avait en revanche hérité de son père une autorité naturelle qu'il maniait avec aisance et subtilité. Une qualité qui rendait son frère jaloux et son oncle, méfiant.

— Et Charles, demanda Louis, il n'est pas avec vous ?

— Notre jeune frère ne s'est pas senti bien à l'entrée du palais : il est rentré chez lui. Vous savez combien la mort de notre mère l'a moralement affaibli.

Le roi ne réagit pas, mais il se demanda par quel coup du sort ses héritiers lui ressemblaient si peu. À la vérité, seule sa fille, Isabelle, était digne de son sang et du trône, mais malheureusement elle n'était pas l'aînée. Elle aurait fait une reine de fer. Par stratégie politique, il l'avait mariée au roi d'Angleterre. Un bien triste sire que cet Édouard qui, en plus de n'avoir aucune cervelle, était bougre. Enfin, il avait quand même réussi à faire un fils, Isabelle en ferait un roi.

Philippe fit signe qu'on pose sur ses épaules le manteau bleu semé de lys, symbole de sa puissance royale, puis le sceptre d'or à sa droite. Enfin, il tendit la main, imposant le silence.

— C'est justement à propos de la défunte reine que je vous ai réunis en conseil restreint.

Charles de Valois plissa les lèvres de surprise. L'épouse de Philippe était morte et enterrée. Son corps, déposé au couvent des Jacobins, rue Saint-Jacques, ne devait plus être qu'un tas d'os. Elle était partie jeune, certes, mais elle avait donné trois garçons au roi, on ne lui en demandait pas plus.

— Vous n'ignorez pas que la maladie qui a emporté la reine a été subite et rapide. Ce qui a donné lieu à certaines rumeurs, on a parlé d'empoisonnement...

Le visage du prince Philippe se crispa. De tous ses fils, il avait été le préféré de sa mère. La reine aimait cet enfant aux cheveux blonds, à la voix douce, aussi affectueux que délicat. Louis, lui, haussa les épaules :

— Des rumeurs, toujours des rumeurs ! Tous les matins, mes gens me rapportent des abominations sur mon compte. On dit que...

— Ce n'est pas le sujet, Louis, le coupa le roi. Vos déboires conjugaux sont malheureusement connus de tous.

Le visage de l'aîné blêmit de honte. Une fois de plus, son père venait de l'humilier en public. Son oncle, Charles, vola à son secours :

— Louis a raison. Toutes ces rumeurs d'empoisonnement sont des calomnies, des infamies, des...

— Ce ne sont pas des calomnies.

Le roi posa une liasse de parchemins sur la table du conseil.

— Il y a peu, le garde des Sceaux a fait arrêter un moine en rupture de ban qui vendait, dans une discrète échoppe de l'île de la Cité, des simples[1] et des potions.

Charles secoua sa tignasse brune comme un lion sa crinière.

— Allons, mon frère, vous ne nous avez pas réunis parce qu'un moinillon, qui sans doute ne supportait pas le célibat, payait ses catins en vendant de la bourrache et des onguents à des femmes du peuple ?

— Détrompez-vous, mon frère, la plupart de ses clientes font partie de notre cour, et certaines se trouvent justement être veuves depuis fort peu... Avez-vous déjà entendu parler de la poudre de succession, qui permettrait de se débarrasser d'un mari encombrant ?

Charles se signa. Il n'aimait pas le regard de son frère. Ce n'était pas la minceur livide de ses lèvres qui le dérangeait, ni son front obstinément carré ou ses pommettes trop osseuses, mais bien ses yeux. D'un bleu intense, dans lequel jamais aucun reflet ne venait se prendre comme si la vie ne faisait que le traverser. Le roi Philippe déroula le parchemin et posa son index sur le premier feuillet.

— Interrogé par Nogaret, ce moine perverti a pris peur et, en espérant sauver sa misérable tête, il a dénoncé une tentative de meurtre contre la reine. Son témoignage, vérifié point par point, est consigné dans ce document. Il est accablant.

1. Plantes médicinales.

Louis fut pris d'une violente quinte de toux. Non pas que l'assassinat de sa mère lui causât la moindre émotion, mais il vivait dans la terreur d'être enherbé[1]. Le ton grave, son frère Philippe demanda :

— Ce moine a agi seul ?

— Lui a fourni la recette du poison. Un marchand lombard, un certain Nossle, a collecté les ingrédients nécessaires, et un autre moine, Jean de Tayac, l'a fait entrer à la cour. Tous ont été arrêtés, tous ont avoué.

Charles, d'ordinaire bruyant et péremptoire, baissa la voix. Ce prince qui avait trempé dans des conspirations aux quatre coins de l'Europe craignait plus que tout d'en être un jour victime.

— Alors c'est un complot. Et qui dit complot...

La face décomposée, Louis se leva :

— Ce sont *eux* ! Ce sont *eux* ! Je l'ai toujours dit ! Jamais nous n'aurions dû...

Un seul regard du roi le fit se rasseoir.

— Taisez-vous, Louis ! Nogaret a personnellement interrogé les trois complices et ils ont donné un nom. Celui du commanditaire.

Philippe, le cadet, était resté silencieux. Il se demandait si c'était bien sa mère qui était visée. Toute la cour savait qu'elle partageait encore la couche de son mari. Le poison qu'elle avait absorbé pouvait très bien être destiné au roi.

— Qui est-ce ?

— Guichard. L'évêque de la ville de Troyes. Un familier de la reine. Il l'a connue enfant.

— Un homme de Dieu ? s'étonna Louis.

— Un homme du pape, répliqua Philippe qui partageait l'aversion de son père pour le pontife.

— Voyons, mon neveu, vous ne pensez tout de même pas..., s'écria Charles.

Personne ne répondit, mais tous savaient que le royaume de France était en conflit ouvert avec la papauté depuis des années. Un conflit qui ne cessait de s'envenimer et,

1. Empoisonné.

même si le pape allait devoir condamner publiquement les Templiers, sa rancune envers Philippe le Bel n'en était que plus violente. Louis porta un mouchoir à son visage avant de cracher sa colère :

— Si Nogaret ne vous avait pas aussi mal conseillé, mon père, nous n'en serions pas là...

Lui aussi, comme son oncle, détestait le garde des Sceaux. Cette fois pourtant, Charles ne le suivit pas :

— Même si c'est un homme de Dieu qui est responsable de la mort de la reine, il y a très peu de chance que le pape en soit le véritable commanditaire. La ficelle est trop grosse, ces messieurs d'Avignon sont plus fins que ça.

— À quoi pensez-vous, mon frère ? demanda le roi.

— J'ai ouï dire que cet évêque Guichard, qui certes connaissait la reine depuis fort longtemps, n'était toutefois plus de ses amis.

Son neveu Philippe confirma :

— Oui, ma mère s'en était séparée car elle le soupçonnait de différentes malversations dans son évêché de Troyes.

— Alors, il aurait agi par simple vengeance ? interrogea Louis, presque soulagé.

Charles de Valois approuva du chef.

— Une vengeance qui l'aurait aveuglé au point de commettre sciemment l'irréparable. Un évêque est d'abord un homme, et Satan lui tire la manche autant qu'à un autre.

Philippe secoua la tête. Il n'était pas convaincu.

— Sait-on s'il avait prévu de procéder à d'autres empoisonnements ?

Le roi déposa un nouveau rouleau de parchemin sur la table, celui-ci était scellé.

— Nous étions ses prochaines victimes. Cette âme damnée avait prévu d'empoisonner des dragées en les trempant dans une décoction de ciguë et de jusquiame.

Charles se mordit les lèvres. Il croquait des dragées comme un enfant de chœur. Philippe le Bel continua :

— On a aussi retrouvé dans le coffre de l'évêque une statue de cire criblée de clous, mais le visage avait été lissé. On ignore donc qui il avait tenté d'ensorceler.

Instinctivement, Louis porta la main à son bas-ventre. Charles saisit les feuillets de parchemin dans sa main puissante comme pour les broyer.

— Une statue de cire… des clous… pour les planter au niveau du foie, du cœur ou du sexe. J'ai déjà vu de telles figurines à Naples et je sais d'où elles viennent.

Louis se mit à tousser bruyamment. Charles se tourna vers le roi.

— Croyez-moi, mon frère, ce n'est ni un pape ni un évêque, qui s'adonne à un tel art maléfique, car ces abominations diaboliques ne s'apprennent pas en terre du Christ…

Toute la tablée se figea.

— … mais en Orient, chez les Juifs et les Infidèles. Là où on sait invoquer les démons, se servir du diable.

Pensif, le roi Philippe caressa la longue tige d'or de son sceptre. Des Infidèles, il n'y en avait pas en France, quant aux Juifs, ils en avaient été chassés trois ans plus tôt.

— Vous devez vous tromper, il n'y a rien ni personne qui vienne d'Orient dans notre royaume !

L'œil de Charles brilla.

— Si, les Templiers.

10.

Château de la Chasse
3 avril 1309

Le cadavre du sanglier gisait au centre de la nef. L'Écorcheur l'avait tué d'un coup de lance. La pointe avait frappé à la gorge, éclaboussant le pavage d'un sang noir et âcre. Balafre se tenait agrippé au bénitier. Guilhem, lui, fouillait déjà derrière l'autel. La voix de Charon les rappela à l'ordre :

— Vous vous servirez plus ailleurs.

Le château de la Chasse mirait ses deux tours dans l'eau des douves. Des lambeaux de brume stagnaient encore au ras des murailles. Charon observa les toits en poivrière. Aucun corbeau. C'était bon signe. Restait maintenant à entrer dans le château. Massive et trapue, la forteresse avait été bâtie pour résister à un siège en règle. Le seigneur de Mornay qui l'avait édifiée avait multiplié les moyens de défense. Meurtrières le long des tours, mâchicoulis au sommet. Sans compter les grilles sur toutes les ouvertures. Toutes sauf une. Charon se concentra sur le sommet de la tour la plus imposante. Juste sous la toiture, une fenêtre était sans protection. Le prêtre n'avait pas menti. Il appela L'Écorcheur :

— Il n'y a qu'un moyen d'entrer. Lancer un grappin au niveau de la fenêtre la plus haute et ensuite escalader.

L'Écorcheur examina le revêtement de la tour. Par endroits, des pierres étaient descellées. En se balançant au bout de la corde, on pouvait y prendre appui, mais pour cela un seul homme devait monter, guidé par les autres.

— Balafre doit pouvoir grimper, mais ensuite ?

— Il descendra au rez-de-chaussée, puis...

Charon montra une poterne dans la façade.

— ... ouvrira cette porte. Et on entrera tous.

— Et les douves, comment les franchir ?

— Balafre nous jettera le grappin et, une fois la corde tendue, on traversera au-dessus de l'eau.

— Et s'il y a un archer. Une seule volée de flèches et...

Charon le regarda fixement.

— Alors tu sauras si Dieu existe.

Agrippé à l'étrier d'une meurtrière, Balafre n'en pouvait plus. Il leva les yeux. La fenêtre n'était plus qu'à une toise, mais il n'avait plus de souffle et son cœur caracolait dans sa poitrine. Il pensa au butin. Les seigneurs avaient dû s'enfermer avec leurs richesses. Il imagina des pièces ruisseler entre ses mains. Bientôt il en aurait fini avec sa vie de ruffian. Il glissa son pied droit dans la fente de la meurtrière et serra la corde.

— Il y est presque, jubila Guilhem.

L'Écorcheur se dirigea vers un saule qui ombrageait les douves. Il grimpa le long du tronc et l'entailla en profondeur, le meilleur moyen pour fixer un grappin. Ensuite, ils n'auraient tous qu'à se laisser glisser vers la poterne. Un fracas le fit se retourner. Des morceaux de bois brisé chutaient de la tour. Balafre venait de rentrer dans le château.

Guilhem posa le pied sur le rebord de la poterne. Il jeta un œil à sa besace restée sur l'autre berge. Quand il ressortirait, il serait un homme riche.

— Il n'y a que des cadavres, annonça Balafre.

— Combien ? demanda Guilhem.

— Trois, dans la grande salle.

— Et dans les chambres ?

— Je n'ai pas eu le temps de...

Guilhem éclata de rire et se précipita dans l'escalier.

La soif du pillage venait de le reprendre.

Charon se tenait dans la grande salle. La table était encore dressée et une carafe de vin trônait au milieu de hanaps[1] et de vaisselle d'argent. Les Mornay avaient toujours été des seigneurs puissants. Fidèles vassaux des Capétiens et familiers de la cour. À la bataille de Courtrai[2], le seigneur de la Chasse n'avait pas fui, mais avait fait front de son corps au milieu des cadavres. Blessé, piétiné, mutilé, il s'en était sorti par miracle. Depuis, il vivait reclus dans son château.

— Messire.

Guilhem venait d'entrer. À sa mine déconfite, Charon comprit que la moisson avait été maigre.

— Les chambres des seigneurs sont vides ! Pas une pièce, pas un bijou !

— On n'a trouvé que des cadavres de croquants. Comme ici. De la valetaille en train de pourrir ! compléta Balafre, qui les avait rejoints, en montrant trois corps recroquevillés au sol, le visage coulant comme de la cire.

Charon fixait le panneau peint au-dessus de la cheminée. On y voyait un arbre aux branches noueuses et feuillues qui montaient vers le ciel.

— Si les seigneurs ne sont pas en train de pourrir dans les étages, c'est qu'ils sont morts en premier...

Charon regardait maintenant le tronc de l'arbre. Celui-ci prenait racine dans un monticule de cadavres. Des chevaliers tués au combat. L'un avait une flèche brisée en pleine poitrine, un autre, la pointe d'une lance fichée dans son casque.

— ... et ont été mis en tombe.

Le regard de Guilhem s'alluma. Charon s'approcha de la cheminée, fasciné. Au pied du tronc, des vivants semblaient sortir de ce magma de cadavres.

1. Coupes servant à boire du vin.
2. Défaite française contre les Flamands en 1302.

— Descendez à la crypte, ordonna Charon.

Tandis qu'ils se précipitaient dans l'escalier, un détail de la peinture surprit son observateur. Les arbres ne portaient pas que des feuilles. À l'extrémité d'une branche, comme un bourgeon à peine ouvert, se dressait, ovale et dorée, la pointe d'un champignon.

La crypte était sombre et voûtée, à peine éclairée par trois meurtrières. Un filet de lumière fusait de chacune et venait éclairer une tombe. La première était couverte d'une dalle tirée à la hâte. La pierre jointait mal avec les parois.

L'Écorcheur glissa le manche de son coutelas dans l'interstice. Il réussit à déplacer la dalle de quelques pouces, assez pour que Guilhem et Balafre en agrippent l'angle supérieur et la fassent chuter au sol.

— Par la mort de Dieu ! jura Guilhem.

Du corps, il ne restait plus que les vêtements qui flottaient sur une masse visqueuse. Seul le crâne surnageait, à la dérive. Guilhem se plia en deux pour ne pas vomir. L'Écorcheur, lui, plongea sa lame dans cette soupe de mort et repêcha une chaîne d'or.

— Ce tombeau est pour moi !

Balafre se précipita sur l'autre caveau dont la dalle n'avait même pas été posée. Sans doute parce qu'il avait été exposé à l'air libre, le corps s'était comme momifié. La peau, grise et transparente, collait aux os. Balafre tendit la main pour saisir un collier qui avait roulé du poignet, mais un rat surgit, sifflant et menaçant.

— Vermine du diable !

Guilhem s'était dirigé vers la dernière tombe. Elle n'était pas en pierre, mais en marbre. En se penchant, il s'aperçut qu'elle était gravée. Il pensa à des armoiries, mais il n'y avait qu'une seule figure : un arbre. Tout autour, un serpent formait un cercle parfait. Des lettres semblaient gravées à l'intérieur. Il poussa la dalle. Elle était moins lourde que les autres, il n'aurait pas besoin d'aide. D'un seul coup d'épaule, il la déplaça de moitié. Quand il s'écarta, la lumière éclaira le corps intact d'une jeune femme. Elle portait une robe blanche et son visage, quoiqu'émacié, ne s'était pas encore affaissé.

— Toi, ma belle, tu n'es pas morte depuis longtemps.

Il regarda ses mains. Une émeraude brillait dans la pénombre.

Guilhem la saisit et tira, mais la bague ne venait pas. Il sortit son couteau avec un sourire. Le doigt était encore flexible, il le plia et entama violemment la chair.

Du sang jaillit.

Un hurlement déchira le silence de la crypte.

Et ce fut la nuit.

LES GEÔLES DU CHÂTELET

Les morts sortiront de la terre immonde,
Les yeux ouverts, l'âme profonde,
Semant l'effroi par le monde

La complainte des Ressuscités

11.

Paris, place de Grève
4 avril 1309

Jaillie des rues de l'île de la Cité, la foule se pressait en direction de la place de Grève qui, pour l'occasion, avait été nettoyée à grande eau. Le pavé humide brillait sous le soleil blanc qui montait entre les deux tours de Notre-Dame. Il faut dire que le spectacle s'annonçait grandiose. Au centre de la place, protégée par un double cordon d'archers, se dressait une plateforme de bois sur laquelle s'agitait un homme à large stature, le visage dissimulé sous une capuche dont la pointe retombait sur ses épaules. Le regard inquiet, un aide à la tignasse brune le regardait éprouver le tranchant d'une hache sur la paume de sa main.

— En principe, je n'en aurai pas besoin, mais quand on brise une jambe avec une masse, le genou, lui, risque de se rompre.

L'aide regardait les muscles déjà couverts de sueur de l'exécuteur de basses œuvres.

— Et si le genou cède, il faut couper tout de suite ! Le plus sûr, c'est d'utiliser une scie, mais la foule en déteste le bruit, alors on coupe à la hache.

— Mais le sang, le condamné doit se vider comme une...

Le bourreau montra le brasero rempli de charbons de bois incandescents.

— Il suffit d'en prendre un avec une pince, puis de l'appliquer sur toute la surface de la plaie. Crois-moi, une fois brûlées à vif, les chairs ne saignent plus. Et puis le condamné hurle à la mort et ça, la populace adore !

Devant l'échafaud, un crieur public, entouré d'exempts, déroula un parchemin pour annoncer le supplice à venir.

— Sur ordre de notre bien-aimé Philippe, roi de France par la grâce de Dieu, il a été décidé que Guy Dussel, pour avoir contrefait de la monnaie royale, aurait la main droite tranchée, serait émasculé et écorché vif, longuement roué et promptement décapité, s'il plaît à Dieu qu'il soit toujours en vie. Ce qui restera de lui sera pendu, par les pieds, au gibet de Montfaucon.

Le bourreau désigna une serpe aiguisée comme un rasoir.

— Tu me donneras celle-là. La justice du roi veut qu'il soit émasculé avant d'être roué. Tant mieux, je n'aurai pas la main fatiguée par les coups de massue. Un seul coup de serpe bien placé et le condamné maudira tous les saints du paradis.

— Et les... on en fait quoi ? balbutia l'aide.

— Sitôt au sol, tu les ramasses pour les fourrer dans ce sac en cuir. J'ai un acheteur. Pareil pour la langue, une fois le condamné mort, tu l'arraches. Tu ne la laisses surtout pas à ces charretiers de malheur qui vont convoyer le corps jusqu'à Montfaucon. La langue d'un décapité, brûlée et réduite en cendre, c'est souverain pour les maux de femme. À chaque exécution, j'ai une cliente qui...

Le reste de la phrase fut submergé par une clameur immense qui venait d'éclater sur le Grand Pont.

— Le prisonnier a quitté le Châtelet, annonça le bourreau en se frottant les mains. Le spectacle va pouvoir commencer.

Draco se posta devant la porte de la tannerie qui longeait la Seine. Apprentis, artisans, tous étaient aux fenêtres pour suivre le convoi qui escortait la charrette du condamné. Avec son pourpoint râpé et son vieux havresac, Draco se fondait parfaitement parmi les ouvriers sans travail qui, chaque matin, vendaient leurs bras sur la place de Grève. Il examina l'entrée de l'escalier qui menait à la terrasse, là où on étendait les peaux tannées pour les sécher. Même d'en bas, l'odeur était abominable. Il avait bien fait de prendre un de ces larges foulards que les Infidèles portaient en Égypte. Plusieurs fois plié, il lui éviterait de s'évanouir tant les odeurs étaient insupportables. C'est d'ailleurs pour ça qu'il avait choisi cet endroit pour son rendez-vous : personne ne viendrait les déranger.

— Vous êtes celui qui...

Draco fixa l'inconnu qui venait de lui adresser la parole. Son futur client. Un bourgeois, vêtu de noir, au visage gras et aux cernes marqués.

— Je suis Robert Dussel, le père de...

Draco lui fit signe de se taire. C'était la première fois qu'il voyait le père d'un condamné à mort. Dans les tavernes de l'île de la Cité, on ne parlait que de son fils, tombé dans la plus vile des débauches, et réduit à fabriquer de la fausse monnaie pour payer ses vices. Le marchand sortit une bourse.

— Je ne veux pas qu'il souffre.

Draco montra son havresac.

— Je peux lui éviter ça.

Robert Dussel dénoua les lacets en cuir de la bourse.

— Votre fils va d'abord être amputé, puis émasculé, écorché et roué. À quel moment voulez-vous que j'arrête son calvaire ?

Le marchand sortit deux sous d'argent.

— Il ne sera pas roué, commenta Draco.

Dussel puisa à nouveau dans sa bourse.

— Et avec ça ?

— Ni roué, ni écorché, en revanche il lui manquera des morceaux.

Le visage du marchand s'empourpra.

— Vous avez un cœur de pierre !

— Et vous une bourse bien rebondie.

Draco tendit la main.

— Pensez à sa mère.

En sanglot, le bourgeois vida le contenu de sa bourse.

— Je viserai la tête. Il sera mort dès qu'il mettra un pied sur l'échafaud. Comme le bourreau n'a pas le droit de *travailler* un mort, le corps vous sera rendu et vous pourrez l'enterrer en terre consacrée.

Dussel essuya ses larmes.

— Merci.

— En attendant, rentrez chez vous et que des témoins vous y voient. Vous n'avez pas une tête à manier l'arbalète, mais la justice du roi trouve toujours un coupable, surtout quand elle est bafouée en public. Et vous êtes la première personne que les hommes de Nogaret iront voir.

Sitôt l'escalier discrètement monté, Draco déboucha sur un ensemble de terrasses qui surplombait la place de l'exécution. Il s'approcha du parapet, se coucha sur le dallage et ouvrit son havresac. Il sortit le bois de l'arbalète, vérifia qu'il était parfaitement aligné, puis éprouva la souplesse de l'arc avant de le fixer. L'échafaud était à plus de deux cents pieds. À cette distance, il fallait tenir compte du vent qui venait de la Seine, il dévierait le tir vers la droite. S'il ne voulait pas rater sa cible, il lui faudrait attendre qu'elle soit fixe. Le bourreau avait fait dresser un poteau au centre de l'échafaud, c'est là qu'il attacherait le condamné avant de le mutiler.

C'est là que Draco le tuerait.

Il observa le cordon d'archers qui entourait l'échafaud. La place était déjà noire de monde. Avant que les hommes du roi puissent la traverser, il aurait largement le temps de s'enfuir, à condition de sortir côté fleuve pour ne pas se faire piéger par la foule. Il lui faudrait descendre jusqu'aux caves où se trouvaient les bacs à décantation et s'échapper par un soupirail. Aucun n'était fermé par une grille : l'odeur épouvantable des tanins décourageait jusqu'aux larrons les plus hardis. Le mercenaire soupesa sa bourse. Depuis qu'il était revenu en France, c'était sa cinquième mission. Il faisait payer cher ses services mortels et, avec cet assassinat, il pourrait enfin quitter Paris et s'acheter une terre dans sa Bourgogne natale.

Le convoi avançait lentement, précédé d'un cortège de prêtres, croix en tête. Déjà la foule avait entonné le *De Profundis*. Si les hommes avaient l'insulte facile, les femmes, elles, étaient émues par la jeunesse du condamné. Certaines pleuraient, mais beaucoup hurlaient en brandissant des mouchoirs. Dès que le sang ruissellerait sur l'échafaud, elles se précipiteraient pour y tremper leur bout de tissu, une pratique païenne et impie, mais que le pouvoir tolérait pour éviter l'émeute. Le public d'une exécution pouvait être très versatile : quelques mois plus tôt, un bourreau qui avait dû s'y reprendre à plusieurs reprises pour trancher la tête d'un supplicié avait été massacré par le peuple devenu fou de colère. Draco se demanda ce que ces femmes pouvaient bien faire de leurs mouchoirs gorgés de sang. Sans doute quelque sorcellerie…

Le tumulte gagnait la place de Grève à mesure qu'on pouvait mieux apercevoir le condamné. On lui avait noué les cheveux en arrière pour dégager son front, c'est là que Draco frapperait. Sur l'échafaud, un des aides venait d'enfoncer une pince dans le brasero. Le bourreau, lui, faisait tourner la roue pour en vérifier le bon équilibre. C'était le supplice le plus apprécié du public. À chaque tour de roue, l'exécuteur, armé d'une massue, devait briser un membre. À chaque craquement d'os, immanquablement suivi d'un hurlement de bête traquée, la foule entrait en transe. Draco sortit deux traits d'arbalète de sa besace. Il les soupesa. Si la pointe acérée était la même, en revanche le bois était différent. Le tueur se décida pour le trait en frêne, moins susceptible d'être déporté par le vent.

Il tira sur la corde et arma l'arbalète.

La charrette venait de s'arrêter à l'entrée de la place. Le cortège de prêtres s'était dispersé. Seul un confesseur – un dominicain – se tenait près de Dussel qui, surveillé par les archers, fendait la foule dans un silence angoissé. De la terrasse, Draco entendait le raclement des fers et des chaînes sur le sol. Il plaça le trait dans la rainure, la fente dans la corde, puis épaula.

Le condamné monta l'escalier vers l'échafaud où le bourreau, le visage masqué et les mains croisées, l'attendait. Un aide s'agenouilla et lui ôta ses fers. Le confesseur s'approcha, tenant un crucifix, mais Dussel secoua la tête. Le dominicain insista. L'autre cracha par terre. Aussitôt, un murmure menaçant fut sur toutes les lèvres. Le peuple de Paris n'aimait pas qu'on offense Dieu. Dussel se vit attaché au poteau, et on lui fourra un bâillon dans la bouche de peur qu'il ne blasphème.

Le bourreau fit signe qu'on attache la main droite de l'homme sur un billot tandis que, sur l'île de la Cité, les cloches de Notre-Dame sonnaient le glas.

Draco visa.

L'exécuteur des basses œuvres saisit sa hache.

Il n'eut pas le temps de l'abattre que le crâne de Dussel éclatait comme un fruit mûr.

D'abord sidérée, la foule hurla de colère.

On lui avait volé son spectacle.

Maintenant, il fallait s'enfuir.

12.

Paris, quai de la Mégisserie
4 avril 1309

Une odeur sans nom s'échappait du bateau amarré au quai de la Mégisserie. Venu de Normandie, il transportait des peaux de bœuf à peine équarries que des portefaix distribuaient ensuite aux tanneurs du quartier. À cause de la brume tenace, on apercevait à peine les écoutilles. Seule une lanterne chancelante éclairait la passerelle de corde qui menait au pont. Comme Mathilde s'engageait, une voix grasse retentit :

— Et, toi, tu vas où comme ça ?

— Voir le Lépreux.

Un homme se pencha au bastingage. Il ne portait pas ces chausses qui permettaient aux marins de glisser sur le pont, mais de lourdes bottes tachées de sel dans l'une desquelles il devait dissimuler une arme.

— Garde ta main sur la corde, lui intima Mathilde, je viens du couvent de la Visitation.

Le gardien ôta son calot, dévoilant un crâne aussi dégarni que les caisses du royaume de France.

— Je n'avais pas reconnu votre habit, ma sœur, avancez sans crainte.

Quand elle posa pied sur le pont, Mathilde sentit l'haleine lourde du marin qui, mêlée au parfum âcre des peaux écorchées, la fit grimacer de dégoût.

— Il est en bas. Ne soyez pas étonnée, vous ne verrez pas son visage.

La première fois que Mathilde avait entendu parler de Simon le Lépreux, c'était en confession. Le prêtre qui l'interrogeait sur ses péchés lui avait subrepticement demandé si elle connaissait ce nom. Quoique jeune, Mathilde avait vite compris que le confesseur voulait se servir d'elle pour obtenir des informations. Faussement candide, elle avait alors répondu que si elle savait qui était ce Simon, elle pourrait peut-être se renseigner. Celui qu'on appelait le Lépreux parce qu'il dissimulait toujours ses mains et son visage fournissait clandestinement les monastères en reliques, parfois pour des sommes considérables. Le prêtre avait ajouté que l'Inquisition le soupçonnait d'être un imposteur. Depuis, Mathilde avait réussi à apprendre que ledit Simon tenait commerce dans des bateaux, jamais le même, mais toujours quai de la Mégisserie. L'endroit était le plus sûr de Paris quand on voulait être discret : l'odeur des tanneries aurait découragé le Christ lui-même de revenir sur terre pour sauver l'humanité.

Au bout de l'escalier plongé dans l'obscurité, Mathilde découvrit une table éclairée d'une lampe à huile derrière laquelle un homme, le visage masqué d'une peau de lapin, examinait avec soin un mince fil de papier.

— C'est un phylactère, l'accueillit le maître des lieux, on inscrit dessus le nom du saint, puis on l'enroule autour d'un fragment d'os, avant de le sceller dans un reliquaire. C'est ce qui permet d'authentifier une relique. Plus l'écriture est ancienne, plus on a de chance que la relique soit véritable.

Mathilde s'approcha. Vu de plus près, ce n'était pas du papier, mais plutôt du parchemin.

— Il s'agit de quel saint ?

— Saint Jude.

— Et la relique est vraie ?

— Le phylactère est écrit en hébreu. Or ce Jude, selon les Évangiles, était un cousin de Jésus. Un témoin direct de la Crucifixion.

— Vous allez pouvoir la revendre à bon prix. Tout ce qui touche à Notre Sauveur vaut de l'or.

Simon posa sur la table une coupelle en cuivre au fond de laquelle se détachait une minuscule tache blanche.

— Malheureusement, je ne possède qu'une extrémité de phalange. Bien moins spectaculaire qu'un crâne ou même qu'un tibia.

Mathilde haussa les épaules.

— À moins que votre phalange ne produise un miracle. Sa valeur alors en serait décuplée. Qui sait, peut-être que si vous frottiez les paupières d'un de ces aveugles qui mendient sur les quais, il retrouverait la vue... surtout si vous prenez la précaution de lui glisser une bourse avant.

Derrière son masque de lapin, Simon détailla Mathilde. Jeune, belle, trop pour être une véritable dévote, et surtout maligne...

— Que voulez-vous ?

— Une relique, mais pas venue de la nuit des temps. Pas de fragments de la Couronne d'épines ou du prépuce du Christ... Il y en a trop et les pèlerins deviennent exigeants. Mon couvent cherche une pièce exceptionnelle et nous sommes prêts à y mettre le prix.

Simon hocha la tête. L'acquisition d'une relique d'importance était le début des bénédictions pour un monastère, car elle était immanquablement suivie d'un afflux de pèlerins et de malades généreux en dons et en messes.

— Je pourrais peut-être vous avoir un bout de saint François.

Mathilde haussa les épaules. Canonisé le siècle précédent, ce moine, dont les positions polémiques secouaient encore l'Église, était loin de faire se déplacer les foules.

— Un saint qui parlait aux animaux et prêchait la pauvreté ? Il va falloir faire mieux. Mon couvent s'apprête à essaimer une nouvelle abbaye le long du chemin de Saint-Jacques : entre Rocamadour et Compostelle, entre une Vierge noire et un apôtre, la concurrence va être très rude.

Simon fixa encore Mathilde. Elle connaissait son affaire. Ce n'était pas la peine de s'embarrasser de leurres.

— Et si vous me disiez ce que vous voulez ?

— Une relique de saint Louis.

— Impossible. Seuls des membres de la famille royale possèdent une relique de leur ancêtre.

— Ils n'en ont jamais offerte ? La couronne du Christ, qui est conservée à la Sainte-Chapelle, a bien perdu certaines de ses épines...

— Il s'agissait de cadeaux diplomatiques de la part du roi de France.

— Alors, dites-moi d'où vient ceci ?

Mathilde posa sur la table le reliquaire que lui avait confié Nogaret. Simon le saisit comme le saint Graal. Il ne mit pas longtemps à donner son verdict :

— Authentique !

— Ne me demandez pas comment je l'ai eu et répondez simplement à ma question, combien y a-t-il de bouts de saint Louis en circulation ?

Simon réfléchit très vite. Cette femme n'avait jamais eu l'intention d'acheter une relique, mais si elle avait réussi à venir jusqu'à lui, mieux valait répondre à ses questions.

— Il n'existe que trois reliques de saint Louis. La main droite du saint qui se transmet de roi en roi et, à partir de cette main, deux fragments – des phalanges – qui sont donnés au fils aîné du roi lors de son mariage et contenus dans deux reliquaires en or.

— Les deux reliquaires sont semblables ?

— Strictement identiques. L'un est gardé sous clé dans la chapelle du couple où se dit la messe, l'autre dans l'oratoire de l'épouse afin qu'elle soit féconde.

Mathilde ne put s'empêcher de sourire en repensant aux prouesses sexuelles de Louis. Elle jeta toutefois au Lépreux un regard soupçonneux. Il en savait plus long que Nogaret sur l'emplacement des reliquaires.

— Vous êtes bien renseigné.

— C'est mon métier. Je ne me contente pas de vendre les reliques, je conseille aussi leurs acquéreurs pour qu'elles soient les plus efficaces possibles. Or l'usage des reliques de saint Louis par la famille royale est un modèle du genre.

La religieuse fit tourner la main d'or entre ses doigts fins.

— On vous a déjà apporté ce reliquaire ?

— Jamais !

— Et si on vous proposait de l'acheter ?

Cette fois le Lépreux prit peur.

— Je n'ai pas envie de finir roué sur la place publique. Maintenant vous devriez partir d'ici.

La jeune religieuse ne bougea pas. Elle se demandait comment une relique aussi précieuse avait pu se retrouver parmi des ciboires et des ostensoirs volés dans des églises du Temple. Ou bien le marchand drapier avait menti à Nogaret, ou bien quelqu'un avait cherché à se débarrasser discrètement de la relique.

— J'ai encore une question, à moins que vous ne préfériez que j'appelle le guet ?

— Vous n'oseriez pas. Il vous faudrait expliquer comment pareille relique est parvenue entre vos mains.

— Je dirai que vous me l'avez proposée à la vente.

Simon ne tergiversa plus.

— Quelle est votre question ?

— À quoi sert exactement un pareil reliquaire ?

Le trafiquant reprit l'objet.

— C'est une relique exceptionnelle. Le fragment d'un roi devenu saint. Un cas unique.

— Vous ne répondez pas à ma question, s'impatienta Mathilde.

— Cette relique ne sert pas à faire des miracles, mais à protéger la famille royale.

— Et si elle disparaissait ?

Simon n'avait qu'un désir, c'était de s'enfuir au plus vite, mais il répondit à la question en espérant que ce soit la dernière.

— Ce serait comme si vous arrachiez la toiture d'une maison, elle serait livrée aux quatre vents et à l'avidité de tous.

Mathilde contempla encore ce minuscule bout d'os enchâssé dans une main d'or. Et si cette relique avait été dérobée pour porter malheur à la famille de Philippe le Bel… mais une autre idée venait de lui traverser l'esprit.

— Peut-on inverser le pouvoir d'une relique ?

Simon avait l'impression que le plancher brûlait sous ses pieds.

— Je croyais que vous n'aviez plus qu'une question.

— J'ai changé d'avis.

— Certains se servent de reliques pour pratiquer des maléfices et autres ensorcellements.

Mathilde réfléchit vite : pour qui voulait s'en prendre à Philippe le Bel et à sa famille, envoûter la relique de saint Louis était la voie royale.

— Que devient la relique, une fois qu'elle a servi à un envoûtement ?

— Elle est entièrement vidée de sa substance. Elle n'a plus aucun pouvoir.

Sans un mot, Mathilde reprit le reliquaire. Maintenant, elle croyait savoir pourquoi on s'en était débarrassé.

13.

Paris, place de Grève
4 avril 1309

Un meurtre ne se passe jamais comme prévu. Tuer semble régi par une règle aussi mystérieuse qu'implacable : plus on se prépare à l'imprévisible, plus le hasard le devient aussi. C'est ce que pensait Draco tandis qu'il courait dans les venelles qui longeaient la Seine. Une fois son crime perpétré, il avait bondi hors des terrasses, dévalé l'escalier de la tannerie, et s'était précipité dans la cave pour fuir vers le fleuve. Le destin en avait décidé autrement. Alors qu'il se ruait vers le soupirail, il était tombé sur un couple qui profitait de l'exécution pour forniquer en toute discrétion. Chausses sur les chevilles, l'amant s'était mis à hurler tel un possédé, ameutant toute la maisonnée. Draco l'avait fait taire d'un coup de dague dans la gorge, mais le mal était fait. Comme il sortait du soupirail, un badaud avait tenté de le saisir à l'épaule. Un nouveau coup de dague l'avait débarrassé de l'importun, mais maintenant c'était tout le quartier qui était à ses trousses.

Sur la place de Grève, les archers tentaient de contenir la populace devenue furieuse. Déjà un des soldats du roi avait roulé à terre et se faisait piétiner par une foule frustrée de sang. Suant de peur, le bourreau se précipita vers l'exempt.

— Préviens Nogaret ! Qu'il envoie des renforts !

L'homme montra la masse menaçante qui cernait l'échafaud. Personne ne pouvait passer. Encore moins un homme du roi, il serait aussitôt massacré.

— Vous voulez vous en sortir ? Continuez votre travail.

— Mais c'est moi qu'ils vont tuer si je torture un mort !

— Donnez-leur ce qu'ils veulent : du sang !

Désemparé, le bourreau se tourna vers le cadavre de Dussel. Attaché au poteau, le visage défiguré, le torse souillé, il ressemblait au Christ. Soudain le bourreau eut une illumination. Il leva les yeux vers Notre-Dame pour remercier le Seigneur qui venait de le sauver.

— Détachez le corps !

Les aides hésitèrent, puis l'un d'eux s'avança et trancha les liens. Le cadavre s'effondra au sol. Un rugissement remua la foule.

— Portez-le sur la roue, vite !

Le bourreau saisit la hache et la brandit vers le ciel.

— Au nom du roi !

Il abattit le fer et frappa. Quand le bras roula sur le plancher, il le saisit et le jeta dans la foule. Un hurlement de plaisir déferla sur la place. Le bourreau leva à nouveau la hache et frappa à la jointure de la cuisse. Un craquement sinistre retentit. Il posa la hache, prit la jambe mutilée à deux mains et la lança le plus loin qu'il put.

— Vous êtes devenu fou, s'écria l'exempt.

L'exécuteur des basses œuvres l'agrippa au collet.

— Imbécile ! J'ai jeté le bras et la jambe aux deux angles de l'échafaud pour créer une trouée au centre. Envoie un soldat à Nogaret. Pendant ce temps, j'ai encore deux membres à leur jeter.

— Ça ne les retiendra jamais assez longtemps !

— Tu oublies que j'ai encore la tête à leur offrir.

Draco tourna brusquement vers la gauche. Il venait d'apercevoir le Grand Pont et l'ombre du Châtelet. Les hommes de Nogaret devaient déjà être en route vers la place de Grève. La sueur lui dévorait le visage, le souffle lui manquait, Draco avait tous les stigmates du fugitif. S'il ne cessait pas bientôt de courir, il allait se faire prendre comme lapin au lacet. Il s'arrêta devant une porte cochère qui ouvrait sur une cour herbue. Des chevaux piaffaient dans l'écurie, une hotte à linge trônait près du puits, des vêtements séchaient sur une corde, mais il n'y avait aucune trace de domestiques. Tous devaient s'être rendus à l'exécution de Dussel. Sur la droite, Draco repéra une tour d'angle qui desservait chaque étage. Il s'élança, un plan en tête : un passage discret à la cuisine pour récupérer un cruchon d'eau et quelques vivres, puis il irait s'enfermer dans le grenier. Par habitude, les archers du roi fouilleraient les échoppes et les bouges pour le retrouver, mais pas une maison noble. Pour une fois, la hiérarchie sociale le protégerait.

Dans la cuisine déserte, Draco récupéra des miches encore chaudes et un panier de fromages, de quoi tenir au moins jusqu'au lendemain. Il se lava le visage, fit couler de l'eau dans une cruche vernissée, puis nettoya sa dague contre l'un des pieds de la table. Personne ne verrait les taches de sang. Une fois remonté au niveau de la cour, il tendit l'oreille. Des cris se répondaient de rue en rue. La populace et le guet n'étaient pas loin.

Il était temps de disparaître.

Tandis qu'il montait l'escalier qui menait au grenier, la fatigue le saisit : à chaque marche, ses jambes lui semblaient se changer en plomb. Arrivé sous les combles, il se jeta sur une pile de sacs. Il entendit la charpente craquer sous le vent et, sans prévenir, le sommeil le happa.

Draco se réveilla en tremblant. Il avait fait un cauchemar. Le même qui l'étreignait depuis des années. Il était sur une plage. Sur le sable brûlant, des ombres noires s'enchevêtraient, reflets d'un incendie. Il devait courir pour échapper à ses poursuivants, mais ses pieds s'enfonçaient dans le sable. Venait ensuite le moment où il les entendait. Leur langue rauque. Bientôt, ils seraient sur lui. Il tentait alors de dégager ses jambes déjà avalées par le sable, de saisir son épée qui se révélait introuvable. La mort se rapprochait. Immanquablement, alors qu'il finissait par joindre les mains pour prier, son visage plongeait dans la nuit. Éperdu, il levait les yeux. Juste au-dessus de lui une étoile rouge brillait. Puis une main s'abattait sur sa nuque et l'enfonçait dans le sable.

Draco s'extirpa de la pile de sacs, le souffle coupé. Ce n'était pas le moment de se laisser aller. Il déplaça un escabeau pour venir s'accouder à la seule lucarne qui éclairait la chambre. En dessous, la rue avait repris ses bruits habituels. Le pas ferré des chevaux, les cris des marchands… il risqua un œil. Aucun archer du roi, aucun guet de la ville, aucune trace de traque. On devait le chercher ailleurs. Draco ouvrit lentement la porte qui donnait sur l'escalier. Une odeur de nourriture montait des cuisines. La valetaille était rentrée. S'il sortait, il serait aussitôt repéré. Quant à attendre l'obscurité, il savait que ce serait pire : le guet patrouillait toute la nuit et le cueillerait aussitôt. Il avait besoin de la cohue du jour pour disparaître.

Quittant le grenier, il longea le couloir pour se rendre dans le dortoir des servantes, une vaste pièce couverte de paillasses où la vermine grouillait sans répit. Draco s'approcha d'un tréteau encombré de vieilles bassines en cuivre. C'est là que les domestiques tentaient de se débarrasser des poux et autres puces qui menaient sarabande sur le plancher branlant. À force de recueillir des légions de nuisibles écrasés, l'eau qu'elles contenaient avait pris une teinte caillée. L'odeur était épouvantable. Draco trempa un doigt, il en ressortit aussi noir que du sang pourri. Sans hésiter, il s'en badigeonna les joues, les lobes des oreilles et la commissure des lèvres, puis il versa le reste sur sa chemise déjà souillée de sueur. En un instant, il pua autant que Lazare s'il n'avait pas ressuscité. Il était prêt à faire son entrée.

La première personne qu'il croisa, dans l'escalier, fut une lingère, les bras encombrés de draps. Elle se figea comme si elle avait vu Belzébuth lui-même jaillir des enfers. Il tendit la main en gémissant :

— La charité, au nom du Christ...

Un cri de bête étranglé lui répondit. Le linge roula au sol et la servante dévala l'escalier en vociférant :

— Le mal noir ! Le mal noir !

Un homme surgit dans l'embrasure d'une porte et disparut dans un hurlement de terreur. Bientôt, ce ne fut plus que cavalcades effrénées et bruits de serrure qu'on verrouille à la hâte. Draco en profita pour gagner la cour, jeter sa chemise sur le perron et se laver rapidement le visage au puits. Tout en reprenant figure humaine, il surveillait les fenêtres du logis, mais les volets intérieurs avaient été promptement tirés. Il s'approcha de la corde à linge, saisit un surcot, l'enfila, vérifia que le pommeau de sa dague était bien à portée de main, et s'engouffra dans le tumulte de la rue.

14.

Paris, le Grand Châtelet
4 avril 1309

Par la fenêtre de la grande salle où il recevait ses visiteurs chaque matin, Nogaret regardait les archers qui revenaient de la place de Grève. Le visage fermé, il retourna vers la table à tréteaux où s'amoncelaient ses dossiers. La journée s'annonçait mal.

— Nous le rattraperons, messire ! balbutia une voix.

Guillaume serra les poings. En plein Paris, un condamné à mort venait d'échapper à la justice du roi, abattu comme un gibier à la chasse. Il jeta un regard noir au secrétaire qui lui avait apporté la mauvaise nouvelle.

— Et par quel miracle le retrouverez-vous ? Il vous a déjà glissé entre les doigts ! Avez-vous au moins des témoins qui l'ont vu ?

— Il a laissé deux cadavres derrière lui – le secrétaire passa sa main sur son crâne luisant de sueur –, les seuls qui pouvaient l'identifier...

— Et il court dans tout Paris pendant que le peuple gronde !

— Le bourreau a réussi à calmer la foule et nos hommes traquent le tueur. Le condamné devait être roué, brisé et écorché. Nul doute que quelqu'un a voulu lui épargner ces souffrances.

Nogaret n'hésita pas un instant. Ce scandale devait être réglé au plus vite, sinon ses adversaires, Charles de Valois en tête, allaient en profiter.

— Trouvez sa famille. Qu'ils parlent. Je veux un coupable.

— Son père est déjà entre nos mains. C'est un marchand, il ne résistera pas longtemps à la question.

— Il est au Châtelet ?

Le secrétaire sourit.

— J'ai préféré le conduire à Saint-Germain-l'Auxerrois...

Nogaret s'apaisa. Nul n'avait jamais résisté aux tortures que l'on pratiquait là-bas. Il aurait bientôt une tête à offrir au roi. Maintenant, il pouvait commencer sa journée comme il l'avait prévu : du monde l'attendait.

L'antichambre était pleine. Sur de longs bancs de bois, des hommes silencieux patientaient depuis des heures. Nobles locaux en délicatesse avec le pouvoir royal, religieux qui avaient jeté leur froc aux orties, certains venaient de loin pour espérer parler au redouté garde des Sceaux, et tous attendaient depuis des jours. Étrangement, ce dernier avait la réputation d'être obligeant. Lui, qui avait anéanti l'ordre militaire le plus puissant d'Europe, savait tendre une oreille favorable aux errances de l'âme et aux vices de la chair, mais cette mansuétude n'était jamais sans contrepartie. Non que Nogaret monnayât ses services : il préférait être payé en informations. Le vrai prix de l'influence.

Éclairé par les fenêtres étroites qui donnaient sur le Grand Pont, un lutrin supportait une énorme bible ouverte sur une enluminure représentant saint Pierre fondant la papauté à Rome. Tous ceux qui se rappelaient la violence avec laquelle Nogaret avait détrôné le pape précédent - Boniface VIII n'y avait pas survécu - ne savaient s'ils devaient y voir une provocation cynique et macabre, ou une menace à peine voilée.

— Combien attendent ? demanda le garde des Sceaux.

— Onze. Tous ont une faveur à vous demander.

— Qui est le premier ?

— Un dominicain échappé de son couvent. La justice de son évêque le recherche.

Le garde des Sceaux regarda les dossiers et secoua lentement la tête. Ce n'était pas assez qu'un meurtrier ridiculise la justice royale en plein Paris, il fallait encore régler les problèmes d'un moinillon. Le secrétaire, qui avait appris à détecter les réactions de son maître, s'empressa de préciser :

— Pour rester en liberté, il est prêt à se montrer très conciliant.

— Que faisait-il dans son monastère ?

— Apothicaire. C'est un spécialiste reconnu des simples. D'ailleurs, c'est sa réputation qui l'a perdu. On venait le voir de partout pour lui réclamer onguent ou potion. Un jour, il a aidé une fille de bonne famille à faire un ange[1], elle n'a pas survécu.

Nogaret songea qu'un moine qui connaissait le pouvoir des plantes pouvait toujours servir. Surtout si on lui faisait comprendre que sa vie en dépendait.

— Pas besoin de le recevoir. Promène-le dans le Châtelet. Fais-lui visiter les prisons.

— Toutes ? Même *les Trois sœurs* ?

— Surtout *les Trois sœurs* ! Et ensuite amène-le-moi. Il sera à point.

Le secrétaire s'inclina. Le sens de l'opportunité de son maître l'étonnait toujours.

— Et pour les autres ?

— Ils attendront demain.

Nogaret saisit un rapport sur la table.

— Des nouvelles de la sorcière échappée des geôles de Notre-Dame ?

— Nous la cherchons toujours, mais à mon avis elle a déjà quitté Paris. Si elle a effectivement tué le geôlier, elle sait que c'est la corde qui l'attend.

Le garde des Sceaux relut les annotations qu'il avait faites en marge.

— Pourquoi les chanoines l'avaient-ils enfermée ?

— On la soupçonnait du meurtre de son mari et de ses beaux-fils. Par moyen de sorcellerie.

Guillaume plissa les lèvres de dédain. Maintenant qu'ils n'avaient plus d'hérétiques à se mettre sous la dent, les

1. Avorter.

prêtres voyaient le diable partout, comme si l'Église ne pouvait exister sans ennemi. Lui ne croyait pas au pouvoir du Malin. Il avait vu des templiers, sous la torture, invoquer le Très-Bas pour tenter de sauver leurs misérables vies. Leurs prières avaient été vaines. Ils étaient morts dans leur propre fange. Cependant, depuis que Philippe le Bel avait révélé l'empoisonnement de la reine et les tentatives d'envoûtement de la famille royale, il ne devait rien négliger.

— Suis l'affaire et rends-moi compte.

Le garde des Sceaux se passa la main sur le front. Depuis l'aube, ses tempes résonnaient comme un tocsin. Il se leva pour ouvrir la fenêtre. La rumeur de Paris entra dans la pièce. La même que chaque jour, comme si la ville avait déjà oublié l'exécution ratée de ce matin. Pas lui.

— Le père du condamné doit parler. Préviens-moi quand ce sera fait.

— Sans retard, messire.

Le secrétaire désigna un dossier sur la table. Il était apostillé d'un cachet de cire rouge, signe qu'il avait attiré l'attention du garde des Sceaux.

— Et pour l'affaire de la Chasse ?

Nogaret n'eut pas besoin de relire le rapport, son esprit l'avait gardé en mémoire : une épidémie de mal noir avait frappé ce fief, situé près de Montmorency, et des soudards en avaient profité pour piller le château. On en avait retrouvé deux, morts. Le dernier avait survécu, mais il délirait comme un damné. On venait de l'emprisonner au Châtelet.

— Il y a longtemps que la forêt de Montmorency est en proie au brigandage. C'est peut-être l'occasion d'en savoir plus sur ces bandes qui défient l'autorité du roi et de mettre un terme à leurs méfaits. Pour l'instant, ne l'interroge pas. Place-le dans une geôle avec d'autres ruffians et mets un mouton[1] dans le tas. La fièvre fait avouer beaucoup de choses.

1. Espion infiltré pour recueillir des confidences.

Le secrétaire allait se retirer quand il s'aperçut qu'il avait oublié l'essentiel.

— La chanoinesse d'Aulnay vous attend dans vos appartements.

15.

Paris
4 avril 1309

Draco s'était aventuré dans une ruelle étroite où le soleil ne pénétrait qu'au zénith. Il se coula le long d'un mur pour profiter de la protection de l'ombre. Une humidité poisseuse stagnait entre les hautes façades. Pour y échapper, un groupe d'hommes buvait un vin chaud parfumé d'aromates autour d'un brasero.

— Comme je te le dis, le bourreau allait lui trancher la main quand son crâne a éclaté. Un trait d'arbalète en plein front !

— En voilà un qui devait en savoir trop ! Un faux-monnayeur, lui ? Une victime, oui ! Je suis sûr qu'il travaillait pour quelqu'un d'autre : un nanti, un privilégié, un de ces seigneurs de la cour qui saignent le peuple et n'en ont jamais assez !

— Ce n'est pas des choses à dire, même entre nous ! Tu as envie de te retrouver au Châtelet ?

Draco ralentit le pas. Son exploit bruissait dans tout Paris. Il se rapprocha du groupe en pleine discussion faisant mine de s'intéresser à un étal de ferronnerie. C'étaient des marchands aisés, reconnaissables à leur haut col en fourrure et leur ventre rebondi.

— Depuis ce matin, les archers ratissent toute l'île de la Cité. L'assassin s'est peut-être réfugié dans une église.

— Mais quelqu'un l'a vu ?

— Il a tiré du haut d'une des tanneries et personne ne sait ni qui il est, ni à quoi il ressemble. Et pour cause, les deux malheureux qu'il a croisés dans sa fuite sont morts. Égorgés.

Les trois commerçants se signèrent.

— Moi je te dis qu'il a des complices et qu'il s'est embarqué sur la Seine. À cette heure-ci, il vogue vers Rouen.

— En tout cas, les hommes de Nogaret ne le lâcheront pas ! Tuer un homme condamné par la justice du roi, c'est un crime de lèse-majesté. Même Dieu ne le pardonne pas.

Draco s'éloigna. Une oreille trop indiscrète pouvait vite paraître suspecte. Une fois passé dans une rue perpendiculaire, il leva la tête pour goûter l'ardeur du soleil sur sa peau. Maintenant, il savait que personne n'était parvenu à le reconnaître. Ses poursuivants étaient dans la nuit. Qu'ils fouillent l'île de la Cité, ils ne risquaient pas de le trouver ! Le plus pressé désormais, c'était de se débarrasser de sa dague et de rentrer tranquillement chez lui. Pareil pour l'argent, il le déposerait chez le Lombard qui lui procurait ses missions et faisait fructifier ses avoirs. Ainsi, si le guet débarquait chez lui, il ne trouverait qu'un pauvre diable dans une mansarde. Pas un tueur.

Draco songeait à son cauchemar. Depuis qu'il était rentré en France, ce rêve venait le hanter chaque fois qu'il tuait un homme. Au début, il avait cru qu'il s'agissait d'un avertissement du Ciel, mais Dieu et lui n'étaient pas en bons termes. Surtout depuis qu'il avait cru à cette imposture de croisade et qu'il avait tout quitté pour aller délivrer les lieux saints : il n'y avait rencontré que la trahison et le malheur. Draco serra les poings. Non, ce cauchemar ne pouvait pas venir de Dieu. Il était trop ancré en lui. Trop présent. Chaque fois que le cauchemar prenait possession de lui, un nouveau détail apparaissait. Comme si une main invisible nettoyait peu à peu un miroir. Bientôt, il y verrait en entier. Alors il comprendrait enfin son destin.

Désormais, il devait traverser la Seine. Il ne savait pas pourquoi, mais il n'aimait pas les ponts. Il avait toujours l'impression de franchir une souricière. Tout en regardant le fleuve gonflé par les pluies, il observait l'autre rive. La circulation semblait fluide. Nogaret n'avait pas encore fait barrer le passage. Draco hésitait. Devait-il traverser le pont d'un pas rapide comme un homme occupé à sa tâche, ou au contraire flâner entre les jongleurs, les filles de joie et ces moines mendiants qui prêchaient l'amour de Dieu en décrivant les flammes de l'enfer ? Il décida de boiter. Il savait qu'un détail suffisait à détourner l'attention du visage. Et même s'il ressemblait au pire des gueux, il ne devait prendre aucun risque. Il avança lentement. Les femmes publiques, accoudées au parapet, ne lui jetaient pas un regard. Les misérables n'ont jamais d'argent pour le plaisir. Même les jongleurs l'évitaient. S'il ne pouvait pas se payer une ribaude, il ne valait pas la peine qu'on fasse des acrobaties pour lui. Draco se fondait dans la masse. La pauvreté le rendait invisible. Le bout du pont approchait. Draco résista à l'envie d'accélérer le pas. Un moine mendiant lui tendit une sébile : Dieu, en revanche, rançonnait même les gueux. Son cauchemar revint le hanter : l'étoile rouge, puis la main qui l'enfonçait dans le sable. Pas maintenant. Il baissa la tête. Quand il la releva, le pont était derrière lui.

Dans la rue qui menait à son logis, Draco s'arrêta devant une échoppe qui vendait du vin chaud et des oublies[1]. Une fois son gobelet rempli, il s'adossa au mur. Encore une dizaine de toises d'ici à chez lui. Si on l'attendait, ce serait là. Il observa d'abord les clients devant les étals, à la recherche d'un homme en faction, immobile ou l'œil rivé sur une façade, mais il n'y avait que des femmes, leur panier en osier chargé de victuailles. Restait les mendiants, c'étaient eux les plus dangereux : on ne s'en méfiait pas. Draco s'avança, fouillant du regard les recoins de murs, les

1. Beignets.

retraits de portes. Arrivé à sa tanière, il inspecta l'arrière de la porte d'entrée, le dessous de l'escalier, puis monta jusqu'au dernier étage. Il sortit sa clé et fit jouer la serrure. Tout était en ordre. Draco souffla enfin. C'était la première fois qu'on le poursuivait en pleine ville... et la dernière. Il se dirigea vers la fenêtre pour ouvrir les vantaux. Dès demain, il reprendrait son dû chez le Lombard et quitterait la ville. Il avait une chance inespérée d'être encore en vie. Plus jamais il ne tenterait la fortune. L'air du soir embaumait du parfum des chèvrefeuilles, il respira comme s'il venait de naître au monde. Il ne croyait plus en rien depuis longtemps, mais il éprouva le besoin de remercier le dieu de son enfance. Il tendit les bras vers le soleil rouge sang qui descendait vers la Seine.

— Seigneur...

La pointe d'une lame se ficha sous sa mâchoire.

— Nogaret t'attend.

16.

Paris, île de la Cité
4 avril 1309

Une fois de plus, le Maître avait changé d'apparence. La barbe taillée, les cheveux lissés en arrière, un justaucorps sombre sur de hautes chausses, il ressemblait à un noble de la cour. Même dissimulé sous une riche apparence, il restait aux aguets. Profitant d'une charrette qui encombrait la rue, il ralentit le pas et se retourna. Des marchands devant leurs étals, des valets pressés, des servantes un panier à la main... derrière chacun de ces visages pouvait se cacher un espion de Nogaret. Pourtant il ne repéra rien de suspect. Il reprit son chemin et s'arrêta devant une échoppe. Un dernier coup d'œil discret et il en poussa la porte. À l'intérieur, un homme voûté, au crâne prématurément dégarni, était en train de peindre un portrait de femme.

— Quel plaisir de vous revoir, messire !

Le Maître le salua d'un hochement de tête. Une odeur de bois séché stagnait dans l'atelier. Dans un angle, des panneaux de chêne attendaient de servir de supports pour de futurs tableaux.

— Êtes-vous satisfait des deux portraits que j'ai faits pour vous ? Notre bon roi Philippe et notre pape Clément ?

— J'ai mis le portrait du Saint-Père dans l'oratoire familial, répliqua le Maître.

— Il répandra sur votre maison toutes les grâces de Dieu !

— Que celui-ci vous entende !

— Et du portrait du roi, qu'en avez-vous fait ?

— Dans mon cabinet de travail, ainsi il ne quitte jamais mes pensées.

Le peintre joignit les mains comme s'il allait prier.

— Que sa bonté vous inspire !

Le Maître revit la sorcière en train d'embrasser les portraits. Juste avant de mourir.

— Elle m'inspire, en effet.

De la pointe de son pinceau, le peintre désigna la peinture devant lui : une jeune femme au front haut, les tempes nattées de cheveux blonds. Sous une tunique transparente, un sein pointait qu'elle pinçait entre son pouce et son index.

— Désirez-vous un autre portrait ?

Le Maître secoua la tête.

— Nenni. Si je suis venu, c'est que je sais que vous peignez aussi à fresque et que je veux décorer mon hôtel.

L'artiste posa aussitôt son pinceau. Un tel chantier requérait des mois de travail et lui vaudrait une somme bien plus rondelette que pour un portrait.

— Avez-vous déjà une idée du motif ? Un sujet religieux, peut-être ?

— Tout juste, mais j'ai un doute.

Le Maître lui tendit le relevé à la plume qu'il avait réalisé, trait pour trait, de la fresque peinte sur la cheminée du château de la Chasse.

— Il y a bien des années, j'ai vu cette fresque dans une chapelle. Le thème, et surtout la manière dont il était traité, m'avait frappé. C'est pourquoi j'en avais fait prendre copie. Mais plus je la regarde et plus elle me semble, comment dire, étrange. Qu'en pensez-vous ?

Le peintre l'examina avec attention. Quand il ne peignait pas des portraits, il exécutait de nombreuses commandes pour les ordres religieux. Il en avait acquis une connaissance très précise des Saintes Écritures.

— À première vue, on dirait une scène de la Genèse – l'arbre du bien et du mal au cœur du paradis terrestre –, mais des détails me surprennent. On a l'impression que les racines de l'arbre puisent dans les cadavres, s'en nourrissent.

Le Maître montra les corps qui grimpaient le long du tronc.

— Et ce motif ? L'avez-vous déjà vu représenté dans des sujets religieux ?

Le peintre secoua la tête. Il n'avait jamais rien vu de pareil.

— Peut-être une allégorie de la Résurrection, mais ce qui me frappe, c'est l'arbre : il ne porte pas de fruits, mais...

Il se pencha sur le dessin puis se redressa brusquement :

— ... c'est bien un champignon ! Très étrange, il n'en est jamais question dans la Genèse.

Le Maître se signa avant de reprendre :

— J'ai bien fait de vous consulter, cette peinture respire l'hérésie !

— Vous m'avez dit l'avoir vue dans une chapelle ? Parfois les artistes qui travaillent pour notre sainte mère l'Église font preuve de beaucoup d'imagination. Regardez les gargouilles qui jaillissent de nos cathédrales, elles ne représentent que monstres et drégouls[1]...

Le Maître resta silencieux. Le peintre ne lui avait rien appris d'essentiel et le mystère de la fresque du château de la Chasse demeurait entier. Il tendit la main pour reprendre le dessin, mais le peintre lui fit signe de se rapprocher.

— En revanche, si l'artiste qui a peint cette fresque possède une imagination débordante, il a aussi une obsession très précise.

— Que voulez-vous dire ?

— Comptez les racines de l'arbre, elles sont au nombre de cinq. Comptez maintenant les branches, cinq aussi.

1. Dragons.

— Il y a également cinq cadavres, remarqua le Maître.

— Et cinq vivants qui montent le long du tronc.

Le Maître compta sur ses doigts :

— Un : racines, deux : branches, trois : corps, quatre : cadavres... il n'y a que quatre éléments qui sont répétés cinq fois.

Le peintre posa le doigt en haut du dessin.

— Vous oubliez le champignon. Observez ce qui le compose : la queue en forme d'oignon, la tige fine et souple, les lamelles, le chapeau et, sur le chapeau, cette tache noire. Cinq détails.

Le Maître reprit le dessin et le fit disparaître sous son pourpoint.

— Vous aussi, vous avez beaucoup d'imagination !

Le peintre sourit. Il ne fallait jamais contrarier un client.

— Vous avez raison. Ce doit être le hasard !

Quand il sortit de l'échoppe, le Maître souriait à son tour. Lui savait que ce n'était pas le hasard. Si le chiffre cinq était si présent, c'est qu'il avait un sens, qu'il renvoyait à une signification encore cachée : les cinq lettres du mot ALCOR.

17.

Paris, le Châtelet
4 avril 1309

Nogaret quitta sa table de travail en donnant ordre qu'on le prévienne s'il y avait du nouveau dans le meurtre de la place de Grève.

Une fois dans sa chambre, il se rendit dans l'oratoire. Il plongea la main dans le bénitier, massa ses tempes, puis contempla l'autel où se dressait une simple croix de bois. Comme tous les proches du roi, il disposait d'un oratoire privé où se recueillir et demander à Dieu aide et conseil. Mais, comme le Très-Haut restait souvent muet, Nogaret finissait généralement par ne suivre que sa propre opinion... et celle de Mathilde qui venait d'entrer. Il sentit le désir monter en lui, mais l'heure n'était pas au plaisir, ou alors à un plaisir d'un autre genre. Savoir ce que les autres ignoraient déclenchait en effet chez lui une excitation presque aussi forte que celle qui accompagne la luxure.

— Dis-moi que tu as retrouvé la trace de la relique.

Mathilde contempla à son tour l'oratoire. Son minimalisme était exemplaire et bien loin du luxe ostentatoire des chapelles de la cour ou des monastères parisiens.

— J'ai rencontré un marchand de reliques. Depuis des années, il fournit nombre de couvents et de sanctuaires en France, mais l'Église n'aime pas la concurrence. Désormais il œuvre dans la clandestinité. C'est le plus fin connaisseur du marché.

Elle posa sur la table la main d'or que lui avait confiée le garde des Sceaux.

— Pour lui, ça ne fait aucun doute : ce reliquaire est bien l'un des deux conservés à l'hôtel de Nesle et contenant chacun une phalange de saint Louis. Bien sûr, il ne peut pas préciser s'il s'agit de celui que possède l'héritier du trône ou celui de sa femme Marguerite.

— Et comment explique-t-il que ce reliquaire se retrouve dans la nature ?

— Il ne l'explique pas et, à voir la crainte que lui cause cette affaire, il n'y est pour rien.

Nogaret fixa le crucifix sur l'autel. Depuis l'enfance, il détestait les croix. Comment pouvait-on adorer l'instrument du supplice ?

— Ce qui signifie que nous ignorons toujours qui a sorti ce reliquaire de l'hôtel de Nesle et comment il s'est retrouvé parmi des objets dérobés au culte...

— Des objets qui n'ont, en comparaison, aucune valeur, constata Mathilde. Comme si on avait cherché à se débarrasser discrètement de cette relique une fois sa mission remplie.

Surpris, Nogaret réagit :

— Quelle mission ?

— Selon le marchand, ce reliquaire est particulier : il est censé protéger les descendants de saint Louis. Une propriété unique qu'on pourrait également inverser pour leur nuire.

— Mais comment ?

— Par un acte de magie. Alors, ce qui guérissait peut désormais tuer, et ce qui protégeait, détruire.

Le garde des Sceaux la regarda avec étonnement.

— Mais d'où te viennent toutes ces connaissances ?

— De mon monastère : tu n'as pas idée du nombre de fidèles qui nous réclament sorts et contre-sorts, des devins, mages et autres nécromanciens qui nous en proposent et des sœurs que le diable hante chaque nuit.

Nogaret savait que Paris regorgeait de devineresses, de guérisseuses, de prêtres simoniaques, mais il ne pensait pas que le diable nichait aussi au cœur des couvents.

— Donc, ce reliquaire aurait disparu de la tour de Nesle, volé ou acheté par quelqu'un qui s'en serait ensuite servi pour tenter d'ensorceler la famille royale ?

Nogaret n'attendait pas de réponse, il réfléchissait à voix haute. À dire vrai, cette hypothèse lui semblait fiable. La reine avait déjà été victime d'un empoisonnement. Peut-être tous les auteurs de cette abomination n'avaient-ils pas été arrêtés ou alors ils avaient été manipulés. Mais qui pouvait bien en vouloir autant au roi et à ses fils ?

— La preuve, reprit Mathilde, c'est qu'on a tenté de faire disparaître ce reliquaire. Si c'était un simple vol, on aurait essayé de le négocier, quitte à le démembrer, mais il est resté intact.

— Ce qui signifierait alors que la cérémonie d'envoûtement a déjà eu lieu.

Le garde des Sceaux s'efforçait de cerner au mieux toutes les implications de pareille révélation. Devait-il prévenir le roi au risque de créer une crise sans précédent au sein de la famille royale ? Seulement il n'avait aucune preuve tangible et ne voulait pas risquer de perdre la faveur du monarque. Ne valait-il pas mieux garder ses soupçons pour lui, les vérifier, et s'en servir au moment opportun ? Il saisit le reliquaire.

— Et il n'y a aucune trace qui pourrait nous en dire plus ?

— Le marchand l'a examiné dans le détail. Il n'a rien trouvé.

— Et si on avait substitué la relique ?

— Impossible. Elle est protégée par deux lentilles de verre scellées. Le moindre signe d'effraction serait visible à l'œil nu.

— Alors tu as peut-être raison... ce reliquaire a pu servir à un rituel démoniaque. Mais ça ne me dit toujours pas comment il est sorti de l'hôtel de Nesle.

Nogaret lui prit les mains.

— Tu te rappelles que je t'ai promis de te sortir de ton monastère ?

Le visage de Mathilde s'illumina.

— Dès ce matin, je vais envoyer mon médecin personnel prévenir le couvent que ta santé s'est subitement altérée et que tu ne peux y reprendre ta place.

— Les sœurs vont protester !

— Comme tes frères paieront toujours la pension, elles t'oublieront très vite.

— Et tu vas me faire entrer au service de Marguerite pour devenir sa lectrice ?

Nogaret corrigea :

— Sa lectrice et sa confidente, car je dois absolument savoir si elle est mêlée ou non à la disparition de ce reliquaire.

Mathilde fit la moue.

— Ce ne sont pas des aveux que l'on fait, même à une confidente. Trop risqué.

— À moins qu'elle ne perde pied.

Le garde des Sceaux fit tourner la main d'or entre ses doigts, puis la plaça vers la lumière de la fenêtre. Au centre de la paume, entre les deux lentilles de verre, on voyait l'éclat minéral de la phalange sanctifiée.

— Tous ceux qui sont impliqués dans cette affaire sont désormais convaincus que le reliquaire est perdu. Imagine maintenant qu'il revienne là où il était. Un vrai miracle.

La religieuse sursauta.

— Tu ne veux pas dire que c'est moi qui vais...

— Le remettre à sa place ? Mais oui. Si la femme de l'héritier du trône est liée à cette affaire, elle ne pourra dissimuler sa stupéfaction et sa peur.

Mathilde tendit la main pour saisir le reliquaire. Le métal était froid. Elle se mit à rire.

— Alors, je vais faire un miracle.

Nogaret s'approcha pour l'embrasser, mais on frappa à la porte. Sans même s'annoncer, le secrétaire entra.

— Messire, le père du condamné a parlé !

18.

Paris, abbaye Saint-Germain-l'Auxerrois
4 avril 1309

Draco sentit une main le saisir au collet. Il se débattit, mais ses yeux bandés rendaient toute résistance inutile. Une autre poigne le fit descendre de la charrette où on l'avait jeté après son arrestation.

— Avance.

Il entendait la respiration tendue de ses gardiens, l'un d'eux sentait le vin. Une odeur âcre qui se mêlait à un étrange parfum de vase.

— Baisse la tête !

Draco s'exécuta. Un froid piquant le saisit à la gorge. L'odeur de pourriture devenait de plus en plus entêtante. Il buta sur la marche d'un escalier. Un de ses gardiens le tenait par les épaules pour éviter qu'il ne chute. Cette fois, il n'y avait pas de doute, on l'entraînait dans une cave. Draco entendait le grésillement des torches. À la senteur d'eau croupie se mêlait le parfum de résine. Un instant, il se crut revenu en Terre sainte où des forêts de cèdres embaumaient l'air jusqu'à l'écœurement. L'escalier s'arrêta brusquement. Maintenant c'était de la terre battue qu'il sentait sous ses pieds.

— Ôtez-lui son bandeau.

Draco découvrit une longue salle voûtée éclairée par des flambeaux dont la lumière vacillante dessinait des ombres fugitives sur le mur. Au bout, un homme se tenait droit, drapé dans un long manteau sombre. Un gardien s'avança et ploya le genou.

— Messire le garde des Sceaux, voici l'assassin de la place de Grève.

Draco s'était toujours imaginé Nogaret comme une sorte de fantôme. Un de ces hommes de l'ombre, à la silhouette étroite et au visage livide, pas une stature de chevalier, des mains faites pour tenir l'épée et un regard aussi gris que du plomb. Comme s'il était frappé de terreur, Draco tomba à genoux et se tordit les mains. De tous les interrogatoires qu'il avait subis, il avait retenu une leçon, une seule : parler en premier et nier. Toujours nier.

— Monseigneur, je suis innocent !

Un éclat de rire résonna sous la voûte.

— Personne n'est innocent, car tout le monde est suspect.

La voix de Nogaret était claire et sans la moindre aspérité. Une voix sans espoir. Draco comprit que ce n'était pas la peine de jouer une comédie perdue d'avance.

— Suivez-moi.

Nogaret s'avança vers une ouverture taillée en forme de meurtrière dans l'épaisseur du mur droit. Grillagée, elle donnait sur un ensemble de longues cuves maçonnées remplies d'une eau opaque.

— Nous sommes dans les caves de l'abbaye Saint-Germain-l'Auxerrois, sur la rive droite de la Seine. Ces bassins, taillés dans la roche, datent des Romains : à l'époque, ils servaient de pêcheries. Quand le fleuve débordait, ils se remplissaient de poissons qui y restaient piégés. Comme aujourd'hui.

Le garde des Sceaux fit un signe. Une porte claqua et Robert Dussel, le père du condamné, apparut. Il était nu, tremblant, et son ventre flasque pendait sur ses cuisses. Un coup de poing le fit tomber dans une des cuves. Il hurla, se débattit et se releva, tremblant comme feuille au vent. L'eau lui arrivait jusqu'à la poitrine.

— Ouvrez l'écluse, ordonna Nogaret.

Issue d'un autre bassin, une eau noire jaillit dans celui où se trouvait le marchand.

— Il faut moins d'une demi-heure pour que la cuve soit entièrement submergée.

— J'ai tout dit, hurla Dussel, tout ! Pitié !

Nogaret se tourna vers Draco.

— Il nous a raconté avec force détails la manière dont il vous a recruté et payé pour tuer son propre fils.

— Je ne connais pas cet homme.

— Vous lui aviez donné rendez-vous place de Grève, sur le lieu de l'exécution, devant une tannerie. La même dont on vous a vu sortir en laissant deux cadavres derrière vous.

— Je n'ai tué personne.

— Pourquoi vous obstiner ? Si je vous mène devant ce marchand, il vous reconnaîtra et le jurera sur les Évangiles. C'est suffisant pour vous envoyer subir le même supplice que le condamné dont vous avez floué la justice royale.

Draco croisa les bras et fixa un point à gauche de Nogaret comme s'il n'était plus concerné par la conversation.

— Je n'ai pas l'intention de vous infliger de la prison, vous en avez fait assez en Égypte. Survivre cinq ans, en tant que chrétien, dans les geôles du Sultan, cela relève du miracle.

— Vous me confondez avec un autre.

— Et s'en être échappé est un exploit.

Draco se concentra pour ne pas se mordre les lèvres.

— Vous ne me demandez pas comment je connais votre vie mieux que vous-même ? Regardez.

Nogaret montra la seconde cuve. À mesure qu'elle se vidait, une bosse noire émergeait.

— Voici messer Verruchi, un Lombard qui gagne sa vie en écourtant celle des autres. C'est lui qui, depuis votre retour en France, vous trouve des clients : épouse impatiente de devenir veuve, cadet qui veut se défaire d'un aîné... Avant de finir dans ce bassin, messer Verruchi a reconnu par écrit et devant témoins vous avoir commandé cinq meurtres dont celui de la place de Grève. C'est aussi lui qui nous a raconté votre vie par le menu dans l'espoir de sauver la sienne. En vain.

— Je ne connais aucun de ces hommes. Mort ou vivant.

Nogaret sourit.

— Vous êtes arrivé à Chypre en septembre 1302. Juste au moment où Jacques de Molay, Grand Maître de l'ordre du Temple, décide d'un coup d'éclat : une expédition pour reconquérir la Terre sainte.

Draco baissa lentement les yeux pour que Nogaret ne voie pas la colère vibrer dans son regard.

— Une expédition qui tourne au désastre. Templiers et Croisés se font massacrer par les musulmans et les quelques survivants sont amenés en Égypte et jetés dans les geôles du Caire. Vous voyez que je sais tout de vous. Y compris votre nom : Tristan Draco.

— Si vous êtes convaincu de ma culpabilité et avez déjà décidé de ma mise à mort, pourquoi me raconter tout ça ?

— Parce qu'il me reste une question.

Un hurlement interrompit l'échange. Dans la cuve, le marchand avait de l'eau jusqu'au menton. Avec ses mains, il tentait de s'agripper à la paroi, mais à chaque tentative, il retombait dans l'eau noire.

— Il n'est pas très observateur, commenta Nogaret, sinon il aurait vu les traces sur la paroi. Ceux qui l'ont précédé y ont usé leurs doigts jusqu'à l'os. Il reste encore des ongles incrustés.

Draco avait vu beaucoup d'hommes mourir, mais jamais de manière aussi atroce.

— Il ferait mieux de recommander son âme à Dieu, reprit le conseiller du roi, il va bientôt se retrouver devant le juge éternel et répondre du pire des crimes : avoir tué son propre fils.

— Quelle est votre question ?

— Vous étiez jeune quand les Templiers vous ont envoyé à l'abattoir : vous avez été capturé, emprisonné, torturé et sans doute pire... Si aujourd'hui je vous livrais ceux qui ont volé votre jeunesse et détruit votre vie, qu'en feriez-vous ?

Draco montra le marchand dont la paume de la main laissait des empreintes sanglantes sur les parois.

— Leurs souffrances seraient pires que la sienne.

Nogaret fit signe qu'on lui ôte ses fers.

— Alors, vous allez peut-être survivre.

19.

Maubuisson, abbaye de Notre-Dame-la-Royale
5 avril 1309

Un bruit de sandales courut sur le pavement du cloître pour disparaître dans le réfectoire où étaient réunies toutes les pensionnaires de l'abbaye. La jeune retardataire, essoufflée et rouge de honte, se glissa sur le banc, joignit les mains et commença à prier.

— Notre Père qui êtes aux cieux, bénissez ce repas pris en commun.

Du haut de sa chaire, la lectrice égrenait le *benedicite* sur un parterre de nuques voilées penchées sur leur écuelle.

— Protégez vos humbles servantes, accordez-leur la grâce de trouver un époux et d'enfanter un fils pour servir le roi sur terre et adorer Dieu au ciel.

En bout de table, la mère supérieure, une règle de bois à la main, attendait la fin de la prière collective pour ordonner le début du repas. Elle fixait d'un regard indifférent ces adolescentes dont la seule vocation serait d'arrondir leur ventre pour donner un héritier à leur mari.

— Seigneur tout-puissant, veillez tout particulièrement sur l'âme de Blanche de Castille, mère de saint Louis et fondatrice de notre monastère !

Dédiée à la Vierge, l'abbaye de Maubuisson avait pour mission privilégiée de prier pour le repos éternel des membres de la famille royale. Soucieux de tenir auprès de Dieu le même rang que de leur vivant, les rois et reines de France avaient essaimé des monastères tout autour de Paris. De jour comme de nuit, un concert de prières s'élevait pour leur salut. La mère supérieure frappa la table de sa règle. Tous les visages se tournèrent vers elle.

— Le roi est aujourd'hui en nos murs, prions toutes pour que Dieu le garde en sa sainte protection ainsi que sa défunte épouse, Jeanne de Navarre.

Philippe le Bel disposait dans l'abbaye d'une résidence privée où il venait s'isoler et se recueillir. Là, point de famille, point de courtisans, le roi se retrouvait homme devant Dieu.

Philippe s'agenouilla devant le tombeau de Blanche de Castille, son arrière-grand-mère. Il fixa le marbre noir dans lequel avait été taillé le gisant de la reine morte. À ses pieds, le sculpteur avait fait figurer un agneau, symbole de tempérance et de paix. Philippe se dit qu'un lévrier aurait été mieux choisi : à l'instar de ces chiens de chasse qui ne lâchent jamais leur proie, Blanche avait passé sa vie à se battre contre les ennemis du royaume. Un modèle pour Philippe. Croyant fervent, il était convaincu que les âmes des ancêtres, du haut de leur séjour céleste, pouvaient aider leurs descendants. Voilà pourquoi il venait toujours prendre conseil auprès de Blanche de Castille quand se présentait une décision difficile.

Ainsi, c'est à Maubuisson, après des mois d'enquêtes secrètes, qu'il avait signé l'ordre d'arrêter les Templiers. Philippe courba la tête jusqu'à ce que son front touche le marbre du tombeau. Bientôt, les envoyés du pape interrogeraient les frères du Temple partout dans le royaume. Après des années de détention, d'intimidation et de torture, ces chevaliers avoueraient tous les crimes que l'on voudrait, le pape serait obligé de les condamner et de dissoudre l'Ordre. Une victoire pour le roi de France mais une défaite pour Philippe, car, dans l'intimité de la famille royale, tout se fissurait en silence. Après des années de mariage, son fils aîné n'avait toujours pas donné d'héritier à la couronne de France. Des siècles de lutte sans pitié pour faire des Capétiens la famille royale la plus puissante d'Europe, et la couronne risquait de disparaître de leur tête à jamais ! Le visage de Philippe devint aussi dur que le marbre de la sépulture. Il n'y avait pas que son fils... Maintenant il savait qu'on avait empoisonné sa femme, les coupables avaient avoué. Un marchand italien, un moine parisien et un évêque... tous réunis pour abattre la monarchie. Une conspiration, Philippe en était certain.

Une question ne cessait de le tarauder : lui et les siens étaient-ils maudits ? En proie à la vengeance des Templiers ? Une question dont seule Blanche de Castille, passée dans le royaume des ombres, avait la réponse.

La lourde porte de l'abbaye glissa sur le sol en pierre usé. Dans l'entrée, la silhouette noire d'une sœur attendait. Elle était chargée d'accueillir les visiteurs que le roi recevait à Maubuisson. La nuque courbée, la démarche lente, elle les accompagnait dans la chapelle où le souverain était en prière. Nul ne devait les croiser dans les couloirs de l'abbaye, car nul ne devait savoir qui le monarque rencontrait. Voilà pourquoi on l'avait choisie elle, qui était aveugle. Sa cécité n'entravait pourtant en rien son intelligence et, au fil des visites, elle avait appris à reconnaître les plus fréquents. Charles de Valois, le frère du roi, se devinait au parfum entêtant de musc dont il couvrait ses vêtements, tandis qu'un détail trahissait Louis, l'héritier du trône : chaque fois qu'il devait rencontrer son père, il tapotait nerveusement la boucle de sa ceinture. Le visiteur d'aujourd'hui, en revanche, n'était suivi d'aucune odeur, d'aucun bruit, mais d'un sentiment d'angoisse, comme s'il creusait le vide devant lui. Elle joignit les mains et commença à prier.

Nogaret venait d'arriver.

Philippe releva la tête. L'angle saillant du marbre avait cisaillé son front d'une ride profonde. Il se retourna pour accueillir Nogaret qui s'inclina en silence. Le roi était toujours surpris de la carrure de son conseiller. Dans l'embrasure de la porte, il éteignait toute lumière.

— Sire, je suis à votre service.

Philippe lui fit signe d'avancer.

— Tout ce matin, j'ai prié Dieu pour qu'il m'éclaire, mais je n'ai pas eu de réponse. Sans doute le Très-Haut ne me juge-t-il pas digne de ses lumières tant je suis dans l'obscurité.

Il montra le tombeau.

— Même mon aïeule est restée muette à mes prières.

Le garde des Sceaux connaissait la dévotion du monarque envers les morts et son étrange foi en leur influence, lui n'y voyait que superstition. Il s'agenouilla devant Philippe.

— Sire, puis-je vous aider de mon conseil ?

Le roi le fixa sans qu'aucun trait de son visage ne bouge.

— Nogaret, êtes-vous sûr d'avoir arrêté tous les templiers ?

— Non, Sire. Certains sont passés à travers les mailles du filet et ont réussi à s'enfuir.

— Combien ?

— Pour l'instant, nous avons réussi à en identifier sept. Sans doute sont-ils cachés à l'étranger, chez votre gendre, le roi d'Angleterre, Édouard, qui met bien peu d'empressement à pourchasser ces chevaliers félons, ou alors en Écosse ou au Portugal, deux royaumes où les frères du Temple circulent encore librement.

— Et s'ils étaient restés en France, à Paris ?

Nogaret releva la tête. Il connaissait les rumeurs qui, derrière chaque drame ou calamité frappant le royaume, voyaient la main invisible des Templiers.

— Je n'en crois rien, Majesté.

Philippe le Bel passa la main sur son front. Il était glacé. Sans doute le contact avec le marbre du tombeau. À moins que ce ne soit l'angoisse. Une nouvelle qu'il avait reçue le tourmentait particulièrement.

— On m'a appris qu'il y a deux jours, trois hommes ont pris d'assaut le château de la Chasse, en bordure de la forêt de Montmorency. Comme vous le savez, la famille de Mornay qui tient ce fief est proche de mon fils Louis, qui s'y rend régulièrement.

— Vous pensez que c'est lui qui était visé par cette attaque ?

Le roi leva les yeux vers le grand crucifix qui pendait dans la chapelle funéraire.

— C'est la question que j'ai posée à Dieu.

Guillaume baissa la tête en signe de respect.

— J'ai été moi aussi informé de cette intrusion, Sire, et si Dieu tarde à vous rassurer, je puis le faire à sa place. Quand a eu lieu l'attaque, le village de la Chasse et le château avaient été ravagés par le mal noir. Les agresseurs étaient à la recherche de tombes à piller.

Le roi resta silencieux. Nogaret continua. Grâce au mouton qu'il avait placé dans la cellule de Guilhem, il disposait de nouvelles informations.

— Nous savons maintenant que le groupe comprenait quatre pillards : deux sont morts, un troisième a été capturé. Ce sont tous des gueux tombés dans le brigandage, d'immondes violeurs de sépultures, mais pas des templiers.

— Et le dernier ?

— Sans doute le chef, nous le pourchassons.

Philippe croisa les mains sous son menton. S'il était soulagé que l'attaque de la Chasse ne soit pas dirigée contre son fils, en revanche rien ne prouvait que leur chef n'avait pas de lien avec le Temple.

— Que dit celui qui est entre vos mains ?

— Il a la fièvre des marais. Depuis hier, il divague. Il voit des fantômes. Une femme. S'il survit, il parlera.

— Il est impératif que le meneur soit arrêté et interrogé au plus vite.

Nogaret posa la main droite sur son cœur.

— Je vais lancer immédiatement une battue. Mais pour pareille traque, j'ai besoin d'un vrai chasseur. Un homme prêt à verser le sang.

— Peu importe, pourvu qu'on capture le fugitif et que l'on sache si c'est un templier.

Le roi revenait à son idée fixe. Nogaret s'en servit aussitôt :

— Justement, l'homme que je veux employer est un ancien croisé, revenu d'Orient. Il connaît les Templiers et leurs ruses, lui peut retrouver le fuyard.

— Alors lancez-le à ses trousses.

— Je me dois de vous préciser que l'homme en question est détenu au Châtelet pour meurtre.

Philippe eut un geste d'impatience. En France, c'est le roi qui, en dernier ressort, décidait de la vie et de la mort de chacun.

— Rédigez une lettre de rémission[1]. S'il ramène vivant celui que nous cherchons, j'effacerai son crime.

Le garde des Sceaux s'inclina.

— Bien, Sire. Avant de me retirer, j'aurais une faveur à vous demander. Votre bru, Marguerite, cherche une dame de qualité pour lui faire la lecture et j'ai une postulante à recommander : Mathilde d'Aulnay, son père était avec vous à Courtrai, il n'en est pas revenu.

L'évocation de cette violente défaite contre les Flamands, où les morts s'étaient comptés par milliers, laissa Philippe le Bel impassible.

— Considérez que c'est chose faite. Maintenant...

Le monarque se tourna vers le tombeau de son aïeule.

— ... je dois prier.

---

1. Lettre signée du roi qui accordait grâce pour des crimes de sang.

20.

Paris, rive gauche
5 avril 1309

La procession avançait lentement le long des quais qui bordaient la Seine. Croix en tête, un prêtre reconduisait ses fidèles à l'abbaye de Saint-Germain, après les avoir menés en pèlerinage à la Sainte-Chapelle. Là se trouvait la relique la plus honorée de la Chrétienté : la Couronne d'épines du Christ. Les servantes, qui profitaient d'un rayon de soleil pour laver le linge de leurs maîtres dans la Seine, interrompirent leur travail pour entonner un *Ave Maria*. Certaines tendaient même leur chapelet vers la procession. Avec un peu de chance, le pouvoir de la relique sacrée rayonnerait jusqu'à elles et adoucirait leur misérable existence. La procession, qui s'approchait du mur d'enceinte de la ville, passa dans l'ombre de l'hôtel de Nesle[1]. Beaucoup levèrent les yeux vers la haute tour où résidait l'épouse de l'héritier du trône. Si Marguerite était vantée pour sa beauté, elle était tout autant critiquée pour sa frivolité et son arrogance. Et les serviteurs de l'hôtel de Nesle, qui, le soir venu, fréquentaient les tavernes du Pré-aux-Clercs, ne manquaient pas d'y ajouter leurs racontars acerbes.

1. La tour de Nesle était située à la limite ouest de Paris, à proximité de l'abbaye de Saint-Germain.

Assise sur un cordage à bateau, un panier rempli de linges sous le bras, Mathilde, vêtue de frusques défraîchies qu'elle avait achetées chez un fripier de la rue de Buci, observait la porte de l'hôtel de Nesle. Elle attendait depuis le matin. Dans une flaque d'eau, elle vérifia l'impression produite par son nouveau visage ; elle avait laissé tomber ses cheveux pour en masquer l'ovale, charbonné son regard et rougi sa peau afin d'être méconnaissable. Enfin, la porte s'ouvrit et une servante, ployant sous le poids d'une corbeille, prit la direction des lavoirs le long de la Seine. Mathilde lui emboîta le pas et s'installa auprès d'elle.

— Eh bien, ma mie, que voilà du beau linge, s'exclama-t-elle en désignant du doigt une chemise au col dentelé.

La servante frotta le vêtement avec une poignée de cendres avant de le tremper dans l'eau.

— Quelle chance tu as, poursuivit Mathilde, de travailler pour de riches maîtres.

La servante la regarda sans répondre. Elle avait le visage plissé par les années et les pommettes rougies de froid. Mathilde sortit une bouteille en grès et sourit.

— Un peu de genièvre, ma compère, pour se donner du courage ?

— Tu es qui, toi ?

Mathilde montra le contenu de son panier. On y voyait un tas de linge sur lequel se détachait le froc gris d'une soutane.

— Je travaille pour les moines de l'abbaye de Saint-Germain. Des maîtres durs.

La servante tendit la main vers le col de la bouteille.

— Tous les maîtres sont durs. Tu es bien jeune pour travailler pour des hommes de Dieu ?

— Ce sont d'abord des hommes. Et ils aiment les jolis minois.

La servante lampa une rasade et ricana de sa bouche édentée.

— Parfois les femmes sont pires.

Mathilde ouvrit des yeux ingénus.

— Moi qui te parle, voilà sept ans que je travaille pour l'hôtel de Nesle et laisse-moi te dire que la Bourgogne, elle n'est pas facile à satisfaire.

Même mariée au fils du roi, Marguerite était toujours appelée *la Bourgogne* par le peuple qui la considérait comme une étrangère.

— Dame Marguerite ? Mais c'est la plus belle femme du royaume. Je l'ai vue, un jour...

— Tu n'as rien vu ! Ah, si je parlais...

La servante louchait vers la bouteille que Mathilde avait posée dans son panier. Cette dernière tendit la main vers le goulot, mais un tumulte l'arrêta. Entouré de ses damoiseaux, Louis venait de sortir. Face à la queue de la procession, il ôta son bonnet emplumé et se signa ostensiblement. Ce geste de foi lui valut les acclamations du peuple.

— En voilà un qui ferait mieux de s'occuper de sa femme plutôt que de multiplier les signes de croix.

Mathilde fit semblant de s'offusquer.

— Mieux vaut un prince qui craint Dieu, il n'en sera que meilleur roi.

— Du peuple, il s'en fout bien, comme sa catin ! Et s'il passe son temps à marmonner des prières et à caresser des reliques, c'est qu'il a peur. Peur de crever avant de donner un fils au royaume !

— *Sa catin* ! Comment peux-tu parler ainsi de la future reine de France ?

— Je sais des choses.

Mathilde lui tendit la bouteille. La servante fit claquer sa langue et, une fois sa lampée avalée, commença de dégoiser.

— La Bourgogne, comme personne ne chauffait ses draps, elle s'est trouvé d'autres plaisirs. Pas une nuit où, vautrée sur son lit, elle n'écoute des trouvères lui chanter le bel amour.

— Une femme délaissée a bien le droit de rêver.

— Si elle ne faisait que rêver...

À cet instant, Mathilde sut qu'il lui fallait se taire. Il est des questions qu'il ne faut surtout pas poser si on veut avoir la réponse.

— Jusque-là, la Bourgogne, elle s'était juste enflammé l'imagination, mais depuis quelque temps, elle a changé. Les trouvères ont été renvoyés à leurs poèmes et, à part sa cousine Jeanne, plus personne n'est convié à la tour de Nesle.

— Tu crois qu'elle a un galant ?

— Dieu m'est témoin que je n'ai pas dit ça ! Mais désormais les domestiques sont consignés à la porte et ne rentrent que ses plus proches suivantes.

— Et si elle s'était tournée vers Dieu ?

— Son esprit peut-être, mais pas son estomac. Elle n'a jamais mangé autant. Avant, elle avait un appétit d'hirondelle, maintenant elle dévore ! Le cuisinier ne cesse de lui faire monter des plats.

Mathilde ne commenta pas. Une idée venait de germer dans son esprit : et si Marguerite était enceinte ? Cela expliquerait ce changement brutal. Porter un futur roi dans son ventre allait lui donner la première place dans la famille royale. Il fallait prévenir Nogaret.

— Le temps se gâte, annonça Mathilde, en montrant des nuages qui remontaient la Seine, ce n'est pas aujourd'hui que je vais finir de laver mon linge.

La servante lorgna sur le genièvre.

— Si tu me donnes encore une rasade à boire, je te dirai quelque chose que je n'ai jamais dit à personne. Parole de Gersande.

Mathilde retint le prénom et tendit la bouteille.

— La Bourgogne, elle a un secret. Depuis peu, elle tient son oratoire sous clé. Plus personne n'a le droit d'y entrer. C'est une servante qui m'a dit ça.

— Alors, elle a peut-être vraiment retrouvé le chemin de Dieu.

Gersande baissa la voix.

— Et moi, je te dis que ce n'est pas pour prier Dieu le Père qu'elle s'enferme dans sa chapelle !

— Mais on ne peut rien y faire d'autre !

La commère jeta un œil autour d'elle et plia sa main en forme de corne.

— Si, on peut y invoquer le diable !

21.

Paris, le Châtelet
6 avril 1309

Parmi les Parisiens qui passaient en nombre sous la grande voûte du Châtelet, nul ne pouvait dire qui avait construit ce monument de la peur. En revanche, tous savaient qu'il abritait la prison la plus dangereuse du royaume. Trois étages de cellules surpeuplées dont seule la mort avait la clé. Sous les combles, la maladie et la faim faisaient le travail ; l'étage central, lui, pourvoyait à la hache du bourreau ; le rez-de-chaussée, enfin, ne contenait qu'un nombre restreint de cellules : *les Trois sœurs*, mais leur étreinte était pire que tout.

Nogaret remonta la capuche sur son front. Des gouttelettes glacées tombaient de la voûte. Le visage baissé, il pensait à Mathilde. Le désir le reprit dans le bas-ventre. Pour autant, il n'oubliait pas la mission qu'il lui avait confiée : découvrir qui était le responsable du vol du reliquaire de l'héritier de la Couronne. S'il tenait à avoir au plus tôt la réponse à cette question, il était tout aussi pressé de revoir la jeune femme. Il serra la mâchoire tant son désir l'éperonnait. En attendant, il devait impérativement percer le mystère du château de la Chasse. Le roi n'était pas homme à attendre.

Nogaret et le geôlier s'enfonçaient dans les ténèbres, suivis de Draco. Ce dernier courba la tête pour ne pas heurter le plafond suintant. Sa dernière mission était un échec fatal. Son intermédiaire et son commanditaire étaient morts, et lui n'avait eu la vie sauve qu'en l'abandonnant entre les mains de Nogaret, autrement dit celles du diable.

Ils arrivèrent dans une salle de garde. Discrètement, Draco repéra les arbalètes accrochées au mur, mais les soldats étaient trop nombreux. Le gardien tourna à droite dans un couloir plus étroit pour déboucher sur une porte bardée de fer. Le garde des Sceaux se retourna.

— Je vous laisse le choix une dernière fois : soit vous mourez de la main du bourreau – et puisque vous lui avez gâché son précédent spectacle, comptez qu'il se surpassera –, soit vous acceptez, sans la connaître, la mission qui commence derrière cette porte.

— Je me vends toujours au plus offrant, et quelle meilleure offre que ma propre vie ?

— Une offre que je peux reprendre à tout instant. Ne l'oubliez jamais !

Nogaret désigna la porte au geôlier.

— Ouvrez.

Draco s'avança, méfiant. Ce n'était pas une cellule normale : à la place du sol s'ouvrait un puits dont il ne parvenait pas à deviner la largeur. Le geôlier baissa la torche vers le pourtour et alluma une lampe à huile, puis une deuxième. Bientôt la circonférence de l'ouverture se dessina, elle était hors-norme. Le croisé tourna un regard interrogateur vers Nogaret.

— Penchez-vous, lui intima ce dernier.

Incapable de discerner le fond, Draco nota en revanche que les murs étaient fortement inclinés.

— C'est un cône inversé. On descend les prisonniers à l'aide d'une corde et on les laisse s'agripper à des pierres en saillie. Une fois plaqués contre la paroi, il leur est impossible de remonter. On dit que l'architecte qui a conçu ce piège avait vendu son âme au diable.

— Combien de temps un prisonnier peut-il rester contre le mur ?

— Personne n'a jamais dépassé une journée.

Fasciné, le croisé se pencha à nouveau : il lui semblait voir une ombre vacillante accrochée à la paroi.

— Et à l'autre extrémité ?

— La pointe du cône donne dans la vase de la Seine. Un vrai paradis... pour les rats. Regardez.

Le geôlier jeta sa torche dans le puits. Comme elle touchait le sol, une marée grisâtre ondula en vociférant de colère.

— Ils ont faim.

Un hurlement de terreur résonna entre les parois.

— Ne me laissez pas là !

Le geôlier descendit une perche au bout de laquelle brillait une lanterne. Un homme se tenait collé contre le mur, les deux mains enroulées autour d'une pierre en saillie, un pied enfoncé dans une anfractuosité. Il jetait des regards épouvantés vers le fond du puits.

— Quand tu chuteras dans la vase, les rats vont d'abord s'attaquer à tes yeux, puis à tes parties génitales...

— Pitié !

Nogaret prit Draco à part :

— Cet homme n'a pas de nom. On l'a retrouvé dans les bois de Montmorency, en compagnie de deux complices. Morts, sans doute de peur. Quant à lui, il est resté incapable de parler malgré la torture. Ce n'est que lorsque nous l'avons jeté là qu'il s'est mis à hurler.

— Il a raconté ce qui leur est arrivé ?

— À part demander merci[1], il n'a rien dit.

— Que faisait-il dans la forêt de Montmorency ?

— Désormais, c'est à vous de me l'apprendre.

Draco se pencha à nouveau sur le puits. L'homme était à environ six toises de la surface. Il fit signe au geôlier de descendre la lanterne le long de la paroi. Le croisé compta quatre pierres en saillie jusqu'à la margelle.

— Allez me chercher une corde et une arbalète.

Nogaret hocha la tête. Le gardien se précipita.

— À vous de le faire parler.

1. Implorer la pitié.

Le geôlier arriva avec l'arbalète. Draco banda la corde et inséra le trait. Un tir en pleine tête et Nogaret irait rejoindre Satan en enfer. Le gardien n'aurait même pas le temps de s'enfuir qu'il servirait de repas aux rats. Un simple coup d'épaule. Mais il ne parviendrait pas à se débarrasser des autres gardes. La main du croisé agrippa la hampe. Il épaula et tira.

Le trait pulvérisa la cheville du prisonnier qui se retrouva pendu dans le vide. Un hurlement de bête acculée retentit dans le puits. Draco se retourna vers Nogaret.

— Il va parler.

La corde se balançait juste au niveau des yeux du prisonnier. Nogaret et le geôlier les avaient laissés seuls.

— Au-dessus de toi, annonça le croisé, il y a quatre pierres où ton pied valide peut prendre appui. Je vais te poser une question et, si la réponse me convient, je te hisserai d'une pierre. Quatre réponses, quatre pierres jusqu'à la liberté. À toi de choisir.

Draco descendit la corde au niveau des épaules de l'homme. Ce dernier se jeta dessus et l'enroula sous ses aisselles.

— Dis-moi qui tu es.

— Je m'appelle Guilhem... je viens du Vexin... mon père était un Jacques[1]... j'ai fui la misère pour suivre une bande de rapineurs. D'ordinaire, on détrousse les voyageurs en forêt de Bondy mais cet hiver, on a failli mourir de faim et de froid, alors quand on nous a proposé d'attaquer un château isolé, près de Montmorency...

Draco enroula la corde autour de sa taille pour exercer une traction. Bientôt, la main de Guilhem atteignit la première pierre en saillie. Draco maintint la corde sous tension pour stabiliser le prisonnier.

— Tu vois que je tiens parole. Dis-moi qui t'a engagé.

— Je ne connais ni son nom véritable, ni son visage. Il a toujours porté une capuche, comme un moine. Le but,

1. Un paysan.

c'était de piller le château de la Chasse. Il nous a dit que tout le village avait été décimé par le mal noir, que le château était à prendre. Que l'on pourrait se remplir les poches sans risque. C'est lui qui nous a dirigés à travers les marais jusqu'au domaine. On devait l'appeler Charon.

Le nom fit sursauter l'ancien croisé. Charon était le passeur du Styx, le fleuve que devaient traverser les âmes des trépassés pour atteindre les Enfers dans la mythologie. Le choix était tout sauf anodin. Malgré sa surprise, Draco resta muet. Guilhem supposa qu'il n'en avait pas dit assez.

— Ce Charon, c'est à la foire de Senlis qu'il nous a abordés. On était à la taverne du Lys et...

— *On,* c'est qui ?

— L'Écorcheur et Balafre. Deux rapineurs comme moi. Ils sont morts.

Draco passa la corde à travers un anneau fiché dans le sol et commença à hisser Guilhem. Quand il retourna à la margelle, il abaissa la lanterne vers le visage du ruffian. Il n'avait plus d'âge, ses cheveux étaient comme transparents et ses prunelles nageaient dans le sang.

— Il s'est passé quoi dans le château ?

— Balafre était chargé de l'escalade : c'est lui qui a pénétré le premier dans le château. Avec L'Écorcheur, il est allé piller les chambres, moi je suis descendu dans la chapelle.

— Pendant que vous mettiez le château à sac, que faisait Charon ?

— Il était resté dans la grande salle, mais quand tout a mal tourné, il n'était plus là.

Draco reprit la corde et tira. Guilhem n'était plus qu'à deux toises de la surface. S'il reprenait trop confiance, il en dirait moins. Le croisé alla chercher un flambeau et le jeta au fond du puits. La masse grouillante des rats se mit à rugir. Guilhem hurla. La peur fait plus parler que l'espoir.

— Que s'est-il passé dans le château ?

— La traversée du village avait déjà été une abomination. Partout, des cadavres en décomposition et, quand on ne les voyait pas, on les sentait, et quand on ne les sentait pas, on entendait les corbeaux qui se disputaient les chairs. Pire que l'enfer.

Draco tira brusquement sur la corde. Sur sa pierre en saillie, Guilhem vacilla.

— Je t'ai posé une question précise !

— Balafre et L'Écorcheur ne sont pas restés longtemps dans les chambres, il y avait plus de cadavres en train de pourrir que de choses à voler. Ils m'ont rejoint dans la chapelle. Charon nous avait dit que les seigneurs de Mornay étaient sans doute morts, alors nous sommes descendus dans la crypte...

— Pour profaner leur tombe.

Guilhem ne répondit pas. Draco tira une dernière fois sur la corde. En équilibre sur la dernière pierre, Guilhem pouvait poser la main sur la margelle. La vie, la liberté n'étaient plus qu'à un coup de reins.

— Raconte-moi tout jusqu'à la fin !

— La crypte comportait trois sépultures. On a joué le contenu de chacune aux dés. Ensuite on a brisé la première dalle : le corps était dessous, roulé dans un drap, mais l'odeur était telle... L'Écorcheur a pris son poignard et il a incisé le linceul. Les os nageaient dans une bouillie grouillante de vers. Avec la pointe d'une épée, il a récupéré une chaîne en or. Ça ne lui a pas porté chance.

Draco posa son pied sur la main de Guilhem pour qu'il n'oublie pas que sa vie ne tenait toujours qu'à un fil.

— Ensuite ?

— Le deuxième corps... ceux qui l'ont enterré n'avaient même pas eu le temps de fermer la dalle... sans doute les serviteurs que l'on a retrouvés crevés dans l'escalier... le cadavre était celui de la femme... elle avait encore sa peau comme transparente sur les os, mais tous ses boyaux avaient coulé et les rats s'étaient régalés... quant à ses yeux, ils avaient sombré dans le crâne... elle portait tous ses bijoux... Balafre a tout raflé.

— Pourquoi tes deux complices sont-ils morts ?

Pour la première fois, Guilhem resta muet. Draco accentua la pression de sa botte sur la main agrippée à la margelle.

— La troisième tombe... quand on l'a ouverte...

— Parle !

— Il ne fallait pas l'ouvrir... ce n'était pas une tombe...

— Ne te moque pas de moi !

Guilhem se mit à hurler.

— Ce n'était pas une tombe...

Le croisé pulvérisa les phalanges du prisonnier.

— C'est l'entrée des Enfers !

LES CHEMINS DE L'ENFER

Les vivants alors ne sauront qui croire
Et, perdant tout espoir,
Verront l'heure du Jugement
S'abattre sur eux comme un feu ardent

La complainte des Ressuscités

22.

Paris, le Châtelet
7 avril 1309

Draco se réveilla sur sa couche de bois, la bouche sèche et les membres moulus. La cellule était plongée dans la pénombre. Seule une lampe à huile, suspendue au plafond, éclairait le dallage. Il se massa la nuque et s'épongea le front dans l'écuelle d'eau posée sur le sol. Il devait puer comme tous les diables. Son corps perclus réclamait un bain chaud et il se mit à rêver d'une étuve. C'était là où il se sentait le mieux. Et si par mégarde il s'endormait, assoupi par la chaleur de l'eau, il avait remarqué que son sommeil était sans cauchemar.

Une bénédiction.

Depuis qu'il avait interrogé Guilhem dans les tréfonds du Châtelet, il n'avait pas revu Nogaret. Un secrétaire était venu qui avait transcrit ce que le ruffian avait avoué. Depuis, on l'avait conduit dans une nouvelle cellule. Draco étira ses muscles et se rassit. Même prisonnier, ce réveil était déjà une chance : il était toujours vivant et il n'avait pas rêvé.

Tout autour de Nogaret, les copistes, plume à la main, attendaient. Chaque soir, les ordres fusaient qui partaient le lendemain aux quatre coins du royaume. Édit sur la valeur des monnaies, affranchissement de serfs du domaine royal, levée d'impôts… Les décisions du roi

Philippe devaient être appliquées sans délai et connues de tous. Nogaret jeta un œil sur sa dernière missive. Elle rappelait à tous les officiers royaux que les représentants du pape étaient libres de se rendre partout où ils le souhaiteraient pour interroger les templiers emprisonnés. Guillaume s'était engagé auprès du légat Duèze[1] : aucun homme du roi n'assisterait aux interrogatoires. L'homme de confiance du pape l'avait remercié, mais Nogaret n'était pas dupe. Duèze savait très bien que les templiers reconnaîtraient tous leurs aveux. Si, par malheur, l'un d'eux se rétractait, la justice en ferait un relaps et il finirait au bûcher.

Les copistes commencèrent à s'agiter. Un serviteur entra et renouvela les chandelles. Ce soir, le légat du pape allait être reçu officiellement à la cour en présence de toute la famille royale. Nogaret se devait d'être là, d'autant qu'il avait fait inviter Mathilde pour la présenter au souverain. Ce serait aussi l'occasion d'étudier discrètement ce Duèze en public.

Le garde des Sceaux se penchait enfin vers la table encombrée de parchemins pour dicter une lettre à l'attention des consuls de Montpellier lorsque le secrétaire entra.

— Messire, une nouvelle d'importance.

Draco se demandait quand Nogaret ferait appel à lui. L'attente devenait longue. À moins que le garde des Sceaux n'ait décidé de se passer de ses services, mais dans ce cas, il serait déjà mort. Draco fixa la lampe à huile qui brûlait au plafond. Chaque soir, le geôlier venait l'allumer. La première fois, l'ancien croisé s'était étonné qu'on laisse une lampe allumée dans une cellule. Il pourrait s'en servir pour s'évader, mettre le feu... puis Draco avait compris que cette lampe, à portée de main n'était qu'une marque de mépris. La preuve qu'il ne tenterait même pas de s'échapper car, dehors, c'était la mort assurée. La vengeance du

1. Envoyé officiel du pape.

bourreau l'attendait. Draco contempla encore la lampe. Elle était le rappel brûlant du garde des Sceaux, de sa puissance.

Un cri déchira le silence. Il ne venait pas de la rue, mais de l'intérieur de la prison. Malgré lui, l'ancien croisé frissonna. Brusquement, il se demanda s'il ne s'était pas trompé. Nogaret n'avait peut-être pas besoin de lui, même plus besoin de le tuer… Et s'il y avait une lampe ce n'était pas par défi, mais parce qu'il n'allait jamais sortir.

Guillaume sonda le visage fermé du nouvel arrivant, puis fit signe aux copistes de disparaître.

— Parle.

— On vient de retrouver la sorcière échappée des geôles de Notre-Dame.

Nogaret rappela l'affaire à sa mémoire : disparue depuis la nuit de Pâques, la femme était soupçonnée par la justice d'avoir assassiné son gardien avant de s'évader.

— La gueuse a avoué ?

— Las, seigneur, elle était déjà morte quand nous avons mis la main dessus.

— Où était-elle ?

— Sous un tas d'ordures, quai des Morfondus. Les rats avaient déjà eu le temps de lui dévorer les extrémités et les entrailles, mais son visage était encore intact. Nous l'avons montrée aux détenus de Notre-Dame. Ils l'ont tous reconnue.

— Elle n'est pas allée crever sous ces détritus toute seule…

— Non, messire, elle a une plaie profonde à la gorge. Un assassinat.

— Vous avez porté son corps au Châtelet ?

— Il vous y attend.

Nogaret se leva.

— Je dois me rendre chez le roi, mais je veux voir le cadavre de cette femme dès mon retour. Surtout, qu'on n'y touche pas.

— Il en sera fait selon votre volonté, messire.

— Et quand je rentrerai, fais venir Draco. Nous allons voir ce que vaut notre nouveau limier.

23.

Paris, palais de la Cité
7 avril 1309

Installé dans l'embrasure d'une fenêtre, Charles de Valois contemplait la cour du palais où arrivaient les derniers invités. Une double ligne de flambeaux tenus par des écuyers les guidait jusqu'au grand escalier. Tout ce que la cour comptait de hauts lignages et de notabilités se pressait pour assister à la cérémonie. Comme chaque année, Philippe le Bel allait introniser de nouveaux chevaliers. Le frère du roi reconnut l'ambassadeur de Venise qui s'inclinait pour laisser passer Marguerite de Bourgogne, entourée d'une nuée de suivantes. Elle arrivait sans son mari Louis qui promenait seul sa face morose dans la grande salle. Charles lui fit un signe discret de le rejoindre, il lui trouvait encore plus mauvaise mine que d'habitude.

— Bonjour mon oncle.

Charles l'entraîna près de la fenêtre.

— Je suis bien aise de vous voir, mon neveu. Votre femme vient d'arriver. Splendide et en retard, comme toujours.

Louis ricana.

— Marguerite met plus de temps à s'habiller que ne dure une messe à Notre-Dame. Je suis parti en premier.

— Vous avez eu raison : ce n'est pas à fils de roi d'attendre sa femme.

L'héritier se rengorgea. Son oncle, au moins, le comprenait.

— Mon neveu, avez-vous entendu parler de ce qui s'est passé à la Chasse ?

— Oui, une bande de pillards a attaqué le château. Un acte infâme. J'espère que le roi mon père y fera juste et prompte justice.

— Les Mornay sont bien de vos amis ?

Louis se troubla.

— Il m'arrive d'aller chasser chez eux. Vous savez que la forêt de Montmorency est fort giboyeuse.

— Quel honneur pour cette famille de recevoir un descendant de saint Louis. D'autant que le seigneur de Mornay est d'un âge avancé et vit reclus depuis qu'il a été blessé à Courtrai. Voilà des années qu'on ne l'a plus vu à la cour. Comment l'avez-vous rencontré ?

Le fils du roi baissa la voix :

— Pourquoi me posez-vous ces questions, mon oncle ?

— Parce que je ne suis pas certain qu'on ait attaqué le château de la Chasse seulement pour le piller...

— Allons, il s'agit d'un acte de brigandage comme il y en a bien trop dans le royaume. Si j'étais le maître...

— Louis, le coupa Charles, vous serez roi un jour et mon devoir est de vous protéger de toute malveillance. Je sais très bien que la chasse n'est pas votre fort. Qu'alliez-vous vraiment faire chez les Mornay ?

Le teint déjà cireux de Louis vira au gris et il porta la main à la croix d'or qui brillait à son cou.

Alors qu'il allait répondre, un tumulte les interrompit. Étincelante dans une robe de soie brodée de pierreries, Marguerite faisait son entrée. Louis, un rictus aux lèvres, la contempla.

— Vous connaissez mon malheur, mon oncle. Je suis mal marié et mon union n'est pas féconde. Marguerite n'est pas une bonne épouse, au lieu d'être docile à mes désirs, elle me rabroue sans cesse et, quand je vois ce sourire hautain à ses lèvres, j'en perds mes moyens...

Charles se garda bien d'interrompre son neveu.

— Croyez bien qu'avec d'autres femmes je suis un homme comme les autres, mais avec la mienne... je suis certain qu'on m'a jeté un sort.

— Mais qui aurait osé ?

— On a bien empoisonné notre mère ! Alors pourquoi ne pas ensorceler son fils ?

Depuis longtemps, Valois, pourtant d'humeur impétueuse, avait pris le parti de ne jamais contrarier son neveu. S'il n'avait aucune influence politique sur le roi, il comptait bien se rattraper avec son successeur.

— Je suis prêt à vous croire, Louis, mais quel rapport avec les Mornay ?

— Lorsque mon père a arrêté les Templiers, il a aussi saisi leurs biens, qui sont immenses. En mémoire de son dévouement à Courtrai, le seigneur de la Chasse s'est vu confier la garde des commanderies qui se trouvaient sur ses fiefs.

— Une garde des plus lucratives, persifla Charles, si j'en crois le château qu'il s'est fait construire !

Pareil à des oiseaux surpris en plein caquetage, le groupe d'invités qui se tenait devant l'entrée s'éparpilla soudain. L'envoyé du pape venait d'entrer, le dos voûté comme sous le poids des responsabilités. Charles de Valois se signa.

— Voici le légat Duèze, fin comme le tranchant d'une épée. C'est lui que le pape nous envoie pour signer la fin des Templiers. En échange, il va sans doute réclamer pour le Saint-Siège la propriété de tous les biens du Temple. Vos amis de la Chasse se sont enrichis juste à temps.

Louis eut un étrange sourire.

— Le seigneur de Mornay n'y a pas trouvé que de l'or...

Un murmure les fit se retourner. Marguerite s'inclinait devant le roi, et toute la cour s'était rassemblée pour admirer le noir luisant de sa chevelure torsadée, l'élan souple de sa taille, la profondeur suggestive de sa gorge.

Louis la contempla avec désir et douleur, mais c'était la dernière fois.

— Il y a aussi trouvé des secrets qui peuvent changer la vie d'un homme.

Nogaret regardait les futurs chevaliers un à un. Il connaissait le lignage de chacun, mais aussi et surtout de quelle faction politique leur famille était proche. Certains gravitaient autour de Charles de Valois, véritable étoile scintillante de la cour dont la faconde fascinait, d'autres, plus prévoyants, entouraient l'héritier du trône. D'ailleurs, l'oncle et le neveu étaient en grande conversation dans le recoin d'une fenêtre. Nogaret ne se faisait aucune illusion : sitôt le roi Philippe enterré, il serait démis de ses fonctions et exilé, s'il avait de la chance. Sinon, ce serait le gibet de Montfaucon.

— À quoi penses-tu ? demanda Mathilde.

— Au destin.

Mathilde, elle, fixait du regard deux hommes vêtus de rouge qui babillaient au cœur d'un cercle de femmes riant aux éclats.

— Ce sont tes frères, n'est-ce pas ?

— Oui, l'un appartient au prince Louis, l'autre, à Monseigneur de Valois.

— Ils ne sont pas venus te saluer ? s'étonna Guillaume.

— Tu oublies que j'ai été placée au couvent à l'âge de sept ans. Ils seraient bien incapables de me reconnaître.

Nogaret fixait les deux frères d'Aulnay. Leurs visages respiraient la suffisance, leur vêture, la vanité. Des coqs qui se prenaient pour des aigles.

— Ils portent des vêtements de grand prix, remarqua-t-il.

— Quelque amante les leur aura offerts ! Ma famille n'en a pas les moyens.

Discrètement Mathilde se déplaça derrière Guillaume.

— Écoute-moi, mais ne réagis pas. J'ai des renseignements sur la Bourgogne comme l'appelle le peuple. D'après ses serviteurs, elle a brusquement changé de vie. Fini les soirées langoureuses, les vins de Chypre et les ritournelles des ménestrels. Désormais, Marguerite vit cloîtrée dans sa tour.

Louis venait de quitter son oncle pour rejoindre sa femme. Le premier couple du royaume se devait de faire belle et bonne figure. D'un bref mouvement, ils s'inclinèrent devant le légat du pape, Duèze.

— Elle ne reçoit que sa cousine Jeanne et seules des servantes triées sur le volet pénètrent chez elle. Et encore pas partout. Désormais son oratoire est sous clé.

Nogaret fit immédiatement le lien avec la relique disparue. Si la femme de Louis interdisait l'accès de sa chapelle personnelle, c'est qu'il y avait une raison.

— Je sais ce que tu penses, mais pourquoi aurait-elle trafiqué de cette relique ? Elle peut avoir tout ce qu'elle veut.

Nogaret regarda le jeune couple qui traversait la Grande Salle. Marguerite était radieuse.

— Mais ce n'est pas le plus important.

Déconcerté, Guillaume faillit se retourner. Plus important qu'une relique de saint Louis disparue de l'hôtel du fils du roi ?

— Marguerite est enceinte.

24.

Paris, le Châtelet
7 avril 1309

La porte s'ouvrit en grinçant sur un étroit couloir mal éclairé. D'un geste, le gardien fit signe à Draco de le suivre. Ce dernier remarqua qu'on ne lui mettait pas de fers. Sa vie valait donc encore quelque chose. Nogaret devait l'avoir convoqué, sans doute au sujet de cette étrange histoire du château de la Chasse. L'ancien croisé ne comprenait pas pourquoi le garde des Sceaux s'intéressait à ces pilleurs de tombes. Si le mal noir avait épargné le corps de ce Guilhem, en revanche la fièvre semblait avoir complètement ravagé sa cervelle. Le délire comme la peur lui avaient fait raconter n'importe quoi. Le geôlier abaissa sa torche pour éclairer les marches usées d'un escalier à vis. Pour Draco, l'attaque de ce maudit château n'était qu'un acte de pillage d'une bande de soudards dont une simple corde aurait dû régler le destin. Rien qui justifiât l'intérêt de Nogaret à son égard et encore moins qu'il se soit penché sur son passé en Orient. En particulier sur cette attaque désespérée de l'île de Rouad[1] où des templiers trop arrogants les avaient envoyés au massacre. À moins que… Draco se souvenait que cette opération avait été directement ordonnée par Jacques de Molay, l'ancien Grand Maître qui, depuis deux ans, croupissait en prison. Et si Nogaret, pour s'en débarrasser, était en train

1. Les Templiers en seront chassés à l'automne 1302.

de monter un dossier à charge ? Draco secoua la tête. Le crime d'hérésie suffisait à envoyer Molay au bûcher. Non, ce que Nogaret attendait vraiment de lui restait un mystère.

Guillaume venait de rentrer de la réception du roi. Ses tempes résonnaient de l'intérieur. La révélation de Mathilde l'avait stupéfié. Marguerite, l'épouse de Louis, enceinte après des années de vaines tentatives ? Si pareille information se confirmait, toute la France crierait au miracle et la popularité de la famille royale serait au pinacle. Lui, en revanche, devrait changer tous ses plans, revoir tous ses réseaux d'alliance. Pour la première fois depuis longtemps, Nogaret, d'habitude si maître de ses réactions, se sentait acculé à la défensive.

De plus, Charles de Valois, du ton le plus policé, lui avait demandé de passer le voir le lendemain. À croire que le frère cadet du roi sentait déjà le vent tourner et son heure venir.

— Monseigneur, vous aviez demandé que le corps de la sorcière soit examiné en votre présence.

Le front brûlant, Nogaret leva les yeux. Le secrétaire l'attendait pour le conduire dans les salles souterraines où on conservait les cadavres nécessaires aux enquêtes. Situées sous le niveau de la Seine pour en conserver la fraîcheur, ces pièces, en revanche, n'avaient que peu de ventilation et une odeur d'ignoble pourriture y stagnait sans fin. Comme il traversait une salle où le parfum de décomposition s'atténuait un peu, Nogaret s'étonna de voir des hommes ranger des barriques à la verticale.

— Que font des tonneaux en tel lieu ?

Le secrétaire baissa la voix :

— Seigneur, nous expérimentons une nouvelle méthode pour conserver les corps. Jusqu'ici nous mettions les cadavres dans de la saumure comme font les peuples du Septentrion pour les poissons.

Nogaret s'arrêta. Deux tonneaux avaient été placés côte à côte au centre de la pièce.

— Cette nuit, deux étudiants ont participé à une rixe dans une taverne du quartier latin. Ils sont morts d'un coup de couteau. Même âge, même corpulence, mêmes heure et cause de décès. Nous avons donc décidé d'étudier l'évolution de leurs dépouilles.

Le secrétaire montra le tonneau de gauche.

— Ici, le premier cadavre a été enfoui comme d'habitude dans du sel. L'autre a été immergé dans un mélange d'eau-de-vie et d'aromates. Nous ouvrirons les deux tonneaux dans trois semaines et nous comparerons l'état des corps.

— Par tous les saints, qui vous a donné l'idée de plonger un mort dans de l'alcool ?

Le secrétaire croisa les mains sur sa poitrine.

— Sa Seigneurie se souvient-elle du moine en rupture de ban auquel elle m'avait demandé de *faire visiter* les prisons du Châtelet ?

— L'herboriste ?

— Eh bien, nous lui avons trouvé une utilité. C'est lui qui a concocté le mélange.

Nogaret avait toujours aimé l'inventivité.

— Si l'expérience est fructueuse, dis à cet herboriste du diable qu'il passera à mon service.

Draco entra dans une salle qui lui sembla plus propre que celles qu'il venait de parcourir. Le sol était lavé de frais, les murs nettoyés, en revanche l'odeur était la même, putride et obsédante. Penché sur une table, il reconnut le profil de Nogaret. À côté se tenait un homme, un pupitre portatif sur la poitrine. Sans doute un secrétaire.

— Jetez donc un œil, Draco.

L'ancien croisé s'avança. Une jeune femme était couchée, nue, sur une table de bois. Si son visage était presque intact, son ventre, lui, était ouvert aux quatre vents et ses entrailles avaient disparu. Quant à ses pieds et ses mains, il n'en restait que des moignons.

Le secrétaire surprit son regard et montra des marques de morsures partout sur l'épiderme.

— Ce sont des rats. Nous l'avons retrouvée sous un tas d'ordures. Ils se sont servis.

— Que vous inspire ce cadavre, Draco ? demanda Nogaret.

L'intéressé se pencha sur les poignets d'où pendaient encore des ligaments en lambeaux.

— Pourquoi les rats se seraient-ils acharnés sur les extrémités ?

— Sans doute parce que ce sont les parties qui dépassaient des détritus. Les rats les auront rongées jusqu'aux chevilles et aux poignets.

Draco ne répondit pas. Il scruta le visage, inspecta le cou et mit au jour un orifice, maculé de sang séché. Il se pencha pour l'examiner : le trou, en forme de triangle, était aussi fin que profond. Rien à voir avec des rats.

— Cette femme a été tuée d'un coup de lame dans le bas du cou. C'est un homme de guerre qui l'a porté.

À son tour, le secrétaire se pencha.

— Ce n'est pourtant ni un coup de poignard, ni une dague. L'entaille n'est pas assez large.

— Vous avez raison. C'est un poinçon qui en est à l'origine. Une lame, longue et fine, dont on se sert pour neutraliser un chevalier à travers les interstices d'une armure. Il faut avoir été sur un champ de bataille pour connaître cette arme et savoir s'en servir.

D'un geste, Nogaret lui intima de continuer l'examen.

Durant sa détention au Caire, Draco avait été affecté à l'évacuation des morts qui ne cessaient d'empuantir les cellules. En cinq ans d'emprisonnement, il avait eu le temps de manipuler des centaines de cadavres.

— Dépêchez-vous. Je ne supporte pas cette odeur, s'exclama Guillaume.

Il palpa les deux genoux, puis tenta de les faire pivoter. Ce qui restait des jambes était aussi raide que du bois.

— Cette femme est morte depuis plusieurs jours.

— Sans doute depuis la nuit de Pâques, précisa Nogaret, quoi d'autre ?

Draco remonta le long du ventre. Les rats avaient fait bombance, tous les organes majeurs avaient disparu : plus de foie, de poumons, même le cœur avait été dévoré. Ne restaient que les entrailles, dont les intestins qui devaient contenir les résidus de sa digestion. Gavés, les rongeurs n'en avaient pas voulu. Il revint vers le visage. Surpris, il se pencha pour mieux l'examiner.

— Les lèvres sont parsemées de taches brunes...

— Des marques de décomposition ? interrogea le secrétaire.

Draco les toucha.

— Non, ce sont comme des croûtes, mais il n'y a pas de plaies dessous.

— Fais venir le moine herboriste, déclara Nogaret après les avoir examinées à son tour.

L'ancien dominicain avait conservé son froc, mais ses cheveux repoussaient déjà sur sa tonsure. Sans un mot, Nogaret lui montra les taches. Le moine s'approcha et passa l'index à plusieurs reprises sur les croûtes. Il semblait surpris.

— Avant d'être tuée, cette femme a dû toucher avec ses lèvres quelque chose dont on voit les résidus. Un objet, une surface... Regardez bien les taches, elles contiennent des pigments. Rouge, bleu et or.

— Les fragments proviendraient d'une peinture ? demanda le garde des Sceaux.

— C'est possible. Une fresque, un tableau, une enluminure... Tout dépend où elle a été tuée. En revanche ça n'explique en rien pourquoi les taches en elles-mêmes sont brunes.

De l'ongle, il en détacha un morceau. Il était sombre et dur. L'herboriste le huma, puis le posa délicatement sous sa langue pour le faire fondre.

— Et si c'était un poison ? s'inquiéta le secrétaire.

Les traits de Nogaret se durcirent. Depuis l'assassinat de la reine, personne n'osait plus prononcer ce mot. Le moine cracha au sol.

— C'est effectivement un poison, sauf que celui-ci ne tue pas...

Draco crut qu'il avait mal entendu.

— ... il rend fou.

25.

Paris, hôtel de Nesle
7 avril 1309

Mathilde attendait dans la bibliothèque, une pièce ronde éclairée d'une seule fenêtre. L'intendant qui l'avait reçue lui avait recommandé de choisir deux livres. Si sa voix convenait à Marguerite, elle pourrait devenir lectrice. Après avoir ouvert plusieurs ouvrages pour mieux cerner les goûts de la bru du roi, l'ancienne religieuse avait jeté son dévolu sur un recueil de poèmes et sur un roman d'aventures. Le premier lui permettrait de montrer les différentes tonalités de sa voix, le second, de captiver son auditoire.

Pour les poèmes, elle avait choisi Bertran de Born, un troubadour du siècle passé qui chantait la fureur de la guerre et l'ardeur des combats. On disait Marguerite très entichée de la gloire militaire de ses ancêtres, les ducs de Bourgogne. Mathilde ouvrit le recueil et lut quelques vers subtilement rythmés. Elle croyait entendre le fracas des armes. Marguerite serait peut-être séduite.

La chanoinesse referma le livre de poésie pour saisir le roman. Le héros de Chrétien de Troyes, Perceval, était lui aussi chevalier, seulement ce n'était pas l'amour de la guerre qui le guidait, mais une quête.

La porte s'ouvrit à nouveau sur l'intendant. Il avait un visage déplaisant, un crâne désespérément lisse et des yeux bouffis d'un excès de chair.

— Madame vient de rentrer de chez le roi. Elle va vous recevoir. Tenez-vous prête. Je viendrai vous chercher.

Mathilde s'inclina et reprit son livre. Elle en tourna méticuleusement les pages pour trouver le passage qu'elle cherchait. Elle sourit. Marguerite allait avoir une surprise.

La princesse appela une chambrière pour lui ôter sa robe dont le lacet lui comprimait la poitrine. Les mains expertes de la servante s'activèrent et le velours noir tomba au sol. Délestée de son carcan, les seins et la taille enfin libres, elle passa la main sur son ventre et se dirigea vers la cheminée. Elle exigeait toujours qu'un feu d'enfer brûle dans sa chambre et les domestiques se relayaient pour l'alimenter en bûches. Son mari pestait qu'elle allait bientôt brûler une forêt entière, mais elle s'en moquait. Non content d'avoir un caractère irritable, une santé indécise et une virilité à éclipse, Louis était un ladre[1]. Marguerite s'assit sur le lit, rejoignant sa cousine Jeanne qui s'était déjà pelotonnée dans les coussins.

— Je n'en pouvais plus de cette soirée. Le roi était sinistre, c'est à peine s'il m'a regardée. Même Valois, d'ordinaire si grivois, avait les dents serrées comme si l'air était chargé de miasmes. Et je ne parle pas de ton mari...

Comme d'habitude quand son père restait silencieux, Louis se sentait obligé de discourir comme s'il avait dévoré les fruits de l'arbre de la connaissance. Et comme d'habitude, il s'était ridiculisé. Marguerite avait encore dans le cœur le regard luisant de mépris de l'ambassadeur de Venise, pendant que l'aîné du roi parlait sans savoir. Elle ajouta :

— Et ce Duèze que nous envoie le pape, il ressemble à un oiseau de proie. Des yeux brillants, un nez busqué... j'en ai encore des frissons.

Marguerite se méfiait toujours des hommes qui parlaient peu et écoutaient beaucoup.

1. Avare.

— Demain, il célèbre la messe chez notre oncle Valois, ce soir, il était reçu par le roi. Je ne lui donne pas une semaine pour savoir tout de Paris et de nos affaires.

Jeanne s'étira en étouffant un bâillement.

— Dis-moi, tu n'as pas de cet excellent vin de Chypre ? Mon confesseur m'interdit d'en boire pour le salut de mon âme, mais je m'en moque bien. C'est un dominicain, un moine noir. Si je devais réciter tous les *Pater* et les *Ave Maria* auxquels il me condamne, j'en aurais jusqu'à demain matin.

Elle glissa sa tête sur les cuisses de sa cousine et cligna de l'œil.

— Et toi, tu as raconté quoi dans ta dernière confession ?

— Rien. J'ai demandé à changer de confesseur, j'attends que l'on m'en donne un nouveau. Pendant ce temps, je n'ai de compte à rendre à personne.

— Quelle chance ! C'est ça d'avoir épousé l'héritier du trône ! Mais tu vas finir écrasée sous le poids de tes péchés.

Marguerite lui saisit le bras.

— Qu'est-ce que tu en sais de ce qui est péché ou pas ? Tu ne t'es jamais dit que le véritable péché, c'était peut-être ce qu'on ne nous dit pas, ce qu'on nous cache, ce qui fait vivre sous le joug de la peur ? Le mensonge devenu vérité ?

Jeanne la regarda stupéfaite. Elle ne comprenait rien. *La peur, le mensonge...* Marguerite avait des réactions étranges depuis peu. C'est à peine si elle voulait quitter la tour de Nesle, sans compter qu'elle passait de plus en plus de temps à prier dans son oratoire.

— Tu me fais peur.

Marguerite la prit dans ses bras.

— Pardonne-moi, je suis fatiguée. Cette soirée m'a horripilée. Je ne supporte plus ces vivants qui ressemblent à des morts. Écoute, je dois recevoir ma nouvelle lectrice. Tu veux l'entendre avec moi ?

De joie, Jeanne battit des mains.

Mathilde avait refermé les livres. Elle était prête. Des années à subir et à obéir dans un monastère lui avaient appris la discipline intérieure. Dans son esprit, ses idées étaient parfaitement claires, son plan, mûri avec soin. Sa mission était de découvrir la vérité sur la relique de saint Louis et de savoir si Marguerite était impliquée dans sa disparition. Pour provoquer pareille révélation, elle devrait tout faire, à commencer par faire ressurgir la relique. Ainsi, du chaos surgirait peut-être la vérité.

Il y avait aussi ce que lui avait confié la lingère sur le changement de vie de Marguerite : subitement, l'héritière du trône avait cessé de s'adonner à ses plaisirs et son appétit semblait avoir doublé. Et si Marguerite était vraiment enceinte ? Pour Nogaret, ce serait le début de la chute, Louis profiterait de sa nouvelle influence pour le chasser. Voilà pourquoi elle devait savoir si Marguerite portait un enfant ou pas. Le pas lourd de l'intendant retentit dans l'escalier. Mathilde saisit ses livres. La partie allait commencer.

Marguerite sortit de l'oratoire. Son visage, jusque-là fermé, avait retrouvé grâce et beauté. Jeanne l'observait avec attention. Cette métamorphose l'étonnait, mais comme elle était incapable de l'expliquer, elle pensa à autre chose. À la différence de sa cousine, son mariage avec Philippe, le fils cadet du roi, la comblait. Mariée depuis à peine deux ans, son mari l'entourait d'affection. Comme il n'était pas promis au trône, il restait le plus souvent auprès d'elle. Elle lui avait déjà donné une fille et était de nouveau enceinte. Cette fois, elle espérait que ce serait un garçon. Un coup léger retentit à la porte. Marguerite fit signe à une dame de compagnie d'ouvrir. Une fine silhouette entra. La nouvelle lectrice.

Mathilde n'avait jamais vu un tel luxe. La chambre, aux lourds rideaux tirés, était éclairée par une forêt de candélabres tandis que, de coffres ouverts, surgissaient robes de velours écarlate et châles de soie effrangés de fils d'argent. Sur une table de marbre, un collier de perles brillait sous l'éclat des flammes de la cheminée. Dans un recoin, un lit bordé de tentures aux armes de France s'enfonçait dans l'obscurité. Sur un désordre de coussins, deux femmes se tenaient allongées. Mathilde reconnut Marguerite à sa chevelure noire nattée autour de son front pâle et à ses yeux en amande dont on ne voyait que la prunelle pailletée d'or. L'autre femme, dont le ventre faisait saillie, lui était inconnue.

— Approchez-vous.

Mathilde, visage baissé, s'avança.

— Relèvez la tête.

Marguerite l'observa.

— D'Aulnay ? Vos frères ne servent-ils pas à la cour ?

— Si, Madame.

— Et votre père est mort à Courtrai ?

Surprise que Marguerite en sache autant sur elle, Mathilde acquiesça en silence.

— Courtrai..., reprit la princesse, puis elle se tut.

D'un geste, elle montra un banc. Mathilde s'assit, ouvrit le recueil de poésie et commença à lire.

— « Il me plaît de voir sur les prés tentes et pavillons dressés. Et j'ai grande allégresse quand je vois, en rangs serrés, chevaliers et chevaux armés. »

Mathilde leva les yeux. Les deux princesses étaient immobiles. Elle s'apprêtait à reprendre quand Marguerite l'arrêta.

— Vous avez une belle voix, mais je n'ai pas envie d'entendre vanter des exploits de sang ce soir.

Mathilde saisit l'autre livre et ouvrit une page marquée d'un signet.

— « Une jeune fille, d'une rare beauté, portait un graal entre ses mains blanches. Dès qu'elle entra, une si grande lumière se répandit que les chandelles en perdirent leur clarté comme les étoiles qui pâlissent au lever du soleil. Le graal d'or pur, scintillant de pierres précieuses, brillait de tout l'éclat du paradis. Lancelot en fut si ému qu'il en resta muet[1]. »

1. Traduction de l'auteur.

Mathilde baissa la voix et s'arrêta. Jeanne, les yeux écarquillés, s'écria :

— Ensuite, ensuite !

Marguerite ne réagit pas. Mathilde avait choisi ce récit de l'apparition de la relique sacrée du Graal en espérant provoquer un trouble, mais le regard de la princesse demeurait toujours aussi impassible. Elle tendit seulement la main.

— D'Aulnay, le roi vous a recommandée à moi, vous serez donc ma nouvelle lectrice. Mon intendant va vous mener à votre logement et vous versera une avance sur vos gages.

— Merci Madame.

La voix de Marguerite se fit plus hautaine.

— Profitez-en pour acheter une robe. Celle que vous portez ne peut convenir à une dame de ma suite.

Mathilde baissa la tête sous l'humiliation, mais elle s'en moquait. Désormais, elle était dans la place.

26.

Paris, hôtel de Valois
8 avril 1309

Nogaret n'en revenait toujours pas d'être dans l'antichambre du frère du roi, son ennemi intime. C'était la première fois que les deux hommes allaient se rencontrer seul à seul après des années passées à s'opposer au conseil du roi.

— Messire, si vous voulez bien vous donner la peine de me suivre ?

Un serviteur tendit la main vers un couloir richement orné de tapisseries. L'une d'elles représentait le Massacre des saints Innocents. On y voyait les soldats du roi Hérode égorger des enfants, par crainte que l'un d'eux, un jour, devienne une menace pour le trône. Une parabole de la raison d'État.

— Monseigneur vous attend.

Guillaume s'avança pour affronter son adversaire. Tout différenciait Valois et Nogaret. L'un était fils de roi, l'autre, petit-fils d'hérétique. L'un ne jurait que par les privilèges de la chevalerie, l'autre ne croyait qu'en la valeur du droit. L'un était le passé, l'autre, l'avenir, mais tous deux l'ignoraient.

Une porte s'ouvrit. Guillaume entra dans un cabinet entièrement revêtu de boiseries, une mode que Charles avait découverte en Italie lors de sa tentative ratée de devenir maître de la Sicile. Un échec qui lui avait valu le surnom de *Carlo sin corona*[1]. Un feu crépitait dans une vaste cheminée. Assis dans un fauteuil débordant de coussins, le frère du roi tisonnait les braises.

— C'était une très belle cérémonie hier soir, toute cette jeunesse avide de devenir chevalier pour servir le roi !

— Souhaitons qu'elle ne finisse pas comme à Courtrai. La guerre tue autant la noblesse du royaume qu'elle saigne les finances de l'État.

— Ni le sang ni l'or ne comptent face à la gloire d'un pays, Nogaret. Si vous étiez de lignée royale, vous le sauriez.

— Pardonnez-moi de n'être qu'un fidèle serviteur de l'État, Monseigneur.

Charles se renfonça dans ses coussins. Depuis que Nogaret était entré, il avait une sensation de froid.

— Nous ne sommes pas ici au conseil du roi, nul besoin de nous affronter. Avez-vous remarqué le légat Duèze, hier soir ?

Guillaume hocha la tête.

— On ne peut que remarquer l'envoyé du Saint-Siège. Sa Sainteté l'a choisi avec soin. Un homme habile.

— Il est passé me visiter dès ce matin et m'a fait l'honneur de dire la messe en mon hôtel.

Nogaret se dit que ce Duèze était encore plus subtil qu'il ne le croyait. Pour sa première visite, il avait choisi le prince le plus vaniteux de la cour. Nul doute que Charles de Valois allait désormais se faire le chantre du légat du pape.

— Grâce à lui, nous allons pouvoir régler définitivement la question des Templiers et ainsi mettre un terme à des années d'interrogatoires, de procédures, qui n'ont servi à rien !

— Je vous rappelle, Monseigneur, que c'est lors de ces enquêtes qu'ils ont avoué leurs crimes. Sodomie, sacrilège, hérésie…

1. « Charles sans couronne ».

— Entre vos mains, le Christ lui-même jurerait n'avoir jamais ressuscité ! Les aveux que vous leur avez extorqués ne valent rien ! D'ailleurs, j'espère pour vous que ces malheureux ne vont pas se rétracter devant le légat.

— Vous pouvez en être certain. J'y ai veillé personnellement.

Charles tendit les mains vers le feu pour les réchauffer. Nogaret avait l'art de glacer jusqu'à l'air.

— Combien de templiers avez-vous interrogé, Nogaret ?

— Un grand nombre, Monseigneur.

— Et vous en avez conservé procès-verbal ?

La question étonna Nogaret, il y répondit cependant :

— Chaque interrogatoire a donné lieu à une transcription vérifiée et authentifiée par mes soins.

— Et comptez-vous les transmettre au légat du pape ?

— Vous l'avez précisé vous-même : Duèze a l'intention d'interroger en personne les templiers. Je m'en voudrais de l'influencer par mon propre travail.

Depuis la soirée chez le roi, sa conversation avec Louis taraudait Charles. Son neveu, obsédé par son impuissance, était tombé sous l'influence du seigneur de Mornay. Ce dernier avait dû lui promettre monts et merveilles pour le tirer de son angoisse. Et, pour mieux le subjuguer, lui avait assuré qu'il s'agissait d'un secret appartenant à l'ordre du Temple. Charles était convaincu qu'il s'agissait d'une imposture, mais il devait en avoir le cœur net.

— Nogaret, je veux lire ces procès-verbaux.

Le garde des Sceaux baissa la tête. Un sourire lui démangeait le visage.

— Bien sûr, mais ils sont fort nombreux et fort longs. Si votre Grâce me disait ce qui l'intéresse, je pourrais le renseigner au mieux. Les interrogatoires sont classés par province, fief et commanderie, il me sera aisé de vous satisfaire.

Valois sentait comme une nasse invisible se refermer sur lui. Son instinct flairait le piège, mais il l'avait prévu. En aucun cas Nogaret ne devait se douter qu'il agissait pour préserver Louis. Or, pour dissimuler un mensonge, rien de tel qu'un mensonge plus vaste.

— Je suis certain que le légat du pape, quand il aura lui-même interrogé les templiers, nous proposera un marché. La dissolution de l'ordre du Temple en échange du don des commanderies et de leurs richesses à la papauté.

— Cela représente un patrimoine considérable dont la perte affaiblirait grandement le royaume. Je doute que le roi Philippe accepte. D'autant que les revenus financiers des commanderies renforceraient le pouvoir du pape, qui ne nous est toujours pas favorable.

— Il est vrai que le précédent pontife vous a excommunié…, ironisa Charles.

— Comme votre frère, le roi.

Valois ne releva pas et reprit :

— Il nous faut donc trouver un moyen de casser la mâchoire trop avide de ce Duèze.

— Et comment, Monseigneur ?

— Feu ma belle-sœur la reine est morte d'un empoisonnement, victime des intrigues d'un évêque et d'un moine. Ce serait bien le diable que l'on ne trouve pas, dans les interrogatoires des templiers, la preuve que ces hérétiques y soient mêlés. Le scandale serait immense, et l'Église, forcée de transiger.

Nogaret redressa la tête.

— Je puis vous assurer que je n'ai trouvé, dans les procès-verbaux du Temple, aucune preuve d'un pareil complot.

— Vous oui, mais moi ? Si je mets Duèze face à plusieurs procès-verbaux dans lesquels des templiers avouent avoir aidé ce maudit évêque dans ses desseins criminels ?

— Ce serait une preuve fabriquée, Monseigneur.

— Elle ne ferait que s'ajouter à celles que vous avez forgées pour détruire le Temple.

Valois s'écarta du feu. Il avait beaucoup moins froid tout à coup.

— Donnez-moi ces procès-verbaux, Nogaret. Ils seront entre de bonnes mains. Pour le bien du royaume.

27.

Paris, hôtel de Nesle
8 avril 1309

Réveillée en sursaut, Marguerite crut qu'elle rêvait encore. Les volets étaient pourtant fermés et seules les braises de la cheminée éclairaient faiblement la chambre. Il devait pourtant faire nuit.

— Madame, votre mari... votre mari...

Cette fois Marguerite se réveilla totalement. À voir le visage éperdu de sa première dame, elle comprit qu'un malheur était arrivé.

— Louis est mort ?

— Non Madame, mais il est là. Il vous attend.

Marguerite secoua la tête. C'était impossible : Louis n'avait pas pénétré dans sa chambre depuis des semaines. Elle ne le croisait plus que chez le roi. Le reste du temps, il le passait à chasser dans la forêt de Montmorency.

— Mais où est-il ?

— Il fait l'antichambre, Madame.

Marguerite savait que la patience n'était pas la vertu première de son mari, mieux valait ne pas le faire attendre.

— Tire les volets et rallume la cheminée. Et qu'on m'apporte une robe, vite !

Puis elle se ravisa.

— Non, pas de robe.

Elle savait Louis troublé par la nudité.

— Fais-le entrer.

— Mais Madame ! s'écria sa suivante en montrant la chambre en plein désordre.

Marguerite sourit. Que Louis s'avise seulement de lui chercher querelle et elle sortirait, nue comme Ève au paradis. Son mari en deviendrait muet de gêne.

Maintenant elle pouvait l'attendre sans crainte.

Louis entra comme une trombe dans la chambre, ordonna aux servantes de disparaître et s'arrêta devant un portrait de Marguerite, une couronne sur la tête. Lui qui cherchait un signe, venait de le trouver. Grâce à lui, sa femme était reine de Navarre, et, un jour, elle serait reine de France. Elle lui devait tout. Cette pensée le gonfla d'importance et lui délia la langue.

— Madame, j'ai trouvé bon, avant de commencer ma journée, de venir vous saluer.

— Sire, c'est un honneur pour moi de recevoir vos hommages de si bon matin.

Louis froissa ses gants entre ses mains.

— Je vous ai trouvée très en beauté, hier soir. La robe que vous aviez choisie vous allait à ravir. Toute la cour m'est témoin que je n'ai eu d'yeux que pour vous.

Stupéfaite, Marguerite réussit pourtant à donner le change.

— Sire vous me comblez. Je suis éperdue de bonheur que votre royal regard m'ait distinguée. D'autant que vous sembliez en grande discussion avec votre oncle Valois.

Sous son pourpoint, habilement taillé pour faire ressortir des épaules qu'il n'avait pas, Louis bomba le torse.

— En ma qualité d'héritier du trône, Madame, je me dois d'être informé de ce qui se passe dans mon royaume, et mon oncle Valois est toujours de bon conseil.

Marguerite resta sans voix. Avait-elle bien entendu ? Louis avait dit *mon royaume* comme si son père reposait déjà à Saint-Denis[1].

— Mon ami, je suis certaine que vous et votre oncle vous dévouez corps et âme pour le bien du royaume. Toute

1. Abbaye, près de Paris, où se situe la nécropole royale des Capétiens.

la cour sait que vous êtes aussi fins politiques l'un que l'autre.

La bru du roi regarda son mari pour voir s'il avait perçu l'ironie de sa réponse, mais il était gonflé comme un paon.

— D'ailleurs, qu'avez-vous pensé du légat que Sa Sainteté nous envoie. On le dit homme de grande culture...

Louis parut surpris que sa femme s'intéresse à pareil personnage.

— Il vous a parlé ?

— Il m'a simplement été présenté, mais sa réputation le précède.

— Saviez-vous, ma mie, que l'on raconte que cet homme de Dieu ne croit pas à l'enfer ? Il aurait même écrit un traité sur ce sujet.

Marguerite, qui triturait nerveusement un coussin, se figea.

— Qu'avez-vous, Madame ? demanda Louis étonné.

— Il y a que... si l'enfer n'existe pas, où vont donc les âmes en état de péché après la mort ?

— Eh bien, je suppose qu'elles restent sur terre.

— Et leur corps ?

Son mari fit un signe de croix.

— Vous voulez donc attirer des fantômes ? Il y a déjà assez de sorcellerie dans le royaume comme ça. Et puis il ne me plaît pas que des femmes dissertent sur l'au-delà, c'est affaire d'hommes.

Marguerite s'inclina, la rage au cœur.

— Puisque vous ordonnez qu'il en soit ainsi...

— Oui, assez parlé de ce Duèze ! Madame, sachez que je compte venir vous visiter, ce soir, dans votre chambre.

— Vous ne partez pas pour la chasse ? demanda sa femme, sidérée.

Louis fit la grimace.

— Je ne puis plus chasser dans la forêt de Montmorency. Le mal noir y est partout. Un grand déplaisir pour moi, mais que l'ardeur de vos bras me fera oublier dès cette nuit.

Stupéfaite, Marguerite fixa la porte de son oratoire comme si elle attendait que Dieu en personne en sorte pour la sauver, puis elle se résigna.

— Je suis l'humble servante de mon seigneur et maître.

28.

Paris, hôtel de Valois
8 avril 1309

Nogaret avait toujours pensé que Valois n'était qu'un prince sans cervelle politique, un prince dont l'ambition chimérique ne le disputait qu'à une vanité sans fond, mais sa demande des procès-verbaux du Temple était étonnamment argumentée. Cette fois, le frère du roi avait bien préparé son coup.

— Monseigneur, je vais réfléchir à votre requête.

Curieusement, Valois n'insista pas.

— Prenez le temps de la réflexion, et vous verrez que je n'agis que pour le bien de l'État.

Guillaume posa la main sur son cœur en signe d'assentiment. Sûr d'avoir remporté la partie, Charles passa au cœur du problème.

— Nogaret, que pouvez-vous me dire de cette attaque contre le château de la Chasse ? Une banale affaire de brigands sans doute, mais...

Il se pencha comme sur le ton de la confidence.

— ... je préfère vous l'apprendre moi-même : le seigneur de Mornay, que Dieu ait son âme, était proche de mon bien-aimé neveu Louis.

— Des liens que je n'ignorais pas, Monseigneur. Voilà pourquoi j'ai donné des ordres pour que cette enquête soit menée avec la plus grande diligence.

— Alors vous avez déjà fouillé le château ?

— Pas encore.

— Vous n'avez rien fait ? Mais de quel droit ? s'emporta brusquement Charles.

— Du droit du roi.

Valois se leva. À la lumière des chandeliers, il semblait beaucoup plus vieux. Sa barbe, qu'il portait en collier, était entremêlée de fils blancs, son front, alourdi de rides.

— Mon frère suit cette affaire ?

— Il fait plus que la suivre, Monseigneur, et ses ordres sont stricts. Le château est sous scellés. Mes hommes en bloquent toutes les issues.

Nogaret savait fort bien que Philippe le Bel n'avait donné aucun ordre en ce sens, mais il voulait que Draco soit le premier à explorer les lieux. Pour suivre une piste, il fallait trouver des traces.

Intactes.

— Mais pourquoi ?

— Le roi a ses raisons et je n'ai pas la prétention de les connaître. Mais vous qui êtes son frère…

Le garde des Sceaux savait très bien que Charles de Valois n'interrogerait jamais son aîné. En revanche, il venait de lui donner une raison de plus de le haïr. Il en profita pour enfoncer le clou.

— Si toutefois la vérité sur cette affaire intéresse votre neveu, je me tiens à son entière disposition pour répondre à ses questions et… lui en poser.

Valois eut un sourire narquois.

— Vous prétendez interroger l'héritier du trône ?

— Mieux vaut que ce soit moi que le roi. Vous n'ignorez pas que les Mornay ont fort mauvais renom.

— Un héros de Courtrai, comment osez-vous ?

— Un héros sur lequel on raconte bien des choses. Et le premier de mes devoirs est, comme vous, de protéger la réputation de votre neveu.

Charles se pencha en avant.

— Que dit-on sur le seigneur de Mornay ?

— Que depuis son retour de Courtrai, il ne sortait plus de son château. En revanche, il recevait beaucoup de visiteurs. Moines chassés de leur monastère, hommes d'argent aux pratiques douteuses... Tous gens de maigre vertu, prompts à tremper dans des affaires équivoques.

— Pour accuser, il faut des preuves.

Nogaret ne put s'empêcher de sourire en pensant à ce que Valois lui avait proposé à propos des Templiers.

— J'en aurai, Monseigneur. Mais ce n'est pas tout : le seigneur de Mornay était réputé pour avoir une fille de grande beauté. Une beauté dont on le disait jaloux au point que même ses serviteurs ne la voyaient plus.

— Sans doute la réservait-il pour un riche mariage ?

— À moins que ce ne soit pour lui.

Valois frissonna de dégoût avant de hausser le ton.

— À vous entendre, il ne manque plus, aux sombres péchés dont vous le noircissez, que le crime de sorcellerie !

— Justement, Monseigneur, j'allais y venir.

Cette fois, Charles s'inquiéta vraiment pour son neveu. Où cet imbécile s'était donc fourré ?

— C'est une accusation grave, Nogaret. Elle peut conduire tout droit au bûcher.

— Depuis que le mal noir a frappé le pays, mes hommes interrogent les survivants qui se sont enfuis dans les villages voisins. Pour beaucoup, si la colère de Dieu s'est abattue sur eux, c'est à cause des pratiques de leur seigneur et les langues se délient... On parle d'étranges cérémonies au château, de rites diaboliques...

Le regard de Valois se figea. Nogaret en profita.

— Comprenez-vous mieux, Monseigneur, pourquoi je dois parler à votre neveu avant de faire mon rapport à son père ?

Charles leva la main. En aucun cas ce serpent de Nogaret ne devait s'adresser à Louis. Ce dernier serait incapable de lui mentir.

— Ceci désormais est affaire de famille. Je me chargerai moi-même de parler à mon neveu.

Le garde des Sceaux croisa les mains sur sa poitrine.

— Je m'en remets à vous, Monseigneur.

Sans ajouter un mot, Charles se tourna vers le feu. L'entretien était terminé. Nogaret s'inclina et se dirigea vers la porte.

— Quant aux procès-verbaux du Temple, ils sont à votre disposition…

Guillaume marqua un temps d'arrêt pour savourer son annonce.

— ... bien sûr, dès que le roi m'autorisera à vous les confier.

29.

Paris, le Châtelet
8 avril 1309

Depuis qu'il avait examiné le corps de *la sorcière*, comme l'appelait Nogaret, Draco jouissait d'un nouveau statut à l'intérieur de la prison royale. Sa déduction de l'arme qui avait frappé cette jeune femme et la découverte des taches empoisonnées lui avaient provisoirement ouvert les portes de sa cellule. Désormais, sous le contrôle d'un gardien, il pouvait descendre dans les salles souterraines, là où œuvrait le moine herboriste. Sans doute le garde des Sceaux avait-il pensé que l'association de leurs compétences lui serait utile.

Il savait que l'ancien dominicain s'était proposé d'étudier de plus près l'étrange substance trouvée sur les lèvres de la sorcière. Lui aussi voulait en savoir plus. Après l'avoir accompagné, le gardien abandonna Draco à la porte de la salle où l'on conservait les cadavres. Nul n'y entrait sans y être forcé. L'odeur était insoutenable. Pour Draco, qui avait été emprisonné dans les geôles du sultan, ce parfum de mort était depuis longtemps une habitude. Comme il s'approchait de la table où, la veille encore, se trouvait le corps, il s'aperçut qu'il avait disparu. Il se tourna vers l'herboriste qui travaillait en silence dans l'angle le mieux éclairé de la pièce.

— Où est passé le corps de la sorcière ?

L'ancien moine lui fit signe de s'approcher.

— Je ne l'ai pas conservé. La décomposition progressait trop vite.

Draco montra les tonneaux rangés contre un mur.

— Et pourquoi tu ne l'as pas mis dans ta mixture du diable ?

— Quand un corps est trop pourri, il interagit négativement avec l'alcool, provoquant des miasmes dangereux. Je n'ai donc gardé que ce qui pouvait servir l'enquête...

Le moine recula de la table où il travaillait.

— ... la tête !

Draco aperçut le cou tranché.

— Je l'ai coupée, puis j'ai posé l'extrémité sur de la braise. Ça ralentira la décomposition. Les lèvres, elles, sont intactes, ainsi que la substance qui les recouvre. Je suis en train de l'étudier.

— Mais pourquoi as-tu conservé la tête de cette femme ?

L'herboriste se leva.

— À cause de la blessure. Tu as dit toi-même que l'arme employée n'était pas commune.

— Elle a été tuée d'un coup de poinçon, oui. Une lame longue, effilée...

Le moine tira la tête de la sorcière du baquet, la secoua et la posa à l'envers sur la table.

— Regarde l'entrée de la blessure.

Draco se pencha, mais ne vit rien.

— J'ai coulé de la cire liquide à l'intérieur. Bientôt, elle sera sèche et je l'extrairai. Tu auras alors le modèle exact de l'arme qui a tué cette malheureuse.

— Je connais parfaitement ce type d'arme. Ta copie en cire ne servira à rien.

— Sauf si cette lame a un défaut – une ébréchure par exemple –, alors tu pourras l'identifier et, par là même, peut-être retrouver l'assassin.

L'ancien croisé se dit que Nogaret avait fait une sacrée affaire en donnant asile à ce dominicain en fuite.

— Mon nom est Draco.

— Tu peux m'appeler Artus.

À l'aide d'une pince minuscule, l'herboriste grattait une des taches brunes disséminées sur les lèvres et en récupérait des fragments dans une soucoupe en terre cuite vernissée.

— Dans un poison, il y a toujours deux composants. Un fixeur et un principe actif : une sorte d'huile qui se solidifie à l'air et que l'on vient mélanger au poison véritable. Par exemple, une plante que l'on aurait réduite en poudre.

Intrigué, Draco s'approcha. En Orient, tuer par l'entremise d'un poison était monnaie courante, mais en France, c'était une nouveauté.

— Et les pigments que tu avais trouvés ?

— Ils proviennent de la surface sur laquelle avait été déposé le mélange. Quand la victime y a posé les lèvres, la substance s'est détachée en emportant des fragments de couleur.

Artus posa trois gobelets au contenu translucide sur la table et versa un liquide différent dans chacun.

— Lorsque j'ai senti pour la première fois ces croûtes séchées, j'ai tout de suite reconnu le principe actif, mais mon nez peut m'avoir trompé. Je dois vérifier.

— Tu as dit que c'était un poison ?

— Oui, mais un poison pour l'âme. Quand il pénètre par la peau, il ne tue pas le corps comme l'orpiment[1], mais s'empare de l'esprit dont il fait un champ de bataille à coups de visions et d'obsessions.

Artus saisit un fragment et le fit tomber dans un des gobelets.

— Quand on cherche à identifier un poison, il faut d'abord définir s'il est composé de plusieurs éléments.

— Quel intérêt de mélanger plusieurs poisons ?

— Tout dépend du but recherché. Par exemple : si l'on veut obtenir un effet immédiat ou au contraire si l'on cherche à ce que la victime meure lentement pour faire croire à une maladie. Quand on veut se débarrasser d'un conjoint ou hériter, c'est le meilleur moyen pour égarer les

1. Arsenic.

soupçons. S'il s'agit d'un composé de différents poisons, le liquide va se troubler.

Draco observa le fond du gobelet. Il ne se passait rien. Artus le secoua. Tout resta transparent.

— Voilà qui confirme mon intuition : il n'y a qu'un seul principe actif à l'œuvre.

— Et qu'est-ce que ça pourrait être ?

— Peut-être un extrait d'organe. Dans l'Antiquité, on empoisonnait des animaux, dont on récupérait ensuite le foie. Il n'y avait plus qu'à le cuisiner... Vérifions.

Un fragment tomba dans le second gobelet dont le liquide, jusque-là translucide, devint brusquement aussi noir que de l'encre.

— Ce n'est pas un résidu organique, annonça l'ancien moine.

Draco commençait à s'impatienter. Cette cuisine du diable ne lui disait rien qui vaille.

— Où as-tu appris toute cette sorcellerie ?

— Ce n'est pas de la *sorcellerie*, mais une étude patiente des vertus des plantes. Satan n'y est pour rien.

Draco ne le crut qu'à moitié. Cet apothicaire, dont il ne savait toujours pas comment il s'était retrouvé au Châtelet, lui inspirait une confiance limitée.

— Si Nogaret nous trouve avec ces fioles de l'enfer...

Artus le coupa :

— Il n'y a plus qu'une expérience à tenter : prouver qu'il s'agit bien de la plante que je pense avoir reconnue.

Il montra le dernier gobelet. Le liquide, à l'intérieur, avait une consistance visqueuse.

— C'est un *acetum*[1]. S'il se met à bouillonner, alors je ne me suis pas trompé.

Il jeta un fragment. D'abord, le liquide demeura intact, puis des bulles apparurent en surface. Un sourire se dessina sur son visage.

— C'est bien la belladone. L'herbe du diable, l'herbe qui rend fou.

1. Nom médiéval donné aux acides.

Draco, lui, restait concentré sur le gobelet. Un parfum âcre s'en dégageait.

— Et cette odeur ?

L'herboriste parut étonné.

— Je ne l'avais pas prévue.

— Alors ce n'est pas de la belladone ?

— Si, mais une variété précise. Elle seule dégage une telle odeur. Une variété venue d'Orient.

30.

Paris, tour de Nesle
8 avril 1309

Mathilde se plaqua contre le mur et laissa passer un serviteur qui montait le déjeuner pour la chambre de Marguerite. Depuis l'aube, elle explorait l'hôtel de Nesle afin d'en connaître au mieux les dispositions. Elle cherchait surtout les oratoires, là où avait disparu la relique de saint Louis qu'elle devait faire réapparaître comme par enchantement. Pour l'instant, elle ne savait qu'une chose : l'édifice était constitué d'un logis qu'habitait Louis avec ses familiers et d'une haute tour réservée à Marguerite. Si l'héritier du trône restait invisible, sa valetaille en revanche multipliait les descentes au sous-sol où se trouvait la cuisine. Mathilde y passa à son tour et se fit servir un bol de lait et une tranche de pain. Au milieu des marmitons affairés et des servantes qui venaient se restaurer, personne ne la remarqua. Elle prit place à une longue tablée où des domestiques qui portaient la livrée bleue du fils du roi commentaient les nouvelles du jour. Le mal noir qui avait frappé à nouveau Paris était au centre des conversations.

— On dit que les moines de Saint-Germain ont fait lever les ponts de l'abbaye. Désormais personne ne peut rentrer, même pas dans l'église, annonça un valet qui triturait un chapelet. Si les moines se barricadent, c'est qu'ils craignent la colère de Dieu.

— La colère de Dieu, ou les agissements du diable ? Moi je dis que c'est le Grand Cornu qui nous éprouve.

— Le Grand Cornu n'agit pas seul, affirma un domestique. Il a des âmes damnées qui le servent. Les Juifs, les lépreux et surtout...

Il baissa la voix.

— ... les anciens templiers. Notre bon roi ne les a pas tous jetés à la trappe. Ce sont eux qui propagent le mal.

Toute la tablée se signa. Le valet qui égrenait son chapelet secoua la tête.

— Le diable ne frappe les hommes que si Dieu y consent. Le mal noir est une punition pour nos péchés. Et j'en ai la preuve.

D'un coup, le silence tomba autour de la table.

— Hier, dans le quartier de Saint-Germain-l'Auxerrois, le mal a frappé. Mais il n'est pas tombé au hasard : il s'est déclaré dans une maison de plaisirs. Toutes les filles de joie ont été éprouvées. En quelques heures, ces catins qui vivaient du commerce de leur chair ont pourri sur place. Croyez-moi, c'est Dieu qui s'adonne à sa sainte colère et elle ne fait que commencer.

— Alors en voilà un qui devrait s'inquiéter, lança une voix courroucée.

Mathilde reconnut l'intendant qui venait d'entrer. Elle se pencha vers sa voisine dont le regard trahissait l'effroi.

— Il a fait quoi, l'intendant, pour mériter la colère du Très-haut ?

— C'est un débauché. Il court la gueuse comme un enragé et, quand ce n'est pas les servantes qu'il tente de culbuter, il se rend dans des maisons infâmes. De vrais lieux de perdition.

— Si tu parles d'un bordeau[1], tous les hommes y vont.

— Là où se rend ce dépravé, c'est pire qu'un bordeau. On y pratique des vices sans nom.

Mathilde haussa les épaules comme si elle n'y croyait pas.

1. Bordel.

— Tous ces lieux sont les mêmes.

— Pas celui de la rue Quiquenpoit[1] !

L'intendant longea la table et s'arrêta devant Mathilde.

— Hâte-toi de manger. Madame t'attend.

Quand Mathilde entra, Marguerite était encore couchée. Une odeur de nourriture flottait dans la chambre, mais il n'y avait plus aucune trace du repas. L'ancienne religieuse jeta un œil discret sur une porte surmontée d'une croix sculptée. Là se trouvait l'oratoire personnel de Marguerite, mais il était toujours soigneusement clos. Une camériste s'affairait auprès des coffres et posait des robes sur le bord du lit. Mathilde s'inclina et demanda.

— Madame désire-t-elle que je lui fasse lecture ?

La princesse écarta le drap et posa ses deux pieds dans des chaussons de vair préparés à cet effet. Une simple chemise de soie recouvrait son corps. Elle avança près de la cheminée. Mathilde en profita pour regarder son ventre. Il était parfaitement plat. Si la bru du roi attendait un heureux événement, elle n'en était qu'à ses débuts.

— Approchez-vous.

Mathilde obéit.

— Vous croyez en l'enfer ?

Quoique surprise par la question, elle s'empressa de répondre.

— Oui, Madame.

Marguerite fixait les flammes qui dansaient dans l'âtre.

— Et pourtant certains affirment qu'il n'existe pas.

Mathilde se souvint de son séjour au couvent. La parole infaillible de Dieu y était assénée à la moindre occasion.

— Dans les Évangiles, Pierre dit qu'après sa crucifixion Jésus est descendu aux enfers. C'est parole d'apôtre.

— Un apôtre qui a renié le Christ par trois fois.

— Madame, vous risquez le blasphème, s'écria la camériste. Si votre mari vous entendait !

1. Actuelle rue Quincampoix.

À la mention de Louis, Marguerite se renfrogna. En un éclair, elle vit la nuit qui l'attendait et elle frissonna de tous ses membres.

— Vous avez froid, Madame ? s'inquiéta Mathilde. Je vais appeler vos gens pour qu'ils regarnissent la cheminée.

— Ce froid-là, ce n'est pas la chaleur qui en viendra à bout. Mais puisque vous vous proposez, vous allez faire une course pour moi.

Mathilde acquiesça du chef.

— Vous allez vous rendre rue de la Buffeterie[1], chez un copiste dont l'enseigne est une plume d'or. C'est lui qui fournit l'hôtel de Nesle en livres. Il travaille aussi pour ces messieurs de l'Université[2].

— Madame, je suis à votre service.

— Vous lui demanderez s'il a copie des traités du légat du pape dont on parle beaucoup à Paris.

— Je ne doute pas qu'il s'empresse de vous satisfaire.

— Alors qu'attendez-vous ?

Mathilde salua d'une révérence et s'éclipsa aussitôt. La rue de la Buffeterie était juste à côté de celle de Quiquenpoit où était situé le bordeau que fréquentait l'intendant. Quelque chose lui disait qu'elle y trouverait peut-être le moyen de remplir la mission que lui avait confiée Nogaret.

1. Actuelle rue des Lombards.
2. L'université de Paris existe depuis 1150.

31.

Paris, le Châtelet
8 avril 1309

Artus frissonna. Les pièces dans les entrailles du Châtelet étaient glaciales. Il sentait ses chevilles saisies par le froid de l'humidité. À moins que ce ne soit les fantômes qui hantaient le lieu. Combien de vies avaient fini ici ? Décidément, il n'y avait pas que l'humidité qui le transperçait jusqu'à l'os, l'horreur muette du lieu le touchait jusqu'à l'âme. Pour échapper à ces pensées, il roula entre ses doigts les résidus trouvés sur les lèvres de la sorcière et s'adressa à Draco.

— Au toucher, ces fragments ont une consistance granuleuse. Ce sont donc les fruits de la plante qui ont été utilisés. Des baies de couleur noire en Europe, rouge sombre en Orient. C'est pourquoi les savants musulmans l'appellent *la cerise du diable*.

Le frère dominicain en toucha encore le grain.

— Celui qui a préparé le poison les a d'abord fait sécher avant de les réduire en poudre.

— C'est une pratique usuelle ? demanda Draco.

— Oui, la belladone est utilisée depuis l'Antiquité, des deux côtés de la Méditerranée. Faiblement diluée dans de l'eau, on sait qu'elle éclaircit la peau et fait briller le regard. Les belles de la cour du roi ne s'en privent pas.

— Tu veux dire qu'elle fait l'objet d'un commerce ?

— Oui et c'est pourquoi les auteurs anciens appelaient cette plante *bella dona*, celle qui rend belles les femmes.

— Ou les rend folles à mourir, répliqua Draco en montrant la tête tranchée de la sorcière.

— On dit aussi que, habilement préparée, la belladone restaure la virilité des hommes.

L'ancien croisé se pencha et tenta de soulever une paupière. Elle était comme scellée sur le pourtour de l'orbite. Il ne connaîtrait jamais son regard.

— Cette plante, on la trouve facilement dans la nature ?

— Oui. En France, elle pousse surtout dans des terres maigres comme des bordures de champs ou des taillis.

— Et en Orient ?

Artus secoua la tête.

— La belladone y est beaucoup plus rare. On la trouve uniquement dans les marais. Elle a besoin d'une terre gorgée d'eau et surtout d'ombre pour s'épanouir.

Draco fronça les sourcils pendant qu'Artus continuait son explication. Un détail venait de le frapper.

— Et pour que son poison soit le plus efficace possible, il faut cueillir les fruits juste avant qu'ils ne soient arrivés à maturité : c'est justement là qu'ils sont le plus chargés de ces sucs qui font voir des visions d'enfer.

— Si les fruits doivent être cueillis quand ils sont presque mûrs, cela signifie donc que cette belladone, venue d'Orient, a poussé ici.

Le moine en rupture de ban s'étonna.

— Évidemment, mais je ne vois pas ce que...

Draco sourit.

— Toi, non, mais Nogaret, si.

L'ancien croisé se pencha vers le visage couleur de cire de la sorcière. Comment avait-elle fini là ? Si désormais ils connaissaient le poison qu'elle avait sur les lèvres, ils ignoraient toujours pourquoi elle avait été tuée. Et surtout par qui. Il se tourna vers Artus pour réfléchir à voix haute.

— Tout ce que nous savons de cette malheureuse, c'est qu'elle s'est évadée de prison la nuit de Pâques et qu'on a retrouvé son cadavre sous un tas d'ordures. Entre-temps, que s'est-il passé ?

L'herboriste saisit fortement la tête au niveau du cou comme s'il voulait l'étrangler. Une pointe, gluante, en sortit qu'il nettoya aussitôt avec de l'eau-de-vie.

— Voici la copie en cire de l'arme qui a tué cette femme.

Draco s'approcha d'un chandelier pour l'examiner. C'était bien un poinçon, très fin, à deux tranchants.

— La lame n'est pas faussée, pas plus que la pointe n'est émoussée, en revanche, un des tranchants est ébréché.

— Si on retrouve la même arme avec le même défaut au même endroit..., s'exclama Artus.

Draco secoua la tête. Il y avait des centaines de poinçons de ce type à Paris. Depuis la bataille de Courtrai où de nombreux chevaliers désarçonnés avaient été tués avec ce type de lame, elle était devenue très populaire.

— Parle-moi plutôt de la cerise du diable !

— Pour moi, cette plante maudite, c'est plus qu'un indice...

Avant de préciser son idée, Artus regarda les aides qui, un foulard sur le nez, charriaient de nouveaux cadavres. Il baissa la voix :

— Et si elle s'était rendue à un sabbat ?

— Elle s'est enfuie des geôles de Notre-Dame, sur la rive gauche, et on a récupéré son corps sur le quai des Morfondus, rive droite. Cette réunion de sorcières se serait donc tenue sur l'île de la Cité, au cœur du pouvoir royal ? J'ai du mal à y croire.

— Tu as bien assassiné un homme en pleine place de Grève.

Draco ne répliqua pas. Des rumeurs devaient courir sur lui dans le Châtelet et visiblement l'ancien dominicain n'en avait rien perdu.

— De plus, où aurait-elle trouvé cette peinture où poser ses lèvres ?

— Peut-être dans un livre. Qui sait si on ne lui a pas fait prêter serment sur une image peinte du diable ?

À son tour, Draco baissa d'un ton.

— Te rends-tu compte de la portée de tes paroles ? Un sabbat en plein cœur de l'île de la Cité, où on se serait servi d'un livre diabolique de surcroît... À ton avis, combien de personnes possèdent des livres enluminés en plein Paris ? Moi, je vais te le dire : une dizaine pas plus et tous des familiers de la cour.

L'ancien moine se tint coi.

— Tu tiens vraiment à parler de ça à Nogaret ? Et puis, tu oublies que cette femme a été assassinée. Je n'ai jamais ouï dire que les sorcières se tuaient entre elles pendant les sabbats.

— À moins de vouloir se débarrasser d'un témoin de trop...

— Tu as beaucoup d'imagination, pour un moine. Beaucoup trop.

Un pas brusque retentit sur le dallage. Nogaret venait d'entrer. Draco lui trouva le regard plus intense que d'habitude.

— Où en êtes-vous de l'examen de la sorcière ?

Artus s'inclina et répondit :

— J'ai étudié les résidus sur ses lèvres. Il s'agit bien d'un mélange à base de belladone. Une plante connue pour provoquer des hallucinations comme je l'avais deviné.

— Et ça nous avance à quoi ?

Draco planta son regard dans les yeux clairs du moine. Si ce moinillon avait une once de bon sens, il ne fallait surtout pas qu'il parle de ses soupçons.

— Ma science s'arrête là, messire.

Le garde des Sceaux jeta un œil sur le visage au cou tranché, mais il ne posa aucune question. Après tout qu'avait-il à faire de cette gueuse ? Morte, elle ne pouvait plus lui servir à rien. Quant à cette histoire de poison... Depuis sa rencontre avec Valois, il avait d'autres priorités.

— Une nouvelle affaire d'envoûtement ne ferait qu'effrayer plus le peuple. On parle déjà trop de malédiction...

Il pensa à Louis qui se compromettait avec le seigneur de la Chasse à la sinistre réputation. Cette affaire ne devait jamais transpirer.

— Au moment même où le légat du pape vient interroger les templiers, Paris ne doit en aucun cas bruisser de rumeurs d'ensorcellement.

Il tendit la main en direction d'Artus.

— Détruisez ce qui reste du corps. Quant à ce que vous avez découvert, oubliez-le. Vous vivrez plus vieux.

Effrayé, le dominicain se précipita vers la tête de la sorcière. Draco l'arrêta et s'adressa à Nogaret.

— Messire, le poison qu'a identifié Artus est bien de la belladone, mais d'une variété particulière. Une plante que l'on ne trouve qu'en Orient.

— Un marchand l'aura ramenée.

Draco secoua la tête et montra les résidus noirâtres.

— Le poison se trouve dans les fruits de la plante, messire, dans les fruits mûrs.

— Vous voulez dire que quelqu'un a fait pousser de cette belladone dans le royaume ?

— Tout près de Paris même, si l'on veut que les fruits soient cueillis à temps. Sans compter que cette plante maudite a une autre particularité.

Guillaume l'interrogea du regard.

— Elle ne pousse que dans les marais. Des marais comme ceux de la forêt de Montmorency.

Nogaret comprit et trancha aussitôt.

— Je vais vous faire donner une escorte. Demain, vous partez pour le château de la Chasse, mais avant...

Draco se figea.

— ... je veux en savoir plus sur cette sorcière. Vous allez interroger les chanoines de Notre-Dame qui l'ont arrêtée. Je vais les prévenir.

Le garde des Sceaux se tourna vers Artus.

— Vous accompagnerez Draco. J'ai toujours entendu dire que les dominicains jalousaient les chanoines. Qu'ils les trouvaient trop riches, trop gras, trop arrogants...

Artus eut un sourire cruel.

— Nous ne les jalousons pas, messire, nous nous contentons de prier pour que Dieu les ramène à l'humilité, et s'Il le fait par l'angoisse ou la souffrance, le repentir n'en est que meilleur.

Le regard de Nogaret se teinta de plomb.

— Alors, faites tout ce qui est nécessaire pour savoir la vérité. Tout.

32.

Paris, île de la Cité
9 avril 1309

Sur les bords de la Seine, le brouillard ne se levait toujours pas et les rares passants qui circulaient sur le quai des Morfondus, de peur de choir dans le fleuve, rasaient les murs au risque de trébucher dans les tas d'immondices qui jonchaient le pavé.

— Par la mort de Dieu, s'écria une voix anonyme qui se perdit dans la brume.

Une bande de rats détala, dérangé en plein repas. Leur horde, grise et hargneuse, passa devant la taverne du Héron noir, le seul endroit éclairé du quai. À l'intérieur, le patron étouffa un juron.

— Encore ces maudits rats. Pas un jour sans que j'en piège un dans ma cave. Et gras comme un moine, en plus !

Un éclat de rire général salua ses paroles. La taverne était bondée : portefaix qui déchargeaient les navires, marchands qui discutaient avec des artisans, et jusqu'à un moine mendiant, rencogné sous un escalier, que le brouillard avait jeté dans ce lieu de perdition.

— Sauf qu'on n'y rencontre pas que des rats sur les quais... On raconte qu'hier, les exempts de Nogaret y ont fait une drôle de trouvaille.

Le patron saisit un broc de claret[1] et vint s'asseoir à la table des habitués.

---

1. Vin rouge de l'époque.

— Et comment ! J'étais là quand ils ont découvert ta *trouvaille* !

Tous les regards se fixèrent sur le tavernier.

— Et même qu'ils l'ont amenée jusqu'ici. Devinez ce que c'était ? Une femme, et nue comme un ver !

— Jolie ? ricana un des habitués.

— Difficile à dire. Les rats étaient passés les premiers.

Un frisson de dégoût saisit les convives.

— Ils lui avaient fouillé le ventre jusqu'aux tréfonds. Le cœur, le foie... tout y était passé. C'est que ça a de l'appétit, ces bêtes-là.

— Et le visage ?

— Intact ! ils ont dû être dérangés avant. D'ailleurs, c'est comme ça que je l'ai reconnue.

— Une du quartier ?

Le patron secoua la tête.

— Non et tant mieux pour nous ! Vous savez que je livre en vin ces messieurs du chapitre[1] de Notre-Dame ?

— Tu ne dois pas leur vendre la même piquette qu'à nous, aux chanoines !

Un nouvel éclat de rire retentit dans la taverne.

— Je leur vends du vin de Montmartre et du meilleur ! Chaque semaine je leur porte une barrique, sauf que, juste avant Pâques, j'ai débarqué en plein esclandre : les chanoines étaient en train d'arrêter une femme.

— Celle que l'on a retrouvée sur le quai ?

— Tout juste. On l'accusait d'avoir tué son mari.

— Encore un cocu ! lança un habitué.

Le patron baissa la voix.

— Un cocu, dévoré par la mort en l'espace d'une nuit, comme ses deux fils crevés de la même manière !

— Du poison ?

— La main du diable, oui ! Vous savez ce que m'a dit le geôlier ?

1. Les chanoines qui desservent une cathédrale sont regroupés en chapitre.

Fascinés, tous les habitués s'étaient tus. Certains avaient même croisé leurs doigts derrière leur dos de peur de voir surgir le Grand Cornu.

— Que la sorcière, elle vendait ses sortilèges aux gens de la cour. Et que c'est pour ça que les chanoines l'ont jetée au fond d'une geôle. Pour pas qu'elle donne de noms.

— Maintenant elle risque encore moins de parler...

— Surtout si on l'a fait taire.

Le tavernier remplit à nouveau les gobelets.

— C'est aussi ce que j'ai pensé ! D'autant que la sorcière, elle ne se servait pas que de pentacles maudits et de rituels infernaux... Le geôlier m'a dit que les chanoines avaient fait fouiller sa maison et que, dans la cheminée, sous la cendre, on avait trouvé des figurines de cire.

— Criblées d'aiguilles ?

— Non. Une des figurines avait une couronne sur la tête et un ventre rond. Un ventre enduit d'une substance noire qui sentait l'haleine du diable !

— Par le sang du Christ !

— Que Dieu nous protège du Malin ! Mais les chanoines, ils en ont fait quoi de ces figurines maudites ?

— Ils s'en sont débarrassés et ils ne risquent pas d'en parler.

Le patron regarda dans la salle comme s'il craignait la présence d'une oreille indiscrète et se pencha vers ses habitués.

— Et ce n'est pas tout... le geôlier qui m'a fait ces confidences... on a aussi retrouvé son corps quelques jours après. Au fond de la Seine, lui.

Le silence tomba sur la tablée jusqu'à ce qu'une voix s'élève, rendue balbutiante par l'alcool.

— Tout ça... ça ne nous dit pas comment... on a trouvé ce fichu cadavre... de sorcière ! Les exempts de Nogaret... ils n'ont même pas été foutus... de protéger l'exécution... de la place de Grève, l'autre jour.

— Mais ce ne sont pas eux qui l'ont trouvé. C'est un gueux. Un de ces chiffonniers qui fouillent les immondices. Il s'est mis à hurler comme un damné, puis il a détalé.

— Gueux, mais pas fou… les sbires de Nogaret l'auraient jeté au Châtelet.

Cette fois, toute la salle se mit à rire. Le moine mendiant jeta une pièce sur la table et se leva. Il en savait assez. Le cadavre de la sorcière avait bien été découvert et nul ne l'avait deviné sous son accoutrement de chiffonnier. Désormais, il pouvait redevenir le Maître.

33.

Paris, tour de Nesle
9 avril 1307

Mathilde avait attendu tout le matin. Elle en avait profité pour se renseigner sur les oratoires de l'hôtel de Nesle. Celui de Louis ne donnait pas dans sa chambre, mais se situait dans une tourelle qui surplombait la Seine. D'après les serviteurs, l'héritier du trône le fréquentait quotidiennement. L'oratoire était donc rarement clos, et une lingère lui avait décrit les murs couverts de peintures pieuses et l'armoire murale, fermée par une porte de fer, où étaient déposés les objets du culte : c'était sans doute là que se trouvait la relique de saint Louis. Mais sans la clé, Mathilde ne pourrait rien faire. La chapelle personnelle de Marguerite, elle, donnait sur sa chambre, mais la porte en était toujours verrouillée. Là aussi, Mathilde ne pourrait replacer la relique, ce qui la confortait dans le plan qu'elle prévoyait.

Comme elle était de retour dans la cuisine, l'intendant apparut. Son crâne luisait de sueur. Elle vit des visages se baisser sur un ricanement muet. De l'autre côté de la table, une voix féminine murmura :

— Pas besoin de demander où il va !

Mathilde se leva. Elle tenait sa proie. Elle n'avait plus qu'à la suivre.

Pour un homme encombré d'un tel embonpoint, l'intendant marchait vite. Mathilde le laissa prendre de l'avance. Elle n'avait jamais suivi personne, mais la traque l'excitait. Elle se rappelait les fois où elle avait accompagné ses frères à la chasse. Aujourd'hui elle n'avait pas de chien pour pister son gibier, mais le soleil l'aidait en faisant luire le crâne de l'intendant parmi les bonnets de couleur des passants. Elle, portait un voile qu'elle rabattrait sur son visage si sa proie se retournait, mais l'intendant était pressé. La chair sans doute le tenaillait, car son chemin allait au plus court vers le bordeau de la rue Quiquenpoit.

Mathilde connaissait mal ce quartier de Paris où se succédaient des maisons à colombages dont les pignons se touchaient presque. Les rues n'étaient pas pavées contrairement à celles de l'île de la Cité, et une rigole chargée d'immondices coulait en leur milieu. L'ancienne religieuse remarqua que l'intendant avait abandonné ses habits de cour au profit d'un simple paletot sur des chausses usées. Au fur et à mesure que les rues devenaient plus étroites, les mendiants se révélaient plus nombreux. Visages noircis, cabossés, et mutilations étalées au grand jour, ils rivalisaient dans le sordide. Un cul-de-jatte tenta de saisir le pan de sa robe, elle posa la main sur le manche de son poignard. À la chasse, elle avait également appris à achever le gibier. L'intendant s'arrêta devant une façade et se retourna. Mathilde se coula dans l'ombre d'une arcade. Il échangea quelques mots avec un homme qui devait faire office de portier, puis entra rapidement dans la maison. Désormais, Mathilde savait où se trouvait le bordeau de la rue Quiquenpoit.

Tout en observant le portier qui avait repris sa faction, la jeune fille fit le tour de la demeure. Rien ne la distinguait des autres maisons de la rue : la même façade en bois, les mêmes fenêtres étroites. Protégé par un mur, un jardin descendait en pente jusqu'à une bâtisse en bardeaux qui devait servir d'écurie. Mathilde remarqua une porte en ogive, fermée par une simple barrière. L'herbe au sol était foulée. Une entrée discrète pour des cavaliers qui, ainsi, évitaient la rue principale. Mathilde en conclut que la maison de plaisirs, malgré son aspect défraîchi, devait accueillir des hôtes de marque. Sans doute parce qu'on y pratiquait des plaisirs inédits.

L'intendant n'allait pas ressortir de sitôt. Maintenant qu'elle savait par où entrer, elle décida de se rendre chez le copiste de la rue de la Buffeterie.

Jamais elle n'était entrée dans pareille échoppe. Alignés côté rue pour bénéficier de la lumière, des hommes d'âge mûr calligraphiaient minutieusement des pages de parchemin. Aucun ne leva un œil pour détailler Mathilde, trop concentrés sur les lettres qu'ils traçaient avec lenteur et précision. Près de la cheminée, un autre enluminait, avec des pinceaux de couleur, une Marie Madeleine qui découvre le Ressuscité. Le visage de la pécheresse repentie n'était qu'esquissé, mais on devinait déjà son saisissement : pour la première fois, un vivant revenait d'entre les morts. Le peintre posa son pinceau et se leva. Mathilde comprit qu'il s'agissait du maître des lieux.

— Ma maîtresse, la reine de Navarre, m'envoie quérir des livres.

À ce nom, le copiste s'inclina.

— C'est un honneur pour moi que d'avoir la pratique de son altesse royale.

Il se tourna vers la table de travail.

— Permettez que je couvre cette enluminure d'un voile. Les couleurs sont fraîches et craignent la lumière

Après s'être exécuté, il se tourna vers Mathilde.

— Puis-je savoir quels livres désire son altesse royale ?

— Ma maîtresse souhaite que lui soient fournis les traités de M. Duèze, le légat du pape.

L'enlumineur parut surpris.

— Si M. Duèze prononce beaucoup de sermons, pour la plus grande gloire de Dieu, en revanche il n'a écrit qu'un seul traité. Certes je dispose d'un exemplaire, mais le sujet... surtout pour une femme...

Mathilde ne lui laissa pas le temps d'achever.

— Croyez-vous madame de Navarre indigne de le lire ?

— Dieu me garde d'une telle pensée, se récria le copiste, mais il s'agit de considérations théologiques si particulières que savoir pareil livre dans la bibliothèque d'une future reine de France…

L'enlumineur baissa la voix.

— M. Duèze a beau être un homme de Dieu, ses idées sentent le soufre.

— Une odeur que l'on sent dans tout Paris, de nos jours. Pour autant, je doute que le pape ait envoyé auprès du roi un homme au parfum d'hérésie. Surtout pour s'occuper de l'affaire des Templiers.

— Les Templiers… frissonna le copiste. Je vais aller vous chercher le traité de M. Duèze.

Quand Mathilde sortit de l'échoppe, elle serrait le livre sous sa robe en souriant. Elle venait de s'acquitter de sa première mission, restait à s'occuper de l'intendant.

Le portier était toujours à son poste. Pour se protéger du vent, il se tenait dans l'encoignure de la porte et lorgnait, avec envie, l'étal du marchand de vin de l'autre côté de la rue. Mathilde passa devant lui sans qu'il ne lui jette un regard. Elle longea le mur de droite et s'arrêta devant la porte en ogive qui donnait sur l'écurie. La barrière en bois n'était fermée que par un loquet, elle le fit sauter et pénétra dans le jardin. C'était un verger en pleine floraison, ce qui lui permit de s'avancer jusque devant l'arrière du bordeau sans se faire remarquer. La façade était la même que celle qui donnait sur la rue, sauf que les deux fenêtres avaient les volets clos. Elle tendit l'oreille. Aucun bruit. La valetaille devait se trouver dans les cuisines au sous-sol et n'en pas bouger. La réputation de ce genre d'endroit tenait à sa discrétion : les clients n'avaient pas envie de croiser les domestiques. Mathilde entra. Un escalier de bois montait à l'étage. Elle l'emprunta à pas de velours. Il devait y avoir quatre chambres : deux donnant sur la rue, les deux autres, sur le jardin. Elle arriva sur un palier. Seules les chambres orientées vers le verger avaient les volets clos. Elle s'avança vers les deux portes de gauche. La première était entrouverte. Mathilde aperçut un lit en désordre d'où s'échappait une odeur tenace de musc. Visiblement, un client venait juste de finir son affaire. Elle espéra que ce n'était pas l'intendant qui lui avait échappé. La seconde avait porte close. Elle écouta les bruits de la maison. Toujours le silence. Elle approcha son oreille du bois de la porte. D'abord, elle n'entendit que des bruits réguliers, puis des bribes étouffées de paroles. Impossible de reconnaître la voix de l'intendant. Elle s'éloigna pour entrer dans la chambre au lit défait. La cloison était faite de torchis. Elle sortit sa dague et gratta le revêtement de chaux jusqu'à atteindre l'épaisseur de paille et de terre séchée. Cette fois, les voix se firent plus distinctes. Le ton de l'homme montait et des gémissements lui répondaient.

Mathilde calcula que, si ce n'était pas l'intendant qui se trouvait à l'intérieur, elle aurait quand même le temps de dévaler l'escalier et de fuir dans le jardin avant que les domestiques interviennent. Habitués aux bizarreries des clients, ils seraient moins prompts à réagir. Quant au portier, il abandonnerait sans doute son poste pour se précipiter à l'étage. Lui laissant la voie libre.

Mathilde revint près de la seconde porte. Une chance sur deux qu'elle soit close, mais les prostitués n'aimaient généralement pas s'enfermer avec leur client. Elle actionna la clenche.

L'intendant était en pleine action quand Mathilde sortit sa dague et le piqua au niveau de la jugulaire. Le meilleur moyen de prévenir un hurlement. Il cessa aussitôt son va-et-vient. Effrayé, un jeune garçon roula au sol et se tapit contre le lit.

— Alors comme ça, tu aimes les jouvenceaux ?

L'homme était muet de stupeur.

— Tu sais ce que la justice royale fait aux sodomites ?

— Pitié !

— Elle les condamne à rôtir au bûcher, mais avant...

Elle regarda le membre devenu flasque.

— ... elle les émascule. À vif.

L'intendant faillit s'effondrer. Mathilde enfonça la dague et il se redressa.

— Maintenant, regarde-moi.

En reconnaissant la lectrice, l'intendant, déjà en sueur, se liquéfia.

— Écoute-moi bien. Tu vas quitter les lieux. Moi, je vais m'occuper du garçon. Une fois à l'abri, je le ferai témoigner de tous les sévices que tu lui as fait subir.

— Qu'est-ce que vous voulez ?

— Que tu n'oublies jamais que, désormais, tu es ma créature.

34.

Paris, quartier Notre-Dame
9 avril 1309

Nogaret avait avisé les chanoines de Notre-Dame qu'il souhaitait les interroger à propos de la sorcière évadée de leur geôle. Connus pour leur arrogance et leur esprit de chicane, ils avaient néanmoins répondu avec célérité à cette demande. Voilà comment Artus et Draco s'étaient retrouvés sur le parvis de Notre-Dame, à l'heure où se pressait la foule des fidèles pour la dernière messe du jour. L'ancien dominicain montra, sur la droite, un ensemble de maisons situé entre la cathédrale et la Seine.

— Voilà le quartier de résidence des chanoines. Nul ne peut y entrer sans autorisation et la justice du roi ne s'y exerce pas. Quant aux impôts, ils en sont exemptés.

Draco siffla à la vue des façades de pierre claire, des portes en chêne sculpté et surtout des ouvertures closes par des vitraux.

— Ces messieurs du chapitre ne se refusent rien ! Beaucoup de nobles de la cour n'ont que du parchemin huilé à mettre sur leurs fenêtres.

Artus ricana.

— Sais-tu ce qui distingue le chanoine d'un moine : le premier, bien plus malin, n'a pas fait vœu de pauvreté.

— Mais d'où vient leur argent ?

— Pour la plupart, ce sont des cadets de famille riche. En échange d'une belle somme versée à l'Église, ils ont le droit de mener une vie oisive, de se consacrer aux arts et aux lettres et, tant qu'ils ne causent pas de scandale, on les laisse en paix.

— Quel genre de scandale ?

— Se débaucher avec des ribaudes par exemple, mais les chanoines ont trouvé la parade : ils forniquent entre eux.

— Mais ces nantis disent bien la messe quand même ?

Artus montra les nombreux Parisiens qui, un cierge à la main, pénétraient dans la cathédrale.

— Même pas, ils payent des prêtres, plus pauvres qu'eux, pour les remplacer.

Draco allait répondre, stupéfait, lorsqu'un jeune homme au visage imberbe apparut.

— Bonjour messires, je suis Pierre du Plessis, le chargé de justice du chapitre.

D'une main blanche, il montra une des demeures au toit vernissé dont le jardin donnait sur le fleuve.

— Si vous voulez bien vous donner la peine de me suivre.

Dans la cheminée, un feu douillet crépitait auquel répondait un chat au pelage fauve qui ronronnait sous la main habile du chanoine.

— Ainsi, messire Nogaret vous envoie à propos de cette femme qui a disparu ? Puis-je savoir pourquoi le garde des Sceaux condescend à s'intéresser à une si infime affaire ? Le crime est banal.

Artus le fixa avec sévérité. Ce jeune chanoine, avec son sourire de façade et ses phrases bien tournées, l'insupportait déjà.

— Une accusation de meurtre par acte de sorcellerie, ça n'a rien de banal.

— *Sorcellerie*, le mot est bien rapide, disons plutôt que nous ignorons encore le moyen dont elle a usé.

— Les victimes n'ont-elles pas été ouvertes ?

— Si fait, mais nous n'avons rien trouvé.

Draco fixa Plessis qui souriait en caressant la nuque du chat.

— Vous ne croyez pas qu'elle ait usé de maléfices ?

— Je penche plutôt pour l'hypothèse d'un poison que nous ne connaissons pas. Je doute que le diable qui, comme Dieu, a beaucoup à faire, s'abaisse à se mêler de nos misérables vices.

L'ancien dominicain eut un rictus de mépris. Ce chanoine aux sourcils épilés et aux mains trop soignées ne devait pas passer souvent dans un confessionnal. Sans doute croyait-il être au-dessus de tout péché.

— Comment pensez-vous qu'elle se soit échappée ? reprit Draco.

— Notre geôlier - que Dieu ait son âme - avait un fâcheux penchant pour les plaisirs de Bacchus. Sans doute a-t-il ouvert sa cellule et elle lui aura filé entre les mains.

— C'est faire preuve d'une grande agilité pour une prisonnière... Vous ne l'aviez pas torturée ?

— Ce n'est pas dans les habitudes du chapitre. Nous ne sommes pas des inquisiteurs.

— Vous aviez au moins fouillé sa maison ?

Le chanoine hésita. S'il y avait bien une chose que les sbires de Nogaret ne devaient jamais apprendre, c'était la présence des figurines envoûtées. Surtout celle qui portait une couronne et semblait enceinte.

— C'est le geôlier qui s'est chargé de la fouille et il n'a rien trouvé de significatif.

Draco le relança.

— N'avez-vous jamais pensé que le geôlier ait pu sortir cette femme de prison pour la violer ?

— Et qu'elle en ait profité pour s'échapper, ajouta le dominicain.

— Mais c'est impossible..., s'offusqua du Plessis.

— Parce que, comme vous, il préférait les hommes ? susurra Artus.

— Vous savez que le crime de sodomie relève de l'Inquisition ? renchérit l'ancien croisé. Et que pour un crime aussi capital, la torture est requise ?

Le chanoine restait coi, comme s'il venait de choir dans un cauchemar.

— Sans compter qu'une fois avoué, ce noir péché conduit tout droit au bûcher.

Pierre du Plessis se tordit les mains tandis que son chat décampait, puis murmura d'une voix accablée :

— Que voulez-vous ?

— La vérité. Qu'avez-vous trouvé chez la sorcière ?

Même sous le coup de la peur, le chanoine savait qu'il ne pouvait tout dire. Entre deux maux, il choisit le moindre.

— D'accord, nous avons trouvé une lettre.

— Vous l'avez conservée ?

Le chanoine secoua la tête.

— Non, il y avait de nombreux pentacles dessinés, sans compter d'ignobles formules sataniques. Notre abbé, dans sa sagesse profonde, a décidé que cette lettre serait détruite. Nous l'avons brûlée.

— Et quel était le destinataire ?

— Le diable.

Artus se figea.

— Un pacte ?

— Certaines lignes semblaient tracées avec du sang.

À voir la fascination dans le regard de l'ancien dominicain, Draco se demanda si le chanoine du Plessis ne leur servait pas une histoire inventée de toutes pièces pour les égarer.

— Une lettre au diable dont il ne reste rien et dont, bien sûr, tu ne te souviens de rien...

Malgré le tutoiement qui aurait dû l'inquiéter, le chanoine persista.

— Je suis désolé, je n'ai pas voulu lire cette lettre jusqu'au bout. J'ai craint qu'elle m'ensorcelle.

— Et donc elle est devenue cendres ? reprit Artus.

Plessis n'eut pas le temps de répondre. Draco se leva et le frappa.

— Alors, tu vas finir pareil, maudit sodomite ! Mais avant, on va t'amener au Châtelet. Les mains expertes du tourmenteur vont s'occuper de toi.

Le chanoine, qui avait roulé au sol, gémit.

— Vous n'avez pas le droit, je suis membre du chapitre de Notre-Dame et je ne relève pas de la justice du roi !

— C'est ce que disaient les Templiers..., asséna Draco en le frappant à nouveau.

Cette fois, le chanoine connut la vraie peur. Il n'avait pas envie de subir la torture jusqu'à ce qu'elle le rende fou.

— Je ne me souviens de rien dans cette lettre, je le jure ! Sauf un mot, un mot répété plusieurs fois.

Artus le saisit à la gorge.

— Quel mot, engeance du diable !

Plessis hurla de terreur :

— ALCOR !

35.

Paris, château du Louvre
10 avril 1309

Les rois de France s'étaient toujours sentis à l'abri derrière les hauts murs de la forteresse. Protégée par des douves qu'alimentait la Seine, défendue par une dizaine de tours, la silhouette grise du château dominait la ville comme une menace. C'était d'ailleurs la raison pour laquelle Philippe Auguste, l'aïeul du roi, l'avait construit : pour impressionner les Parisiens toujours prompts à la révolte. Si saint Louis avait agrandi la forteresse, Philippe le Bel, lui, ne l'appréciait guère. L'idée qu'il se faisait de son autorité, d'origine divine et indiscutable, ne s'accordait guère avec la nécessité d'un refuge où fuir en cas d'émeutes. Voilà pourquoi, le château étant le plus souvent désert, Nogaret n'avait pas hésité à en faire une annexe du Grand Châtelet. Sa position au septentrion de la capitale, face à la campagne, lui permettait de recevoir ses *invités* en toute discrétion et en particulier ses *mouches*, qui l'informaient des rumeurs de Paris. À cet effet, il avait fait aménager une salle qui ressemblait à un confessionnal.

Installé dans une pièce adjacente, il pouvait voir et entendre, à travers une ouverture dissimulée, les espions que son secrétaire interrogeait.

— On raconte sur l'île de la Cité que le cadavre d'une sorcière a été retrouvé sur le quai des Morfondus ?

La mouche, un artisan teinturier au vu de la noirceur de ses mains, répondit avec empressement.

— Oui messire, je l'ai entendu dire à la taverne du Héron noir. C'était le patron lui-même qui le racontait hier à ses clients. Il était présent lors de la découverte du corps et l'a reconnue à son visage. Une femme de bourgeois dont on disait que...

Nogaret s'écarta de l'ouverture, il n'avait pas besoin d'en savoir plus. Dans quelques jours, l'histoire courrait dans tout Paris, à moins que l'on intervienne aussitôt. Il se tourna vers le scribe qui attendait, penché sur son écritoire.

— Notez. Que les exempts fouillent la cave de la taverne du quai des Morfondus. Que l'on vérifie sur tous les tonneaux présents si le propriétaire a bien payé la taxe d'entrée dans Paris...

Le garde des Sceaux savait pertinemment que la fraude serait vite trouvée. Échapper à l'impôt était une des passions des Parisiens.

— ... arrêtez le tavernier et conseillez-lui d'avoir la mémoire courte sur la sorcière qu'il *prétend* avoir reconnue.

Nogaret se leva. L'humidité de la salle lui engourdissait les jambes. Il avait besoin de marcher. Hier, Draco et Artus avaient interrogé un chanoine de Notre-Dame, mais ils n'en avaient quasiment rien obtenu : seulement l'aveu d'un pacte écrit entre la sorcière et le diable. La preuve avait été brûlée et le chanoine ne se souvenait que d'un mot. Incompréhensible. Nogaret espérait que l'expédition de Draco au château de la Chasse serait plus heureuse.

Le scribe apporta l'arrêté pour signature. Une fois que le garde des Sceaux eut apposé sa griffe, il quitta la pièce pour le porter à l'exempt de service. Alors qu'il s'apprêtait à passer la porte, il retourna sur ses pas et annonça :

— Messire, madame la chanoinesse d'Aulnay est arrivée.

Mathilde n'aimait pas le Louvre, trop grand, trop froid, et encore moins cette pièce sinistre. Le lieu n'inspirait pas le désir comme leur chaude tanière du Grand Châtelet. Guillaume lui tendit un parchemin, marqué de son sceau.

— Voici le procès-verbal du garçon que tu as sauvé. Il y raconte avec moult détails ses nombreuses rencontres avec l'intendant de l'hôtel de Nesle. Cette vermine mérite cent fois le bûcher et encore c'est un supplice trop doux pour cette maudite engeance.

— Il nous sera plus utile vivant. Dès qu'il verra ta signature, il fera dans ses chausses.

— C'est donc sur lui que tu comptes pour réintroduire la relique dans l'hôtel de Nesle ?

— Il va s'exécuter promptement, ensuite...

Nogaret, qui avait compris l'intention de Mathilde de s'en débarrasser au plus vite, secoua la tête.

— Non, il peut encore nous servir. Où comptes-tu déposer la relique ?

— Dans la chambre de Marguerite.

— Pourquoi pas directement dans son oratoire ?

— Il est toujours clos et elle seule a la clé. En déposant la relique dans la chambre, je pourrai observer sa réaction et son effroi...

— ... et éviter le scandale. Quoi qu'il se passe, nul ne doit être au courant. Il en va de la réputation de la famille royale. Si c'est elle la coupable, moi seul dois le savoir.

Mathilde esquissa une révérence.

— Il en sera fait comme mon seigneur et maître le désire. Cependant j'ai une requête...

— Parle.

— Le jeune garçon dont a abusé l'intendant, je souhaite que tu le prennes sous ta protection. S'il est abandonné à lui-même à Paris, il retombera dans de mauvaises mains.

Nogaret acquiesça.

— Dès demain, il partira pour mes terres en Languedoc. Il ne lui sera plus fait aucun mal.

Mathilde regarda son amant. Elle savait pourquoi elle l'aimait.

Paris, hôtel de Nesle

Mathilde avait attiré l'intendant dans une des latrines de la tour. Elle savait que le lieu l'humilierait mais, à voir son visage défait, il n'en aurait même pas eu besoin.

Ahuri, il regardait le parchemin qui faisait le décompte de ses crimes. Ses mains tremblaient.

— Je suppose que tu as reconnu la signature et le sceau ? demanda Mathilde.

— Nogaret...

— Tu es dans sa main désormais.

L'intendant eut un haut-le-cœur. La peur lui défigurait les traits.

— Que dois-je faire ?

Mathilde sortit le reliquaire de sous sa robe.

— Regarde et dis-moi si tu connais cet objet ?

L'intendant secoua la tête. À son regard de bête traquée, Mathilde comprit qu'il disait la vérité. Ce serait plus facile. Si par malheur, il se faisait surprendre avec ce reliquaire, il ne comprendrait même pas ce qui lui arriverait.

— Tu vas prendre cette main d'or et tu vas la porter dans la chambre de Marguerite de Navarre. Tu la mettras en évidence. Sur le lit.

— C'est tout ?

L'intendant parut surpris.

— Vous n'allez pas me livrer à Nogaret ?

L'ancienne religieuse resta muette.

— C'est Madame qui vous intéresse, n'est-ce pas ? Alors je peux vous révéler des choses.

— Une seule m'intéresse : la princesse est-elle enceinte ?

— Mais pas du tout !

— Comment peux-tu être aussi affirmatif ?

— Chaque mois, le mire vient voir Madame au moment où...

L'intendant hésita.

— ... et il rend compte à son mari. J'étais à proximité quand il a fait son rapport à Monseigneur Louis, il y a cinq jours à peine, et il était formel : Madame n'était nullement enceinte.

Marguerite cacha sa surprise. Elle s'était trompée, mais alors pourquoi Marguerite avait-elle changé du tout au tout ?

— Quand voulez-vous que je m'exécute ?

— Madame doit assister ce matin à une messe en l'abbaye de Saint-Germain-des-Prés. M. Duèze doit y prêcher. Ses suivantes l'accompagneront. Tu en profiteras pour remplir ta mission.

— Et après ?

— Qu'on ne te trouve pas à l'hôtel de Nesle de la journée.

L'intendant tomba à genoux.

— Je jure par Dieu que...

— Ne jure pas ! Dieu ne peut plus rien pour toi.

36.

Forêt de Montmorency
10 avril 1309

La barque avançait lentement dans les marais de la Chasse. Assis près de la proue, Draco observait le paysage. Le brouillard s'était levé et la lumière du soleil révélait une terre désolée. Arbres noueux et rachitiques, trous d'eaux boueux, tout un monde hostile qu'il détestait déjà.

— Nous sommes loin du château ?

— Encore une demi-heure, messire, répondit un des hommes de l'escorte.

Draco s'enroula dans sa cape et ferma les yeux. Il avait besoin de faire le point. Nogaret lui avait remis un rapport sur tout ce qu'il avait appris du château de la Chasse. Le mal noir, après avoir décimé les villages alentour, était allé porter la mort ailleurs, mais les survivants se terraient encore. Draco pourrait donc investir le château en toute discrétion. Cette pensée pourtant ne le rassura pas. Il avait encore dans l'oreille le dernier hurlement de Guilhem. *L'entrée des enfers !* Était-ce la fièvre des marais qui l'avait fait délirer, ou avait-il vu ce qu'il ne devait pas voir ? Draco chassa cette pensée. Il devait se concentrer. Le château appartenait à une famille noble, les Mornay. Le seigneur, sa femme et leur fille étaient tous morts du mal noir. Selon les renseignements recueillis par les hommes de Nogaret, le sire de Mornay était un étrange personnage. Fortune trouble, fréquentations douteuses, s'il ne s'était pas couvert d'honneur à Courtrai, il aurait sans doute fini au gibet. D'autres rumeurs voulaient que le sieur de Mornay se soit passionné pour l'occulte et que le château ait servi pour des cérémonies magiques. Draco se demanda si la sorcière y avait participé, ce qui aurait pu justifier son enlèvement et son élimination... Mais pour l'instant, il n'y avait qu'un seul lien possible entre cette femme et le seigneur de Mornay : la belladone venue d'Orient qui ne poussait que dans des marais. Un lien, mais pas une vérité. Artus lui avait décrit la plante avec précision. S'il en trouvait trace au château, il aurait la preuve qu'il cherchait.

— Messire ?

Un des hommes lui montra une rive encombrée de taillis.

— Nous allons accoster.

— Nous sommes arrivés ?

— Non, mais Nogaret a demandé que vous voyiez quelque chose.

Draco avançait parmi les taillis. Le silence l'oppressait. Comme il s'écartait pour éviter une souche d'arbre, son pied glissa dans un trou d'eau. En un instant, il s'embourba jusqu'à la cuisse. D'un coup, son cauchemar lui revint : les hommes qui le pourchassaient, sa fuite effrénée et, surtout, l'ignoble sensation, visqueuse et terrifiante, de son corps enfoncé à jamais dans des sables mouvants. Un des hommes le saisit par l'épaule et le dégagea. Draco serra les poings de colère. Ce maudit cauchemar le hantait toujours.

— Sur votre droite, messire, regardez.

Draco s'approcha. Un cadavre gisait au sol. Les bêtes de la nuit l'avaient défiguré.

— C'est le prêtre de la Chasse. Nous l'avons identifié en recoupant les témoignages des villageois.

Si le visage avait disparu, le corps en revanche était en assez bon état pour laisser voir que ce n'était pas l'épidémie qui l'avait tué.

— Il a une blessure au niveau du cou.

Draco se pencha. Il repensa au poinçon dont Artus avait fait le moulage en cire, mais la plaie était trop béante pour avoir été infligée par la même arme. Égorgé, conclut intérieurement l'ancien croisé, égorgé avec un poignard de chasse.

— C'est un pêcheur qui l'a découvert. D'après les villageois, il avait fui la paroisse dès les premières atteintes du mal. Il aura fait une mauvaise rencontre.

Une mauvaise rencontre en la personne de Guilhem et ses amis sans doute, pensa Draco, mais pourquoi l'auraient-ils tué ? Pour le voler ?

— Savez-vous si, en fuyant, il avait emporté quelques valeurs ?

— Selon les villageois, il avait pris avec lui les objets du culte, mais nous n'avons rien trouvé.

L'hypothèse du vol n'expliquait cependant pas pourquoi Guilhem et les siens s'étaient rendus sur cette île en premier lieu, ni comment ils avaient trouvé ce prêtre qui avait dû se cacher. Draco se rendait bien compte qu'il manquait un élément clé pour résoudre cette énigme : l'inconnu qui avait mené cette bande au pillage du château avant de disparaître. Charon. Le fantôme insaisissable qui hantait toute cette affaire.

— Que faisons-nous du corps ?

Draco se releva. Ce cadavre ne leur apprendrait rien de plus. Il était temps qu'il disparaisse.

— Lestez-le de pierres et jetez-le dans une eau profonde. On ne doit pas le retrouver.

Les hommes s'exécutèrent. Draco retourna auprès de la barque. Il marchait lentement pour ne pas retomber dans un trou. Il se demandait ce qu'il craignait le plus : revivre son cauchemar ou se retrouver devant Charon. Il haussa les épaules. À la vérité, il savait qu'il n'avait pas le choix. Son cauchemar reviendrait toujours et Charon était déjà sur sa route. Seulement on pouvait tuer un homme, pas un cauchemar.

— Messire, nous nous sommes débarrassés du corps, nous pouvons embarquer.

37.

Paris, hôtel de Nesle
10 avril 1309

Mathilde attendait son heure. Assise, elle serrait entre ses cuisses la relique de saint Louis. Cette main dont elle attendait qu'elle provoque un choc révélateur chez Marguerite. L'intendant entra. Sa mine avait empiré. Il n'était plus bouffi, mais presque en décomposition. Mathilde remarqua qu'il suait abondamment.

— La peur du bûcher ou de l'enfer ? Parce que si tu n'obéis pas, ce sera les deux.

Le pervers s'épongea le front.

— Je ferai tout ce que vous voulez.

À cette heure, la cuisine était quasi déserte. Mathilde saisit un plat surmonté d'une cloche et glissa la relique dessous.

— Tu vas monter jusqu'à la chambre de la reine de Navarre.

— Et s'il y a quelqu'un, une servante, une cameriste...

L'intendant se remit à suer.

— Tu diras que tu t'es trompé et tu reviendras ensuite poser la relique sur le lit. Bien en évidence. Une fois cela fait, tu disparais.

— Et après ?

Mathilde montra le rouleau de parchemin.

— Il sera à toi.

Elle savait qu'elle n'en ferait rien, mais ce couard avait trop peur. Désormais, il agirait par espoir. L'intendant se précipita sur un pan de sa robe et l'embrassa.

— Fais ce que je te dis et tu auras la vie sauve.

L'intendant saisit le plat et traversa la cuisine.

Maintenant, il n'y avait plus qu'à attendre que la princesse revienne de la messe à Saint-Germain. Mathilde monterait alors dans sa chambre. Le prétexte était déjà trouvé : elle lui porterait le traité de Duèze. Jusque-là, le plan de Mathilde ne présentait aucun imprévu possible. C'est après qu'il faudrait improviser. Une servante entra et ranima le feu dans la cheminée. Mathilde l'avait déjà croisée. Une souillon que l'on employait pour les basses tâches. La chanoinesse posa le traité de Duèze sur la table.

— Porte-moi un quignon de pain, la mère.

La vieille s'exécuta et jeta un regard méfiant sur le livre. Exactement ce que voulait Mathilde.

— Je dois porter ce livre à la reine de Navarre, tu sais quand elle rentrera ?

La souillon secoua la tête.

— La Bourgogne, elle va, elle vient. Un vrai courant d'air.

Mathilde se moquait bien de la réponse, mais si, par malheur, elle devait justifier de s'être trouvée au mauvais endroit au mauvais moment, un témoin lui serait utile.

— Que me chantes-tu, sotte ! Madame fait ce qui lui plaît et ce n'est pas à toi de la juger.

La vieille courba l'échine. Des années à se faire rudoyer lui avaient appris à ne jamais répondre, mais elle se souviendrait de son accrochage avec Mathilde.

— Disparais de ma vue, sale gueuse !

Mathilde saisit le livre comme si elle allait le lui lancer à la figure. C'est la dernière chose que vit la souillon avant de disparaître.

Satisfaite, Mathilde se rapprocha du feu. Seule l'ultime partie de son plan la taraudait. Comment allait réagir Marguerite ? Par l'incompréhension ou par la panique ?

Dans le premier cas, Mathilde avait prévu de s'éclipser aussitôt : si la femme de Louis ne marquait que de la surprise, c'est qu'elle n'était pas impliquée dans la disparition de la relique. En revanche, si elle perdait pied, il lui faudrait intervenir pour éviter le scandale. Et là, elle n'avait rien prévu.

Le temps de monter l'escalier, de déposer la main de saint Louis, l'intendant devait déjà être sur le point de quitter la chambre. Mathilde se détendit. Son plan fonctionnait. Maintenant il lui fallait guetter l'arrivée de la princesse. Elle allait se lever quand une idée lui vint. Il y avait une troisième possibilité qu'elle n'avait pas envisagée. Et si Marguerite ne manifestait aucune émotion ? Ni surprise, ni effroi ?

Elle n'eut pas le temps de trouver une réponse, un hurlement retentit dans tout l'hôtel de Nesle.

38.

Forêt de Montmorency, château de la Chasse
10 avril 1309

Draco se posta au pied de la tour. La dernière fenêtre était ouverte. C'est par là que Guilhem et ses compagnons étaient entrés. *Trop haut. Trop risqué.* Il désigna à ses hommes la porte d'entrée.

— Défoncez-la.

Aussitôt les haches entrèrent en action. Une première brèche apparut près de la serrure. Impatient, Draco donna un coup de pied et la porte s'ouvrit avec fracas. Un des hommes entra et ressortit aussitôt, livide. L'odeur était insupportable. L'ancien croisé attendit que l'air se renouvelle, puis enroula son foulard autour du visage. Il montra l'escalier.

— À l'étage.

Un cadavre, sec et parcheminé, s'était disloqué sur les marches. Draco l'enjamba et se retrouva sur le premier palier. La grande salle était vide. L'ancien croisé tendit la main vers le niveau supérieur.

— Fouillez toutes les chambres. Ne laissez rien au hasard.

Les hommes de Nogaret se précipitèrent. Lui entra dans la grande salle. La table était mise, mais la nourriture s'était transformée en pourriture. Un verre était encore rempli de vin. Pour tout meuble, deux coffres ouverts dont le contenu était répandu au sol : des nappes, des carafes… Les pillards étaient passés par là. Sur un dressoir, du gibier se décomposait tachant le bois d'auréoles sombres. Selon le témoignage de Guilhem, celui qui se faisait appeler Charon était resté dans cette salle durant toute l'opération. Qu'avait-il bien pu y faire ? Draco souleva les tentures qui recouvraient les murs, mais il n'y avait aucun passage vers une autre pièce. En face de la table, se dressait la cheminée. L'ancien croisé s'avança. Souvent, on trouvait des caches dissimulées dans la maçonnerie. Charon en avait peut-être cherché une. Un rapide examen révéla que les cendres n'avaient pas été remuées et que les parois ne montraient aucune trace de fouille. Désappointé, Draco recula. Une fresque était peinte sur le manteau de la cheminée. Une représentation de l'arbre de la connaissance telle qu'on en trouvait dans n'importe quelle église. Au détail près qu'on n'y voyait ni Ève, ni Adam. L'ancien croisé haussa les épaules de dépit. Il n'y avait rien dans cette pièce, rien qui justifiât que Charon s'y soit autant attardé.

— Messire !

Draco revint sur le palier. De l'étage, la même voix l'appela à nouveau.

— Messire, vous devriez venir !

Les hommes de Nogaret se tenaient dans ce qui devait être l'ancienne chambre du sire de Mornay. Le lit avait été démonté, la cheminée éventrée, les murs et les poutres sondés, le parquet arraché…

— Mais il n'y a rien ! constata Draco.

— Reculez, messire.

L'ancien croisé vint se placer sur la dalle de pierre qui marquait le pas de la porte.

— Mettez-vous du côté gauche.

Draco sentit une sorte d'oscillation. Il appuya du pied. De nouveau, la pierre sembla bouger.

— Ou la dalle s'est déplacée avec le temps, ou bien un dispositif permet de…

Draco n'attendit pas la suite. Il saisit une des haches et frappa. La pierre se brisa en deux, révélant un compartiment rectangulaire.

Une cache.

Une cache que Charon n'avait pas trouvée.

Une cache pleine.

Au fond se trouvait un cylindre de cuir que retenait aux deux extrémités un sceau de cire. Draco reconnut les armes des Mornay. L'étui ressemblait, en taille réduite, à un carquois d'archer. Il le soupesa, étonné de sa légèreté. Ce n'était ni de l'or ni des pierreries qui étaient cachés à l'intérieur. Un parchemin, pensa l'ancien croisé, un parchemin enroulé sur lui-même. Il résista à l'envie de briser les sceaux. Dieu seul savait ce que contenait vraiment cet étui, mieux valait que ce soit Nogaret qui s'en charge. Il se tourna vers le chef d'escorte.

— Vous avez vérifié dans les autres chambres s'il n'y avait pas une cache similaire ?

— Nous n'avons rien trouvé.

Draco prit son temps pour ranger l'étui de cuir, plus de temps que nécessaire, mais il savait pourquoi : comme un condamné qui compte le temps qui le sépare de la hache du bourreau, il retardait l'inéluctable.

Le moment où il faudrait descendre dans la crypte.

— Et maintenant ?

Les hommes s'étaient regroupés. La découverte avait ranimé leur instinct de chasseur.

— Préparez une lanterne. On descend dans la crypte.

Draco vit des regards s'allumer, d'autres se voiler.

On ne rentrait pas impunément dans le royaume des morts.

Au fur et à mesure qu'il s'enfonçait dans les entrailles du château, l'escalier rétrécissait. Seule une fine lueur indiquait qu'il touchait au but. La crypte devait être éclairée par une meurtrière qui prenait la lumière à la lisière des douves. Draco savait que trois cadavres l'attendaient : le sire de Mornay, sa femme et sa fille. Il savait aussi qu'il n'en restait rien. Guilhem, avant de perdre l'esprit, avait décrit les corps des parents, dévorés par le mal noir. Draco s'étonna de ne pourtant rien sentir : la décomposition avait dû être fulgurante. Son pied se posa sur le sol de la crypte. Dans la pénombre, il distingua la masse de la première tombe.

— Va voir !

Le chef d'escorte pâlit, mais s'exécuta. Il enjamba la dalle funéraire et se pencha sur l'intérieur de la sépulture.

— Le père.

À son tour, Draco s'approcha. Il fit signe qu'on lui apporte la lanterne et éclaira l'intérieur : il ne restait que des ossements. Le sire de Mornay n'avait pas emporté ses secrets dans sa tombe.

Deux hommes s'étaient approchés du caveau suivant. L'un d'eux se retourna brusquement, tomba à genoux et vomit. De la comtesse de Mornay, seul un crâne aux cheveux en lambeaux demeurait, qui émargeait d'une nappe compacte de pourriture noire.

— Messire, il n'y a plus rien ici. Que la mort qu'on respire à pleine bouche ! Il faut remonter à la lumière. Vite.

Draco comprit que ses hommes n'iraient pas plus loin. Désormais, c'était la peur qui leur donnait des ordres.

— Il reste une tombe, dit Draco.

En s'avançant il vit du sang séché sur le sol. Sans doute les traces d'un rat qui avait pataugé trop près d'un cadavre. Il abaissa sa lanterne en direction de la sépulture et la lâcha en jurant.

Il n'y avait pas de corps.

— Messire... messire...

Draco ne répondit pas. Il regardait les traces de sang sur le dallage. Il les suivit sans comprendre. Les gouttes contournaient la tombe et menaient jusqu'à une forme effondrée dans un angle de la crypte. L'ancien croisé se tourna vers l'escorte agglutinée près de l'escalier.

— J'ai été surpris... le cadavre n'était pas dans la tombe... il a été jeté sur le côté.

Il se pencha. Le corps était affreusement maigre, la robe, souillée de sang. C'était bien la fille du seigneur de Mornay. Une de ses mains était couverte de sang. Il s'en saisit. L'index était sectionné. Pourquoi ? Il leva le regard vers le visage de la morte comme pour demander une réponse.

Et un œil s'ouvrit.

Draco comprit qu'il venait de mourir, de passer la porte des enfers. Guilhem n'avait pas menti. Puis il sentit à nouveau son cœur battre et sa respiration lui déchirer les poumons. Le royaume des ombres n'avait pas voulu de lui, en était-il de même pour elle ?

— Es-tu morte ?

L'autre œil s'ouvrit.

— Es-tu vivante ?

Venue de plus loin que les ténèbres, une voix brisée répondit :

— Je ne sais pas.

39.

Paris, île de la Cité
10 avril 1307

Entourée de sa suite, Marguerite de Navarre passait le pont qui séparait l'abbaye de Saint-Germain de l'hôtel de Nesle. Elle venait d'assister à la messe de M. Duèze avec l'espoir que celui-ci parlerait de l'enfer sur lequel il avait de si singulières idées, mais il n'en avait rien été.

— Il faisait un froid de gueux dans cette église, gémit Jeanne, quant au sermon, je n'y ai rien compris. Quel ennui !

— Je te croyais recluse en méditation, s'étonna sa belle-sœur, tu n'as pas levé la tête de ton missel.

Jeanne serra sa pelisse autour de son cou et éclata de rire.

— Ça me fatigue de lire ! Non, j'ai observé les moines. Ils étaient assis juste devant nous et je n'ai jamais vu des hommes aussi gras ! Ils ressemblaient tous à des cochons ! Tu crois que c'est parce qu'ils ne copulent pas ?

Marguerite lui jeta un regard de reproche.

— Tais-toi donc !

— Ne fais pas ta vertueuse ! Tu crois que je n'ai pas vu la clé que tu caches entre tes seins ?

La femme de Louis jeta un œil sur sa suite et saisit sa belle-sœur par la manche.

— De quoi parles-tu ?

— Cette clé, c'est celle de ton oratoire. Pourquoi elle ne te quitte jamais ?

Marguerite prit le visage de Jeanne entre ses deux mains.

— Ne me pose plus jamais cette question.

Elle serra.

— Dans ton intérêt.

Paris, hôtel de Nesle

Mathilde traversa la cuisine comme une flèche. L'escalier était déjà encombré par la valetaille, l'oreille aux aguets. Elle se fraya un passage jusqu'à la chambre. Deux servantes se tenaient statufiées sur le palier.

— Que s'est-il passé ?

— On nettoyait et on a entendu un hurlement.

Mathilde montra la porte fermée.

— Personne n'est sorti ?

— Non.

Elle fit sauter le loquet.

— Madame, vous ne pouvez pas…

D'abord elle ne vit rien. La chambre était encore dans la pénombre. Elle ouvrit les tentures.

Un corps était étendu sur le sol.

L'intendant.

Elle le retourna. À son visage violacé, elle comprit qu'il était mort. Elle dégagea le col de sa tunique. Deux marques rouges lui enserraient le cou.

— Madame…

Les servantes venaient d'entrer.

— Un seul mot, un seul cri, et vous êtes chassées !

Une pluie de signes de croix lui répondit. Mathilde se releva. Le plat et la cloche avaient roulé sur le parquet. Elle se précipita vers le lit.

Rien.

La relique avait disparu.

La jeune femme fouilla la chambre du regard. Ce n'était pas possible. En plus, la porte de la chambre était close…

— Que se passe-t-il ici ?

La reine de Navarre venait d'entrer. Mathilde s'inclina.

— C'est l'intendant, Madame, il...

Marguerite s'avança. Elle toisa le corps. De l'index, elle montra la bouche ouverte au milieu de son visage qui virait au pourpre.

— Un goinfre. Il est mort par là où il a péché. Qu'on appelle mes gens pour qu'ils l'emportent.

Mathilde se tourna précipitamment vers la porte. Son plan avait échoué. La relique avait disparu. Il fallait qu'elle prévienne Nogaret au plus vite.

Une main la retint. Marguerite planta ses yeux mordorés dans les siens.

— Mais avant, fermez son col.

OUROBOROS

À l'heure de la résurrection des trépassés,
Rois couronnés, papes au sceptre doré,
Tous seront balayés

La complainte des Ressuscités

40.

Paris, hôtel de Nesle
10 avril 1309

Le corps de l'intendant avait été descendu par l'escalier jusqu'à la glacière qui se situait dans les caves. Là, on avait fait venir deux religieux de Saint-Germain afin de prier pour le salut de l'âme du défunt.

— Ils peuvent toujours chanter des *Pater Noster*, s'écria une servante, il est en enfer et pas près d'en sortir !

Toute la valetaille réunie dans la cuisine approuva bruyamment.

— Vous avez vu sa tête ? La langue lui sortait du visage ! Pour sûr, c'est le diable qui est venu le chercher !

— À l'heure qu'il est, il rôtit dans sa graisse, ce damné !

— Satan est en train de le faire tourner à la broche !

— Surtout pas ! L'intendant pourrait encore y trouver du plaisir !

Un éclat de rire cruel salua la réplique. Assise en bout de table, Mathilde ne participait pas à l'hilarité générale. Dès que le corps avait été déposé dans la glacière, elle avait fait passer un message à Nogaret. En attendant, elle se demandait comment elle avait pu échouer si piteusement dans sa mission. Non seulement l'intendant était mort, mais la relique avait disparu.

— Dis donc, c'est bien toi qui l'as découvert, le macchabée ?

La lectrice hocha la tête.

— Qu'est-ce qu'il faisait dans la chambre de Madame ?

— Il y avait un plat en argent renversé au sol, je suppose qu'il apportait une collation pour son retour de la messe.

D'autres bouches s'ouvrirent pour poser des questions, mais un garçon d'écurie entra en battant des mains.

— *Il* est là. *Il* remonte de la glacière.

— Mais qui ?

Le valet n'eut pas le temps de répondre. Un homme en arme le plaqua contre la porte et, dans l'embrasure grande ouverte, la domesticité vit passer Nogaret.

Assise sur le lit, Marguerite fixait les servantes qui nettoyaient la chambre. En mourant, l'intendant avait souillé le parquet. À ses côtés, Jeanne, ensevelie dans une fourrure, avait l'air terrifiée.

— On dit que les âmes des défunts restent pendant trois jours là où elles ont trépassé. Tu devrais quitter la tour !

— Pour m'installer où ? répliqua Marguerite.

— Chez ton mari. Comme en plus il a de nouveau toute sa vigueur, d'après ce que tu m'as dit...

Marguerite frissonna de dégoût. Une nuit entière, elle avait dû subir les assauts de Louis, devenu encore plus arrogant depuis qu'il avait subitement retrouvé sa virilité.

— Tu ne peux pas vivre là où une âme errante cherche son chemin ! Il faut que tu abandonnes cette chambre, que tu voiles les miroirs, que tu laisses ouverte la fenêtre, qu'il n'y ait plus de feu dans la cheminée...

Une servante passa la porte avec une bassine d'eau chaude. L'intendant, en mourant, s'était particulièrement répandu.

— Pourquoi la cheminée ?

— Mais pour que l'âme puisse s'enfuir par le conduit ! Alors que là, elle ne cesse de tournoyer dans la chambre. Je la sens ! Elle n'arrête pas de se heurter aux murs, aux meubles, parce qu'elle ne sait pas où aller !

— Vous vous inquiétez à tort, mesdames. Au vu de ses turpitudes, l'âme de l'intendant est déjà en enfer...

À la stupéfaction des deux princesses, Nogaret venait d'entrer, la voix haute et le regard sombre.

— ... en revanche, j'aimerais beaucoup savoir comment elle a quitté son corps.

Il s'inclina devant la reine de Navarre et, d'un geste, fit sortir toutes les servantes.

— Madame, dès que j'ai su qu'une mort brutale avait eu lieu dans vos appartements, j'ai accouru.

Marguerite se garda bien de demander comment le garde des Sceaux était au courant.

— Messire, je vous sais gré de votre sollicitude, mais mon intendant est sans doute mort d'un excès de bonne chère. Un péché dont il était coutumier.

— Le moindre de ses péchés à ce qu'on m'a dit !

Curieuse, Jeanne allait poser une question quand sa belle-sœur la fit taire d'un seul regard.

— Vous avez bien fait de déposer le corps dans la glacière de l'hôtel, reprit Nogaret, ainsi j'ai pu l'examiner. Il présente toutes les traces d'une attaque : visage violacé, langue pendante... cependant, je ne m'explique pas les marques rouges autour de son cou.

Marguerite resta muette.

— Une de chaque côté, ça ressemble fort à la pression de deux mains.

— Vous voulez dire que mon intendant...

— ... a sans doute été tué dans votre chambre, oui.

— Un meurtre, gémit Jeanne.

Marguerite se leva et toisa le garde des Sceaux.

— Oser me parler d'un crime sordide dans ma propre chambre, vous oubliez à qui vous vous adressez !

Nogaret s'inclina à nouveau.

— Vous avez parfaitement raison, Madame. Le prompt désir de vous être utile m'a fait oublier les convenances. Je vais de ce pas prévenir votre époux.

Cette fois, Marguerite perdit toute contenance.

— Ne faites pas ça !

— Voilà pourquoi, Madame, je suis ici : pour vous éviter tout problème. Un homme est mort dans votre chambre. Assassiné de surcroît... Je doute que le roi apprécie.

— Vous allez l'en informer ?

— Pas si je trouve le meurtrier.

Avec un sourire forcé, Marguerite se tourna vers Jeanne qui ne comprenait plus rien.

— Comme vous le voyez, nous sommes seules, il ne se trouve donc pas ici.

— Pourtant, le meurtre a été commis dans cette chambre alors qu'elle était fermée. J'ai déjà le témoignage de deux servantes qui travaillaient sur le palier.

Le visage de Marguerite prit la couleur d'une chandelle finissante.

— C'est impossible...

— Sans compter que la fenêtre était close quand votre lectrice est entrée. L'assassin n'a donc pu s'enfuir par là.

— Ce qui... veut dire ?

— Que le meurtrier est toujours là.

Paniqué, le regard de Jeanne se figea sur l'entre-sein de sa belle-sœur.

— Donnez-moi la clé de votre oratoire, Madame, intima Nogaret.

Marguerite ne répondit pas.

— Je vous promets que, quoi que j'y trouve, vous n'en entendrez plus jamais parler. Ni vous, ni le roi, ni votre mari.

Marguerite défit son corsage et tendit la clé.

— Mieux vaut que vous quittiez cette chambre, poursuivit-il.

Jeanne s'enfuit en courant. Marguerite hésitait encore.

— Dès que vous aurez franchi cette porte, il ne se sera jamais rien passé.

La princesse disparut. Le garde des Sceaux appela deux de ses gardes dans la chambre.

— Épée à la main !

Il fit jouer la serrure et poussa la porte de l'oratoire.

Devant lui se tenait un homme.

Le visage émacié.

Le corps d'une maigreur stupéfiante.
Médusé, Nogaret demanda :
— Êtes-vous mort, ou bien vivant ?
Le regard de l'inconnu se brouilla de larmes.
— Je ne sais pas.

41.

Paris, auberge des maraîchers
10 avril 1309

Draco se réveilla en sursaut, manquant de tomber de la chaise. Encore ce maudit cauchemar. Cette fois cependant, au moment où il s'enfonçait dans les sables mouvants, sa peur avait étrangement disparu. Il ne se débattait plus. Il regardait l'étoile rouge qui brillait au-dessus de lui. Elle devenait plus visible, plus large. Désormais ce n'était plus une étoile, mais une croix. Draco secoua la tête. Il l'avait reconnue. C'était la croix du Temple.

Un bruit l'écarta de ses pensées. Sur le lit, la jeune femme venait de bouger. Après l'avoir sortie de la crypte, Draco l'avait discrètement ramenée à Paris dans une auberge fréquentée par des maraîchers de Saint-Denis. Le Châtelet n'était pas assez discret et, surtout, il ne tenait pas à ce qu'elle se réveille dans l'ombre puante d'une geôle. En revanche, il avait fait dire à Artus de le rejoindre au plus vite.

L'ancien croisé s'assit sur le bord du lit. La jeune femme respirait lentement comme si elle avait encore du mal à revenir à la vie. Toutefois, les traits marqués de son visage s'étaient un peu estompés. Peu à peu, elle redevenait elle-même. Il n'avait pas cherché à la réveiller. Il préférait qu'Artus l'examine d'abord. Ensuite, viendrait le temps des questions et, il l'espérait, des réponses.

Draco se leva pour se servir un gobelet d'eau. Sur la table se trouvait l'étui scellé dérobé dans la chambre de Mornay. Quand il l'avait découvert, il avait décidé de le remettre intact à Nogaret. Désormais, il hésitait. Les réponses qu'il cherchait étaient peut-être à l'intérieur. Il saisit l'étui et examina les sceaux. Il aurait suffi d'un rien pour les briser...

— Draco !

L'étui manqua de tomber sur le plancher. Artus, qui venait d'entrer, le saisit au vol.

— Souple et rapide pour un moine, remarqua l'ancien croisé, j'espère que tu seras aussi efficace avec cette jeune femme. Elle est dans un piteux état.

L'herboriste s'écarta du lit et remonta la couverture sur la fille de Mornay. Son examen était terminé.

— Sa respiration est faible, son pouls, très lent. Comme si son organisme fonctionnait au ralenti. Mais elle est encore vivante. A-t-elle déjà parlé ?

— Quelques mots quand nous l'avons retrouvée dans la crypte.

Artus leva délicatement un bras et montra l'aisselle intacte.

— Elle n'a aucune trace de bubons, ce qui signifie qu'elle n'a pas attrapé le mal noir.

— Pourtant toute sa famille a été frappée. Sans compter les serviteurs du château. Il n'y avait aucun survivant.

— Je peux t'assurer que ce n'est pas le mal noir qui l'a plongée dans cet état.

— Mais alors, pourquoi l'avoir mise dans une tombe comme si elle était morte ?

L'ancien dominicain hésita.

— Peut-être pour la préserver. Il est possible qu'on ait provoqué cet état entre la vie et la mort justement pour que le mal ne l'atteigne pas. D'ailleurs...

Artus lui prit la main et la retourna.

— J'ai remarqué ces deux cicatrices contiguës sur le poignet. Elles n'ont que quelques jours.

— Tu crois que c'est une blessure faite sciemment ?

Artus allait répondre quand la jeune femme se mit à tousser bruyamment.

— Relève-la, elle risque de s'étouffer !

Draco se précipita. La jeune femme ouvrait convulsivement la bouche en quête d'air. Artus réagit aussitôt.

— Regarde sa langue !

Draco se pencha. Le dessus en était totalement noirci. L'herboriste glissa un doigt entre les mâchoires et, d'un coup d'ongle, récupéra de la substance sombre. Il la porta aussitôt à son nez.

— De la belladone. Tu ne t'étais pas trompé : cette plante du diable vient bien du château de la Chasse...

— Mornay l'aurait donnée à sa propre fille ? Mais pourquoi ?

La jeune femme était retombée inconsciente.

— C'est elle qui est la clé de l'énigme. On ne peut pas la garder ici. Trop risqué. C'est notre seul témoin. Elle doit être sous protection, je l'emmène au Châtelet. Nogaret doit être mis au courant sans délai.

Artus avait raison. Ils ne pouvaient agir seuls.

— Viens-tu avec moi ?

Draco jeta un œil à l'étui scellé posé sur la table et feignit un bâillement.

— Non. Je suis épuisé, j'ai besoin de repos. Pars le premier avec elle, je te rejoins.

42.

Paris, la Seine
10 avril 1309

La barque avançait lentement, longeant les jardins du roi qui s'enfonçaient comme un éperon dans la Seine. Assise à la proue, Mathilde remarqua la présence d'archers tout le long de la courtine. Visiblement, la sécurité autour de Philippe le Bel avait été renforcée. Elle tourna son regard vers la tour de Nesle. Là, tout semblait calme. Les lavandières lavaient leur linge dans le fleuve, sans cris, ni éclats. Le drame qui avait eu lieu quelques heures plus tôt ne semblait pas connu du peuple, Nogaret y avait veillé : juste après la découverte de l'inconnu dans l'oratoire de Marguerite, il lui avait fait revêtir une tenue d'homme d'armes avant de le sortir incognito de la tour de Nesle. Toutefois, il ne l'avait pas ramené au Châtelet, mais sur l'île de Bussy[1], pour plus de discrétion. Située à la pointe occidentale des jardins du roi, elle ne comportait qu'un seul bâtiment : un moulin à vent qui appartenait à l'abbaye de Saint-Germain. En cette saison, les ailes ne tournaient pas et l'île était déserte. L'endroit parfait pour détenir un homme dont on ne savait rien.

Depuis qu'elle avait quitté le Châtelet en barque, Mathilde ne cessait de frissonner. Ce n'était pas le vent qui soufflait

1. Île aujourd'hui disparue, mais dont on retrouve le nom dans l'actuelle rue de Buci.

sur la Seine qui en était la cause, mais son désarroi. Elle se reprochait de ne pas avoir deviné l'impensable : la future reine de France cachait un homme dans sa propre chambre ! Maintenant, Mathilde comprenait pourquoi Marguerite avait restreint son nombre de servantes, tenait son oratoire sous clé et ne sortait presque plus de chez elle. Sans compter son appétit qui avait soi-disant doublé... Et dire que Mathilde avait cru qu'elle était enceinte !

La chanoinesse glissa ses mains sous sa pelisse. Jamais elle n'aurait imaginé un tel scandale. Si, par malheur, il venait à éclater – Mathilde ferma les yeux –, le chaos s'emparerait du royaume.

— Madame.

Le secrétaire de Nogaret se tenait sur la berge.

— Vu la gravité des faits, le garde des Sceaux a choisi d'interroger le prisonnier seul. Tous deux sont dans le moulin. Je dois retourner au Châtelet pour une mission urgente.

Une odeur sèche de farine flottait dans la pièce principale. Elle longea deux meules à l'arrêt, puis monta à l'étage où se trouvait le système d'engrenages en bois. Assis sur une caisse, l'inconnu avait la tête baissée. Nogaret s'approcha de la chanoinesse.

— C'est un fou... tout ce qu'il raconte est pure démence !

— A-t-il reconnu avoir agressé l'intendant ?

— Oui, il prétend que ce dernier l'a surpris dans la chambre. L'intendant se serait mis à hurler et, pour le faire taire, il l'aurait étranglé.

— Ce qui correspond à la vérité. Toute la domesticité a entendu son hurlement et on a retrouvé des marques de doigts autour de son cou. Et la relique ?

— On l'a retrouvée dans l'oratoire, précisa Guillaume. Là aussi, il reconnaît l'avoir prise pour ne pas laisser de trace.

— Il a tout avoué alors ?

— Oui, sauf l'essentiel : la raison de sa présence.

Mathilde s'approcha de l'inconnu. Il leva la tête. Son visage amaigri faisait ressortir ses pommettes saillantes, ses yeux gris semblaient presque sans pupille, même ses lèvres se réduisaient à un trait pâle. Il n'était plus un homme, mais son souvenir.

— Depuis quand es-tu dans l'oratoire de la princesse ?

— Je ne me souviens pas.

En se penchant, Mathilde vit qu'il avait deux cicatrices en forme de trous rapprochées au niveau du poignet.

— Il a aussi une blessure au flanc gauche, intervint Nogaret, qui remonte jusqu'à la clavicule.

Mathilde posa sa main sur l'extrémité de la cicatrice.

— Comment as-tu été blessé ?

L'inconnu secoua la tête.

— Je n'ai pas été blessé... J'ai été tué.

Nogaret frappa le plancher de sa botte.

— C'est ce qu'il ne cesse de répéter !

— On connaît son nom ?

— Lui-même ne le sait plus. En revanche, il prétend connaître la reine de Navarre. Il affirme que quand il s'est réveillé, elle l'a recueilli.

— *Réveillé ?*

Brusquement l'inconnu se mit à parler.

— La lance du destin, elle m'a frappé... et mon cheval est tombé... les cadavres sur moi... l'odeur de la mort... la nuit sans fin... la forêt des morts... le goût de la chair dans la bouche...

Mathilde supposa que l'inconnu revivait une scène de sa vie. Avait-il eu un accident de chasse ? S'était-il blessé avec une lance en chutant de cheval ? Mais que venaient faire alors les cadavres ? Cette *odeur de mort* ? Et, plus troublant encore, *ce goût de chair dans la bouche* ? L'inconnu reprit :

— Puis j'ai été réveillé... les murs... le château... et je me suis enfui.

Les mots semblaient tomber de sa bouche comme des cailloux dans un puits sans fond. Nogaret s'adressa à Mathilde.

— J'ai rédigé une description de son visage, la plus précise possible. Il a un défaut à l'oreille droite. Elle est coupée en biseau et parfaitement cicatrisée. Sans doute un accident de jeunesse.

— Tu comptes que quelqu'un le reconnaisse ?

— Mon secrétaire est en train de réunir tout le personnel du Châtelet. Si c'est un fou, il a peut-être déjà été arrêté.

Mathilde tentait de comprendre. Qu'est-ce qui avait pu pousser Marguerite à recueillir cet homme et à le protéger ? Quel secret pouvait-il y avoir entre eux pour qu'elle prenne le risque de ruiner sa réputation ?

— Et s'il jouait la comédie pour protéger la princesse ? S'il était son amant ? demanda-t-elle. Peut-être que son délire, sa perte de mémoire, ne sont qu'invention pour nous égarer ?

Nogaret haussa les épaules.

— Regarde son état. Il n'a plus que la peau sur les os ! Quelle femme voudrait d'un tel amant ?

— Une femme qui l'aime, justement ! Imagine qu'il soit un de ses amours passés. Elle le retrouve, le recueille, le protège...

Le garde des Sceaux fixa l'inconnu. Et si Mathilde avait raison ?

— Dans ce cas, je dois savoir. Et il n'y a qu'un moyen.

Nogaret se dirigea vers une barre en bois qui traversait le mur et la fit pivoter vers le haut.

— Je suis né dans le Lauragais, près de Toulouse, une région où il y a beaucoup de moulins sur les collines. Je sais comment ils fonctionnent. Là, je viens de débloquer le levier qui maintenait les ailes immobiles. Le vent va commencer à les faire tourner.

Un lourd grincement se fit entendre. Mathilde leva les yeux. Le sommet du moulin commençait à pivoter entraînant avec lui l'axe central, qui se mit à gémir. Nogaret fit lever l'inconnu.

— Une dernière fois, qui es-tu ?

Le lourd engrenage, au milieu de la pièce, commença à tourner.

— Je ne sais pas.

— Tant pis pour toi !

Guillaume saisit la main de l'inconnu et la plaça juste au-dessus des dents voraces.

— Tu vas d'abord perdre un doigt, puis deux... par le sang du Christ, je jure que la mémoire va te revenir !

— Messire !

La voix du secrétaire retentit dans l'escalier. Son visage, ruisselant de sueur, apparut.

— Nous savons qui il est !

Nogaret rejeta l'homme sur le sol.

— Il s'appelle Jean de Branan. Il a été élevé à la cour de Bourgogne en même temps que dame Marguerite.

Stupéfait, Guillaume se tourna vers Mathilde.

— Son amant, c'est son amant de jeunesse... Tu avais raison.

Le secrétaire s'approcha.

— Un de nos hommes, qui était à la bataille de Courtrai, l'a parfaitement reconnu. Jean de Branan y commandait un contingent bourguignon.

Nogaret se pencha vers celui qui tremblait désormais de tous ses membres.

— Tu ne sais pas ce qui t'attend ! Tu aurais mieux fait de mourir à Courtrai !

Le secrétaire toussa.

— Justement, messire...

Mathilde se figea.

— ... Jean de Branan est mort. Mort à la bataille de Courtrai.

43.

Paris, auberge des maraîchers
10 avril 1309

Draco avait posé l'étui droit sur la table. Il regardait les sceaux de cire frappés du blason des Mornay. Dire que tout avait commencé par le cadavre d'une sorcière trouvé sous un tas d'ordures, pour aboutir à une jeune femme, revenue d'entre les morts. Et que le seul point commun entre elles était une plante maudite. La belladone. *La cerise noire*. À la vérité, l'ancien croisé n'y comprenait rien. C'était comme suivre une piste en aveugle. Seulement Charon le devançait sur cette piste. Toujours. À moins que... Draco fixa l'étui scellé. Cette fois, c'est lui qui avait de l'avance. Il lui suffisait de prendre l'étui, de briser les sceaux et il saurait ce que Mornay avait voulu cacher.

Il n'hésita plus. D'un geste brusque, il arracha les sceaux et secoua l'étui. Un parchemin roulé apparut qu'il déplia aussitôt.

La déception ne se fit pas attendre. Lui qui espérait une confession de Mornay n'y trouva que cinq lettres à la verticale suivies de mots, certains presque effacés.

***A**d*
***L**ucem*
***C**ampionem*
***O**rientis*
***R**egit*

Les initiales formaient le mot ALCOR, celui dont lui avait parlé le chanoine à propos de la sorcière.

Pour le reste, Draco pesta : il ignorait le latin.

Au verso, il reconnut dans un dessin à l'encre délavée la fresque du château de la Chasse. Le même enchevêtrement de racines qui plongeaient dans les cadavres, les mêmes corps nus qui grimpaient le long du tronc, les mêmes branches dont l'extrémité avait la forme d'un champignon... Comme si Mornay avait dessiné un modèle avant de le faire peindre sur la cheminée de la grande salle.

Draco remit le manuscrit dans son étui. Il devait rejoindre le Châtelet au plus vite. Pour la première fois, il avait l'impression d'être sur la véritable piste, celle où tout allait s'éclairer. Et cette jeune femme qu'il avait sortie de l'enfer du château de la Chasse allait l'aider, il en était sûr. La porte s'ouvrit.

— Messire Draco ?

L'ancien croisé se retourna.

— Comment connaissez-vous mon nom ?

Il n'eut pas de réponse, mais un coup violent à la tempe le fit rouler au sol. À nouveau, il sombra dans son cauchemar.

44.

Paris, hôtel de Nesle
10 avril 1309

Enveloppée dans un châle, Marguerite regardait la Seine battre le flanc des quais. Gonflé de la fonte des neiges d'hiver, le fleuve charriait une eau noire qui semblait aussi pesante que du plomb. Marguerite frissonna. Encore quelques heures à patienter et elle quitterait Paris. À la surprise générale, elle avait annoncé son désir de faire retraite à Maubuisson. Une décision qui avait eu l'approbation immédiate du roi, d'autant que Marguerite avait indiqué qu'elle comptait dédier cette retraite à la Vierge afin d'avoir un enfant. Stupéfait, Louis n'avait pu qu'accepter. Marguerite respirait mieux. Ni le roi ni son mari ne lui avaient parlé de ce qui s'était passé à l'hôtel de Nesle. Nogaret avait tenu parole.

— Allons pressons ! Je veux partir au plus vite.

Marguerite claqua des mains. Les servantes s'affairaient autour des coffres.

— Aurez-vous besoin de mes services, Madame ?

La reine de Navarre se retourna. Les yeux baissés, Mathilde se tenait devant elle.

— Que voulez-vous que je fasse de vous dans un couvent ? Disparaissez, vous m'encombrez !

— Madame ne veut pas prendre de livre pour sa retraite ?

Marguerite se demanda si sa lectrice n'était pas devenue idiote. Et puis, elle s'habillait toujours aussi mal. Dès son retour, elle la chasserait.

— J'ai pourtant un très bon livre, reprit la jeune fille. Il raconte les exploits d'un chevalier. Un chevalier revenu d'outre-tombe.

— Pourquoi diable voulez-vous que...

La suite se figea dans la gorge de la princesse. Elle leva un regard effaré sur Mathilde qui continua :

— Le chevalier s'appelle Jean de Branan. Un beau nom pour un ressuscité.

Les servantes avaient été priées de sortir. Comme une bête traquée, Marguerite s'était réfugiée dans l'angle le plus sombre de la chambre.

— C'est Nogaret qui vous envoie ?

— Jean de Branan a reconnu avoir tué votre intendant, ce qui vaut peine capitale, mais, plus grave, il a reconnu avoir vécu caché dans votre oratoire... C'est un crime de lèse-majesté : pour lui, cela signifie la mort sur la roue, pour vous...

Mathilde laissa volontairement la phrase en suspens.

— Que voulez-vous ?

— Des réponses. Quand et comment avez-vous revu Jean de Branan ?

Marguerite respira longuement.

— C'était avant Pâques. Alors que je rentrais du palais du roi, j'ai trouvé, à la porte de l'hôtel de Nesle, une bande de miséreux. Mes gens les ont chassés mais l'un d'eux a roulé au sol. En se relevant, sa capuche est tombée sur ses épaules et je l'ai reconnu.

— C'était Jean de Branan ?

— Au début, je n'étais pas sûre. Arrivée dans ma chambre, j'ai couru à la fenêtre. Les gueux avaient disparu, mais pas lui. Il s'était assis contre un môle et fixait l'entrée de l'hôtel. Il est resté là tout le jour. Le soir, j'ai voulu en avoir le cœur net, je suis descendue sur le quai.

— Vous aviez un moyen de le reconnaître avec certitude ?

— Oui. Adolescent, il avait eu l'oreille tranchée lors d'un accident de chasse. Et puis, je savais qu'il avait été frappé d'un coup de lance à la bataille de Courtrai... J'ai touché ses blessures, il n'y avait pas de doute, c'était lui.

— Et qu'un mort ressuscite ne vous a pas troublée ?

— Le Christ a bien redonné vie à Lazare ? Pourquoi Dieu n'aurait-il pas fait de même pour l'homme que...

Elle n'acheva pas sa phrase.

— Vous avez été élevés ensemble, n'est-ce pas ? demanda Mathilde.

Comme si elle se sentait soupçonnée, Marguerite haussa le menton.

— J'ai été élevée pour être reine, pas pour être heureuse. Vous savez tout. Maintenant, partez.

— Je n'ai pas fini. Durant les jours que vous avez passés avec lui, a-t-il dit comment il a été *réveillé* ?

— Il répétait juste qu'il s'était enfui. À part ça, il ne se souvenait de rien. Seulement de mon nom, même pas du sien. Ce n'est plus Jean de Branan, c'est son ombre.

Mathilde repensa aux étranges paroles prononcées par le *ressuscité* lors de l'interrogatoire du moulin.

— Vous a-t-il parlé d'un amoncellement de cadavres, d'une *nuit sans fin*, de *forêt des morts*...

Marguerite secoua nerveusement la tête. Elle était excédée.

— ... du *goût de chair dans la bouche* ?

— Une fois il a dit : *j'ai mangé la chair du diable*, mais c'était du pur délire. Maintenant, disparaissez. Je dois me rendre à Maubuisson.

Mathilde secoua la tête avant de tendre la main.

— Avant, je veux voir l'oratoire.

La reine de Navarre ricana.

— Il est ouvert. Votre ami Nogaret a gardé la clé.

La chanoinesse poussa la porte. La chapelle privée était plus vaste que prévu. Une paillasse était posée devant l'autel et des reliefs de repas jonchaient le sol. Dans une niche s'entassaient des débris de chandelles. En face se trouvait l'armoire murale. Elle était close d'une porte de fer. Mathilde ressortit.

— Je dois accéder à l'endroit où sont rangés les objets du culte.

Marguerite eut un sourire de mépris, mais envers elle-même. Désormais, elle était dans la main de Nogaret. Elle ouvrit un coffret et tendit une clé.

— Soyez maudits, vous et votre maître !

Mathilde ne répliqua pas. Elle devait absolument vérifier. Elle revint dans la chapelle, fit tourner la clé dans la serrure, tira la porte de fer...

La relique de saint Louis, celle détenue par Marguerite, était là.

Elle n'avait jamais bougé.

Celle qui avait disparu de l'hôtel de Nesle, c'était la relique de Louis.

45.

Paris, le Châtelet
10 avril 1309

Artus se lava les mains. Il venait de frotter les tempes de la fille du seigneur de Mornay avec un onguent qui fluidifiait le sang. Avec de la chance et l'aide de Dieu, elle reprendrait bientôt connaissance. En attendant, il l'avait à nouveau examinée et, à part les deux cicatrices récentes au poignet, il n'avait rien trouvé de plus. La seule certitude était qu'on lui avait fait ingérer de la belladone.

— J'ai soif.

L'herboriste saisit une cruche et fit couler un filet d'eau entre les lèvres de la jeune femme.

— Où suis-je ?

— Au Châtelet, sous la protection du garde des Sceaux, Guillaume de Nogaret.

— Comment suis-je arrivée ici ?

— Draco, un des hommes de confiance de Nogaret, vous a trouvée dans la crypte du château de la Chasse.

— Et mes parents ?

— Eux aussi étaient dans la crypte, mais morts. Du mal noir.

La jeune femme toussa.

— J'ai senti une violente douleur dans la main...

— Votre château a été attaqué par des pillards. L'un d'eux a voulu vous voler une bague et a entaillé un de vos doigts. La douleur vous a...

Artus hésita. Que devait-il dire : *réveillée* ou *ressuscitée* ?

— J'étais dans une tombe ?

— Oui.

— J'étais morte ?

— Je ne sais pas.

Pour que Draco le rejoigne dès son arrivée, Artus avait indiqué au corps de garde qu'il se trouvait dans la chapelle du Châtelet. Un endroit fort peu fréquenté, puisque c'était là que les condamnés à mort passaient leurs derniers moments avant d'être conduits place de Grève. La jeune femme s'était assise sur un banc, son corps frêle adossé au mur. Sa pâleur était cadavérique et ses pieds tressautaient sur le dallage.

— Quel est votre prénom ? demanda Artus.

— Anna.

— Avant qu'on ne vous retrouve dans la crypte, de quoi vous souvenez-vous ?

— D'un cauchemar. J'étais dans ma chambre et j'ai rêvé qu'une bête immonde me poursuivait. Elle avait un corps d'écaille et rampait derrière moi. J'ai voulu lui échapper, j'ai crié... et mon père est apparu près de moi.

— Que voulait-il ?

— Mon poignet saignait. Il m'a dit que je m'étais blessée en rêvant et, pour apaiser la douleur, il m'a donné une pâte à mâcher.

Artus ouvrit le sac de cuir dans lequel il avait recueilli les croûtes retrouvées sur les lèvres de la sorcière.

— Une pâte qui avait cette odeur ?

Anna s'avança, puis recula méfiante.

— Comment le savez-vous ?

— C'est de la belladone, une plante qui, mélangée à une autre substance, peut avoir des effets aussi terribles qu'inconnus.

— Mélangée... mais à quoi ?

Artus lui prit la main dont il dégagea le poignet.

— À la morsure d'un serpent, par exemple.

Draco sentait la rage monter en lui. Il s'était fait avoir comme un jouvenceau. Fasciné par le parchemin, il avait baissé la garde et on l'avait agressé. Bien sûr, quand il avait repris conscience, l'étui et son contenu n'étaient plus là. Heureusement, il se souvenait parfaitement de ce qui y était écrit ainsi que du dessin. S'il n'avait plus ce temps d'avance-là sur ceux qui poursuivaient le même but que lui, restait la fille du sire de Mornay. Tout reposait sur elle. Elle était le témoin clé, celle qui pouvait apporter la lumière au cœur des ténèbres. Draco pressa le pas. Il avait hâte de l'interroger. Désormais, entre lui et Charon, le duel était à mort. Il s'arrêta pour souffler. La colère lui coupait la respiration. Comment Charon l'avait-il retrouvé ? Probablement en le faisant suivre. Et il ne s'était aperçu de rien ! Il lui faudra à l'avenir se méfier de tout. Il leva les yeux. La tour du Châtelet s'élançait au-dessus des toits. Encore quelques rues, et la jeune femme qu'il avait sauvée serait devant lui et il savait la question qu'il allait lui poser.

Une fois encore, Anna secoua la tête. Elle toussa violemment et gratta sa blessure au poignet.

— Je ne sais rien des fréquentations de mon père. Quand il recevait ses invités dans la grande salle, je devais rester dans ma chambre. C'était la règle.

L'herboriste insista.

— Il ne vous a jamais parlé de ses recherches ?

Anna eut un regard étonné et frissonna.

— Tout ce que je sais, c'est que, depuis son retour de Courtrai, mon père avait changé. Il était devenu secret. Il passait beaucoup de temps seul.

— Vous saviez qu'il s'intéressait aux plantes du marais ?

— S'il allait dans les marais, c'était pour chasser.

— Avec Louis, le fils du roi ?

— Ce sont les servantes qui m'ont dit qu'il était venu.

À son tour, Artus secoua la tête. Les réponses sibyllines d'Anna ne le menaient nulle part. Il regarda la jeune femme, elle était de plus en plus pâle. Étaient-ce les questions qui la perturbaient ou son état qui s'aggravait ?

Un bruit de pas le fit se tourner vers la porte. Draco entra, le visage tuméfié. Artus s'avança pour l'examiner.

— Qu'est-ce qui t'est arrivé ?

— Une mauvaise rencontre.

Avant que Draco ne s'approche de la jeune femme, l'herboriste le prit à part.

— Elle s'appelle Anna. Ce que j'ai pu déduire, c'est que son père lui a donné de la belladone et l'a fait mordre par un serpent...

— Mais pourquoi ?

— Sans doute pour que le venin interagisse avec les propriétés de la plante. C'est ainsi qu'elle a franchi les portes de la mort. En revanche, elle ne sait rien des secrets de son père.

— Elle ne sait rien ou elle ne dit rien ?

Draco s'installa sur le rebord du banc et fixa Anna qui frissonnait toujours.

— Je n'ai qu'une seule question et je veux une réponse. Que sais-tu de la fresque sur la cheminée de la grande salle du château ?

Le tutoiement et le visage tuméfié du croisé inquiétèrent Anna qui se sentait très faible.

— C'est mon père qui l'a fait réaliser. Un peintre, venu des Flandres, a passé plusieurs semaines au château.

— C'est aussi ton père qui a décidé du motif ? les cadavres, l'arbre...

— Oui, il a même dessiné le modèle.

Le cœur de Draco sonna contre sa poitrine. Le dessin sur le parchemin ! Il saisit les mains d'Anna. Elles étaient glacées.

— Écoute-moi bien. Je veux savoir ce que signifie cette fresque.

— Je l'ignore.

L'ancien croisé lui serra les poignets.

— Tu ne sais rien... tu ne te souviens de rien...

Anna toussa, puis balbutia.

— Le peintre... il a proposé des modifications... mon père a refusé... il voulait que ce soit comme le modèle... mon père disait que tout devait obéir au nombre.

— Quel nombre ?

— Je ne sais pas.

Draco s'énerva. Cette fille racontait n'importe quoi. Il colla son visage contre le sien.

— Le mieux serait qu'on te remette dans ta tombe et qu'on n'entende plus jamais parler de toi. Après tout, tu es déjà morte pour tout le monde.

Il sentait le pouls d'Anna s'emballer sous ses doigts.

— Vous ne pouvez pas faire ça !

À son tour, Artus se fit menaçant.

— On pourrait aussi te remettre à l'Inquisition. Tu leur expliqueras que tu as ressuscité d'entre les morts, comme le Christ. D'abord, ils te tortureront, ensuite ils t'accuseront d'hérésie, de sorcellerie, puis ils te brûleront vive.

Les yeux d'Anna devinrent vitreux. Draco la secoua.

— Parle-moi de cette peinture ! Pourquoi les racines de l'arbre plongent dans des cadavres, des cadavres de soldats ?

— Je ne sais pas !

— Pourquoi des hommes grimpent le long du tronc ?

— Je ne sais pas !

— Pourquoi cet arbre a pour fruit un champignon ?

Anna ne répondit pas. L'ancien croisé lui saisit à nouveau les poignets.

— Tu vas parler, tu vas...

Brusquement Draco s'arrêta.

— Je ne sens plus son pouls !

Le corps d'Anna plongea en avant. Artus se précipita pour entendre son cœur. Il releva la tête.

— Cette fois, elle ne parlera plus.

46.

Paris, hors les murs
11 avril 1307

Les cavaliers surgirent du bois. Deux. Une large capuche ensevelissait leurs visages. Seule la lune argentée leur permettait de voir le chemin qui serpentait à travers la lande. D'instinct, les chevaux s'étaient rapprochés d'un long mur que surplombait la masse trapue d'une église. Une cloche sonna.

— Il est l'heure des vigiles[1]. Les moines vont se lever pour aller prier.

Le Maître ne s'en soucia pas. Le monastère[2] abritait des Chartreux qui avaient fait vœu de silence. Même s'ils entendaient un bruit inhabituel, ils ne parleraient pas. Le pas des chevaux ralentit et les fers raclèrent de la rocaille. De chaque côté de la sente s'étendaient des rangées de ceps noueux qui grimpaient jusqu'à la lisière d'un taillis. Le Maître éperonna sa monture. Il n'aimait pas chevaucher en milieu découvert. Encore moins de nuit. Bientôt, il atteignit le rebord du plateau.

— Maître ?

Son compagnon se retourna et, d'un geste, montra Paris qui se dévoilait devant eux. Sous la lumière de la

1. Après minuit.
2. Ce monastère, détruit à la Révolution, se situait à l'emplacement du Jardin du Luxembourg.

lune, les vastes toitures de Notre-Dame et du Louvre étincelaient comme des chandeliers plantés en pleine ville. La Seine, elle, semblait un ruban d'argent qui enserrait la cité. Le Maître posa les yeux sur l'île de la Cité. C'est là que résidait Philippe le Bel, dont la demeure regardait vers la tour de Nesle. Au midi[1] du palais se trouvait le quartier de la Sainte-Chapelle où résidait l'envoyé du pape, au septentrion, le Grand Châtelet, la tanière de Nogaret. Le Maître serra le poing tant était grand son désir de tenir tous ses ennemis dans sa main. Il ravala sa haine. Le roi Philippe, son fils Louis, Duèze, Nogaret, tous croyaient en avoir fini avec le Temple et aucun ne soupçonnait que le ver était dans le fruit. Un bruit sourd lui fit détendre son poing : son compagnon venait de mettre pied à terre.

— Nous sommes arrivés.

À travers les taillis, le Maître aperçut des débris de murs, des voûtes effondrées, et la base ruinée d'une tour.

— Voici l'ancien château de Vauvert. On le dit hanté par le diable, raison pour laquelle les terres sont à l'abandon. Les moines redoutent le Malin.

Une pierre plate renversée dissimulait un boyau à peine assez large pour laisser passer un homme.

— Le château est construit sur d'anciennes carrières où personne ne se risque plus.

Le Maître avait demandé à ses frères de trouver un lieu à la discrétion absolue pour renouer avec leurs cérémonies initiatiques.

— C'est dans une de ces carrières que nous avons reconstitué le Temple, celui hérité de Salomon[2] et que les impies ont détruit.

À son tour, le Maître descendit de cheval. Un arbre masquait la lune et l'obscurité devenait plus dense. Il avait hâte de trouver un refuge, mais pas pour lui, pour l'Ordre.

1. Au sud.
2. À Jérusalem, les Templiers s'étaient installés à l'emplacement de l'ancien temple de Salomon, d'où leur nom.

Après l'arrestation des dignitaires du Temple, il était le dernier à connaître la Légende. Si on l'arrêtait, la parole en serait perdue. Il était temps qu'il parle, qu'il transmette.

Que la quête reprenne et que la vengeance emporte tout.

Ils marchèrent, courbés dans le boyau, éclairés par un flambeau dont l'ombre vacillait sur les parois humides. Le sol était encombré d'éclats de pierre qui rendaient la marche difficile. À part les frères, personne ne s'était aventuré dans cette galerie depuis des décennies. Levant les yeux, le Maître aperçut des racines qui pendaient dans l'air glacé. Elles avaient dû creuser la roche, patiemment, pendant des années. Invisibles et impitoyables comme lui.

— Nous sommes arrivés, Maître.

Le boyau débouchait sur une large salle circulaire éclairée par des lampes à huile disposées dans des niches de pierre. Au centre, un autel était dressé, recouvert d'un drap noir. Sur la paroi de gauche était sculptée la croix du Temple. Juste en face, gravé dans la pierre, le Maître reconnut le visage de Jacques de Molay, le dernier chef des Templiers. Une veilleuse éclairait ses traits marqués et sa longue barbe tourmentée. Un saint, pensa le Maître, arrêté, emprisonné, torturé et bientôt promis au bûcher. Mais son martyre ne sera pas vain. Il se retourna.

Les six frères se tenaient devant lui. Il n'en choisirait que deux pour être initiés à la Légende. Pas *un*, parce que le secret pouvait se perdre, pas *trois*, de peur d'une trahison, mais *deux*. Si l'un venait à disparaître, le dernier pourrait transmettre à son tour.

— Mes frères, j'ai fait mon choix. Tournez-vous.

Chacun connaissait la *marque* qui allait les distinguer, mais nul ne saurait jamais qui avait été choisi. Le Maître posa lentement la main sur l'épaule de chacun de ses frères, puis ordonna la dislocation. Une fois dehors, ils devaient partir dans des directions différentes et ne pas se retourner. Seuls ceux dont l'épaule avait été touchée trois fois rebrousseraient discrètement chemin. En attendant, le Maître se plaça devant le visage de Jacques de Molay et s'abîma dans une intense prière muette.

Désormais, il n'y avait plus qu'à attendre.

Un bruit de pas l'arracha à sa méditation. Tête nue, les futurs initiés se tenaient devant lui.

— Chevalier, quel est ton nom ?

— Aymeri de Copiac.

— Et le tien ?

— Richard Engayn.

— Prenez place de chaque côté de l'autel et posez votre main sur le drap noir.

Les deux chevaliers s'exécutèrent. Ils sentirent un objet ovale et froid sous leur paume.

— La Légende n'en est pas une. La Légende est vérité. De tout temps, les initiés l'ont connue. Elle est la face secrète des religions, la parole cachée des sagesses, et elle ne s'est jamais perdue. Ni la violence des hommes ni la colère des dieux n'ont réussi à en briser la chaîne invisible.

Le Maître montra le drap noir.

— Le premier maillon est dessous. Bientôt, il vous appartiendra, mais d'abord vous devez connaître la Légende et *que ceux qui ont des oreilles pour entendre, entendent*[1] !

Le Maître se plaça devant l'autel, leva les mains vers la voûte de pierre et dit :

— « En septembre 1229, cent ans après la création de l'Ordre, des croisés venus de toute l'Europe débarquèrent sur l'île de Majorque, alors sous le joug des Sarrasins. L'armée des Infidèles les attendait sur la plage, et la mêlée fut immédiate : les corps jonchèrent bientôt le sable qui devint rouge comme le sang. En première ligne, nos frères montaient inlassablement à l'assaut, récoltant la vie, semant la mort. Le combat fut des plus intenses, la violence des plus terribles, mais Dieu décida du sort des armes et la victoire nous fut accordée. »

Le Maître baissa les bras en signe de deuil.

1. Évangile selon saint Luc (Lc 8:8).

— « Jamais on ne vit autant de morts. Des Infidèles, il ne restait que des cadavres, des croisés que des cris de deuil. Parmi les frères du Temple, seuls trois avaient survécu, mais Dieu ne nous avait octroyé la victoire que pour la reprendre aussitôt. Né des morts innombrables, le Mal fit son apparition. Et tous ceux que le fer n'avait pas fauchés virent leur chair tomber en haillons, leurs os se détacher du corps et la mort leur dévorer jusqu'au visage. »

Le Maître croisa les bras sur sa poitrine.

— « Poursuivis par le Mal qui dévorait les villes et blanchissait les campagnes d'ossements, les trois chevaliers du Temple fuirent vers une région escarpée, loin des hommes. Des jours durant, ils marchèrent, la faim au ventre, la peur au cœur, longeant la côte jusqu'à trouver une crique oubliée, une source pure et une grotte profonde. Mais ils n'étaient pas seuls, un Infidèle les avait précédés. L'étranger était gravement touché, et ses jours, comptés. Pourtant il ne semblait pas craindre la mort. Tout au contraire. De lui émanait une certitude absolue et, plus la fin s'annonçait, plus elle paraissait renforcée. Seul lui importait qu'un rituel soit accompli à l'instant où il passerait de vie à trépas. Un rituel en trois maillons. Si les chevaliers du Temple s'engageaient à le pratiquer, il leur en révélerait le secret. Les trois frères acceptèrent. Et ainsi naquit la Légende. »

Le Maître s'avança vers l'autel.

— Cette nuit, vous connaîtrez le premier maillon. Ôtez le drap.

Une urne de basalte noire apparut. Le Maître fixa les deux néophytes.

— En cet instant, vous devez accepter de mépriser la peur, le promettez-vous ?

— Nous le promettons.

— En cet instant, vous devez accepter de défier la mort, le jurez-vous ?

— Nous le jurons.

Le Maître s'approcha de l'urne et en ôta le couvercle. Un sifflement lui répondit. Il se tourna vers les deux chevaliers.

— Plongez votre main.

Sans hésiter, ils obéirent.

— Et ne la retirez pas.

Le Maître vit les visages se déformer et un hurlement muet se dessiner sur leurs lèvres.

— Maintenant, ôtez vos mains.

Sur chacune, la morsure resserrée des deux crocs apparut. Le Maître plongea à son tour la main dans l'urne et en retira un serpent qui, raidi dans la mort, formait un cercle parfait. Il le posa au sol.

— Le premier maillon est la morsure du serpent Ouroboros, elle va vous conduire aux portes de la mort.

Aymeri voulut parler, mais ses jambes cédèrent. Il s'effondra sur le sol.

Richard tenta, lui, de s'agripper à l'autel, mais il glissa à son tour. Le Maître se pencha et observa les pupilles qui s'étaient rétractées jusqu'à n'être plus qu'une tête d'épingle. Le venin du serpent faisait son effet.

Il se rappela le jour où il avait été jugé digne de connaître le premier maillon. Depuis, l'Ordre avait disparu, ses frères avaient été emprisonnés ou tués. Mais le Temple était sur le point de ressusciter.

Le rituel aux trois maillons, pensa le Maître, le secret pour revenir d'entre les morts. Il en connaissait deux – le venin du serpent Ouroboros et la belladone –, mais le troisième s'était perdu quand l'Ordre avait été abattu. Durant deux années, le Maître n'avait cessé de le chercher jusqu'au jour où un ancien frère, tombé dans la pratique de la sorcellerie, lui avait parlé du sire de Mornay. Dans son château, ce seigneur multipliait les expériences étranges et rassemblait ensorceleurs et nécromanciens. Lui aussi cherchait le secret pour échapper à la fatalité du trépas. Le Maître n'avait jamais pu savoir d'où lui venaient ses connaissances : où les avait-il volées ? En tout cas, dans son château se pressaient ensorceleurs et autres nécromanciens qui tentaient de faire revivre des morts. On disait même qu'ils y seraient parvenus et que l'une de leurs créatures aurait réussi à s'échapper...

C'est quand il avait appris que le seigneur de la Chasse faisait usage de *la cerise du diable,* que le Maître en avait déduit qu'il cherchait aussi le secret du *rituel des trois maillons.* Et qu'il avait décidé d'enlever la sorcière qui fréquentait le château. Ses aveux à Notre-Dame l'avaient convaincu qu'il avait vu juste.

Mais désormais, il avait une nouvelle piste.

Il posa l'étui aux sceaux brisés sur l'autel.

Aymeri fut le premier à se relever. Il grimaça de douleur et balbutia :

— J'ai soif.

Richard gémit et ouvrit les yeux. Lui avait la langue trop sèche pour parler.

— Vous venez de connaître le premier maillon, mais votre quête ne fait que commencer.

Les deux chevaliers se levèrent en se frottant les poignets.

— Que devons-nous faire ?

Le Maître sortit le parchemin et lut le texte en latin. Cinq lettres.

— ALCOR : *Ad Lucem Campionem Orientis Regit*.

L'encre des mots *Campionem* et *Orientis* avait pâli, rendant le déchiffrage incertain, mais il traduisit :

— *Le champignon d'Orient mène à la lumière*. Voici le dernier maillon que nous devons trouver...

Il retourna la feuille de parchemin et montra le dessin.

— ... et voilà où il se cache.

ALCOR

De la pourriture
L'homme fera sa nourriture,
Alors naîtra une nouvelle nature

La complainte des Ressuscités

47.

Paris, palais de la Cité
12 avril 1309

Nogaret sortit du Châtelet et tourna immédiatement vers le Grand Pont. Une escorte discrète le précédait, suivie d'une autre. Une protection nécessaire quand on s'apprêtait à en finir avec les Templiers. C'est en effet pour cela qu'il se rendait auprès du légat Duèze. Ce dernier lui avait donné rendez-vous à la Sainte-Chapelle, pendant la messe à laquelle assisteraient le roi et sa famille. Guillaume pencha la tête pour éviter le vent froid qui montait de la Seine. Une sourde tension l'animait. En quelques heures, deux *ressuscités* venaient de surgir dans Paris. L'une jaillie de la crypte du château de la Chasse, l'autre, de l'oratoire de Marguerite de Navarre. Une coïncidence improbable qui, si elle devenait publique, risquait d'ébranler tout le royaume. D'ailleurs, Nogaret ne savait toujours pas comment il allait révéler au roi que sa bru cachait un homme dans son oratoire et que son fils aîné avait sans doute troqué une relique sans prix contre un adjuvant pour retrouver sa virilité. Il lui serait également difficile de passer sous silence le fait que l'homme dans l'oratoire était mort, mais vivant, et la femme retrouvée vivante dans sa tombe, désormais morte. Nogaret ferma les yeux. Le scandale pouvait tout emporter. Voilà pourquoi, il avait décidé que les protagonistes de cette affaire devaient disparaître tout de suite de Paris. Sous la garde d'Artus, Draco et Mathilde, les deux *ressuscités* avaient été mis au secret dans l'abbaye de Maubuisson. Comme la reine de Navarre y était déjà, personne ne soupçonnerait leur présence. Nogaret aperçut la flèche de la Sainte-Chapelle. Duèze l'attendait. Il devait impérativement obtenir la dissolution de l'ordre du Temple par la papauté car, désormais, il avait un autre problème vital à régler.

Le légat Duèze s'était installé sur la tribune qui dominait la nef de la Sainte-Chapelle. Le roi, par souci d'humilité, s'était réservé une place dans le chœur et les courtisans avaient tenu à l'imiter. Un endroit parfait pour négocier en toute discrétion, songea Duèze en regardant la famille royale prendre place. Les trois fils du monarque étaient présents, mais en ordre dispersé. Louis s'était assis près de Charles de Valois avec lequel il discutait avec ardeur. Duèze avait bien saisi l'influence de l'oncle sur son neveu. Si Louis devenait un jour roi, Charles serait le véritable maître du royaume. Il avait bien fait de lui rendre visite en premier. Il tourna la tête vers le côté gauche de la nef. Les brus du roi étaient au premier rang, mais M. Duèze n'en compta que deux : Marguerite était absente. Le légat du pape ferma les yeux et pria. Comme il égrenait les paroles du *Pater Noster*, il pensa à la surprise qu'il avait préparée pour Nogaret. De quoi changer le cours de la négociation. Certes le procédé ne brillait pas par son exemplarité morale, mais, quand on défend les intérêts de Dieu, le mal n'existe pas.

Charles de Valois regardait la tête couronnée de son frère et un serpent invisible lui creusa le ventre. Il se pencha vers Louis.

— J'ai ouï dire que les hommes de Nogaret avaient investi le château de la Chasse, qu'ils l'ont fouillé de fond en comble. J'espère, mon neveu, que vous n'aviez rien laissé là-bas qui puisse donner la preuve de vos visites.

Louis haussa les épaules.

— Fi donc, mon oncle, vous me prenez pour un fol ?

L'arrogance de son neveu exaspéra Valois, mais il se contint.

— Que Dieu m'en préserve, c'est seulement que votre réputation m'est chère. Vous m'avez parlé d'un secret que le sire de Mornay vous aurait dévoilé, j'espère que vous ne l'avez pas payé trop cher.

Louis balbutia.

— Vous savez bien pourquoi... j'en avais besoin... et d'ailleurs, le sire de Mornay ne m'a point trompé... grâce à lui... j'ai...

— Est-ce là la raison de l'absence de la reine de Navarre, demanda fielleusement Charles, l'avez-vous à ce point épuisée ?

Le fils aîné du roi devint écarlate.

— Louis, vous devez me dire ce que le seigneur de Mornay vous a révélé. On l'accuse de sorcellerie dans tout le pays et Nogaret a lancé une enquête sur ses agissements. Il ne sera pas long à découvrir la vérité, et alors, vous serez dans sa main.

— Mais Mornay ne m'a rien révélé : il m'a donné ce qui m'a fait retrouver ma virilité.

— En échange de quoi ?

Louis murmura à l'oreille de son oncle.

— Je lui ai cédé...

L'évêque de Paris entra dans la chapelle. Toute l'assistance se leva, sauf le roi. La réponse de Louis se perdit dans le vacarme.

Mais pas pour Valois.

La relique de saint Louis ! Si le roi l'apprenait, il le déchoirait en même temps que Louis. À jamais.

Sous sa barbe, son visage s'éteignit comme une chandelle soufflée par le vent.

Le visage fermé, Nogaret entra dans la tribune de la Sainte-Chapelle. Duèze n'était pas seul, à ses côtés se tenait un franciscain.

— La bienvenue, messire de Nogaret, j'avais hâte de vous voir. Comme vous le savez, le Saint-Père m'a chargé de la délicate mission d'enquêter sur l'ordre du Temple afin de statuer sur son avenir.

— J'ai la certitude que votre enquête ne fera que confirmer la mienne. Les templiers sont hérétiques, parjures et sodomites.

— Certes... certes... messire Nogaret... mais la mission sacrée de l'Église est d'abord de sauver les âmes.

— Si ce sont leurs âmes que vous voulez, je vous les abandonne. Leurs biens par contre resteront la propriété du roi.

— Vous savez comme moi que les biens du Temple ne vous appartiennent pas. Ils appartiennent à Dieu. Voulez-vous affronter Dieu, monsieur le garde des Sceaux ?

Nogaret faillit rétorquer qu'il avait déjà défié un pape, mais il se contint et sourit.

— Et si vous en veniez au fait ?

Duèze croisa les mains sur sa poitrine.

— Depuis que vous avez arrêté les Templiers, l'Ordre est une épine dans votre pied qui ne cesse de puruler. Vous avez une multitude de prisonniers dont vous ne savez que faire, des centaines de commanderies tombées dans des mains avides, sans compter que les autres rois chrétiens se méfient. L'Angleterre, les royaumes d'Espagne, le Portugal rechignent à frapper définitivement les Templiers. Votre affaire s'enlise, Nogaret.

— Et je suppose que sa Sainteté a la solution à tous mes problèmes ? ironisa Guillaume.

— Il a peut-être la solution à votre véritable problème.

Duèze hocha sentencieusement la tête.

— Le Saint-Père s'inquiète beaucoup du devenir de la famille royale, surtout depuis qu'il y a une forte suspicion d'empoisonnement de feu la reine.

— Empoisonnement commandité par un évêque !

— L'Église peut se permettre de perdre un évêque, un cardinal, et même un pape. Dieu pourvoira toujours à leur remplacement. Croyez-vous qu'il en sera de même pour les membres de la famille royale ?

— Le roi, mon maître, est robuste et il a trois fils.

— Si on a réussi à atteindre la reine, on peut frapper le roi. Quant à l'héritier du trône, il n'est toujours pas parvenu à avoir un seul enfant...

Le regard de Nogaret devint plus noir que d'accoutumée.

— Vous n'allez pas vous aussi me parler d'une conspiration, d'une malédiction des Templiers ?

La voix de Duèze se fit métallique

— Non, je viens vous aider à l'éviter.

48.

Maubuisson
12 avril 1309

En quelques heures, la règle si bien ordonnée de l'abbaye avait volé en éclats. À la porte du monastère, qui ne s'ouvrait d'ordinaire que pour le roi, la mère supérieure, stupéfaite, avait vu débarquer Marguerite de Navarre, clamant qu'elle venait faire retraite. Une lettre signée du monarque autorisait sa belle-fille à s'installer, avec sa suite, dans les appartements royaux. Tandis que les sœurs converses[1] se hâtaient de tout préparer, l'abbaye bruissait comme un essaim d'abeilles au printemps. Dans le réfectoire, la rumeur courait déjà de la disgrâce de la princesse ; dans le couloir des novices, au contraire, on était certain que la femme de Louis, miraculeusement enceinte, était venue demander la protection de la Sainte Vierge. La mère supérieure tentait en vain de ramener le calme quand le coup de grâce était arrivé.

Deux heures après l'apparition de Marguerite, un groupe de cavaliers – deux hommes et une femme – avait surgi, muni d'une lettre de Nogaret qui, au nom du roi, réquisitionnait l'ermitage au fond du parc. Le bâtiment datait de saint Louis et servait à s'isoler dans la prière et la méditation. La mère supérieure avait proposé d'accueillir les visiteurs le temps de préparer les lieux, mais s'était heurtée

1. Sœurs faisant office de domestiques dans une abbaye.

au refus des cavaliers qui avaient exigé de s'installer aussitôt avant d'extraire de leur charrette deux silhouettes chancelantes dont les visages étaient dissimulés sous une cagoule. Des prisonniers de marque, avait supposé la mère supérieure qui, après l'arrivée subite de Marguerite de Navarre, se demandait si une révolution n'était pas en cours à Paris. Alarmée, elle avait réuni toutes les religieuses, novices comprises, dans l'église, et avait ordonné des prières ferventes pour le roi.

Artus entra dans la salle basse. Accroupi sur le dallage glacé, Draco s'évertuait à lancer un feu dans la cheminée.

— Il y a deux cellules de religieuses à l'étage, j'ai mis le corps d'Anna dans la première. Il ne faudra pas tarder à l'enterrer, il commence déjà à sentir. Quant à...

— Jean de Branan, compléta Mathilde qui s'était assise sur un siège près de l'entrée.

— ... je l'ai enfermé dans l'autre cellule. J'ignore ce qu'il a traversé, mais il est mal en point. Son pouls est très faible, sa respiration empêchée, et il ne cesse de divaguer. En outre, il présente la même blessure au poignet qu'Anna. Deux cicatrices en forme de point.

— Et qu'en concluez-vous ? demanda Mathilde, intriguée.

— Que tous deux ont été infectés par le venin d'un serpent. Pour moi, ça ne peut pas être un hasard.

— Mais pour quoi faire ?

— Le venin, quand il ne tue pas, fait baisser les battements du cœur et fige les muscles. On tombe alors dans un état étrange, semblable à celui que décrivent les sorcières quand elles font leurs sabbats.

Draco se releva. Le feu commençait de prendre au milieu des brindilles. Il fixa Mathilde. Que Nogaret ait confié à une femme la garde d'un *ressuscité* le laissait perplexe. Qui était-elle pour disposer ainsi de la confiance du redouté garde des Sceaux ? L'herboriste l'interrogea :

— Ce Jean de Branan, déclaré mort à la bataille de Courtrai, a ressurgi en plein Paris il y a quelques jours ?

— C'est exact.

— Auriez-vous trouvé une substance noire sur sa langue, ses mains ?

— Non, pourquoi cette question ?

— Nous sommes certains que, pour rappeler les morts à la vie...

— Les supposés morts, nuança Draco.

— ... on se sert d'une sorte de philtre composé au moins de deux substances : le venin d'un serpent précis et une variété de belladone venue d'Orient.

— Et sans doute d'un autre élément.

L'ancien croisé montra un dessin où il avait reproduit, de mémoire, la fresque du château de la Chasse. Il indiqua l'extrémité d'une des cinq branches.

— C'est peut-être un champignon.

Il ne parla pas d'ALCOR. Il se méfiait encore de Mathilde.

— Lorsque vous avez interrogé Jean de Branan, vous a-t-il parlé d'une peinture ?

La chanoinesse fixait le relevé de la fresque.

— Non, mais dans son délire il parlait de *forêt de morts* et d'un *amas de cadavres*.

Elle montra du doigt les morts en armures au pied de l'arbre.

— Exactement ce que vous avez là.

Fascinés, Draco et Artus regardèrent les corps enchevêtrés dans les racines de l'arbre.

— A-t-il dit autre chose ?

— Non, mais une source...

Mathilde se garda bien de préciser que l'information venait de l'héritière du trône de France.

— ... nous a indiqué que Jean de Branan prétendait avoir *mangé de la chair du diable.*

Artus se pinça le nez comme s'il sentait l'odeur du soufre. Impatient, Draco serra les poings. Encore une énigme ! Mathilde montra à nouveau le dessin.

— C'est votre piste principale ?

Artus fixa l'ancien croisé d'un air de reproche. Ce dernier souffla et finit par dire :

— Nous avons aussi un mot, mais nous en ignorons le sens : ALCOR.

La chanoinesse réagit.

— Comme l'étoile ?

— Quelle étoile ? demanda Artus.

— Dans les couvents, expliqua Mathilde, on doit se lever à l'heure de vigiles pour la dernière prière de la nuit. Afin de déterminer précisément cette heure, une de nos sœurs examine la position des étoiles dans le ciel, en particulier celles qui forment la constellation qu'on appelle la Grande Ourse.

L'herboriste fronça les sourcils.

— La plus brillante d'entre elles se nomme Alcor. D'ailleurs, on la représente sous la forme d'un rond d'où s'échappent cinq rayons.

— Vous avez bien dit *cinq* ?

Draco saisit le dessin. Cinq cadavres, cinq racines, cinq corps nus, cinq branches… et le mot ALCOR qui comptait aussi cinq lettres. Il repensa aux dernières paroles d'Anna : *mon père disait que tout devait obéir au nombre*.

Maintenant, il en était sûr.

Tout tournait autour du chiffre cinq.

Tout tournait autour de l'étoile Alcor.

49.

Paris, Sainte-Chapelle
12 avril 1309

Debout devant l'autel, l'évêque de Paris récitait le *Notre Père* repris en chœur par toute l'assistance. Quand il arriva à « ne nous soumets pas à la tentation, mais délivre-nous du mal », Duèze se tourna vers le franciscain.

— Je vous présente le frère Ramon Lull, il nous vient du couvent de Miramar sur l'île de Majorque. Un érudit, parlant couramment l'arabe et l'hébreu, et qui s'est rendu plusieurs fois en Orient pour prêcher aux Infidèles. Ce qui lui a valu d'être emprisonné, sans que cette épreuve entame sa foi.

Le garde des Sceaux se contenta d'un simple hochement de tête. Il n'appréciait guère les moines, et encore moins les franciscains. Des enfiévrés toujours prompts à se mêler de ce qui ne les regardait pas.

— Comme vous le savez, l'île de Majorque appartient au roi d'Aragon, reprit Duèze, et les Templiers y sont très présents : ils tiennent de nombreux châteaux, investissent dans les monastères, possèdent de vastes terres et même les principales tours de défense de la ville de Palma. C'est pourquoi, quand les rumeurs d'hérésie lui sont parvenues, le roi d'Aragon a décidé d'en avoir le cœur net et a demandé au frère Lull d'assister aux interrogatoires.

Nogaret jeta un œil vers la messe qui se déroulait dans la nef. L'évêque avait commencé son prêche. Instinctivement, le garde des Sceaux observa Valois, mais le frère du roi, visage clos sur sa barbe, semblait enfoui dans ses pensées. Louis, lui, fixait le dallage comme s'il était en proie à une idée fixe. Nogaret se retourna.

— À la fin, que voulez-vous me dire, monsieur Duèze ?

Le légat du pape fit signe au franciscain de parler.

— Lors de l'arrestation des templiers de Majorque, dans une commanderie isolée de la région de la Tramuntana[1], les soldats du roi d'Aragon ont mis la main sur un frère qui avait réussi à s'échapper de France.

Nogaret haussa un sourcil.

— Quel était son nom ?

Ce fut Duèze qui lui répondit.

— Aymard de Commarque, mais nous ignorons son rôle dans l'Ordre. Nous savons seulement qu'il a mis trois mois pour atteindre Majorque.

— C'est un périple long et risqué pour aller se terrer au fin fond d'une commanderie perdue.

— Sauf si l'on a quelque chose à cacher… ou à trouver, suggéra Duèze en faisant signe à Lull de continuer.

Le franciscain hocha la tête.

— Lors de son interrogatoire, alors même qu'il n'était soumis à aucune torture, ce frère a tenté de se supprimer en avalant un poison dissimulé entre ses dents.

Le garde des Sceaux ne put retenir sa surprise. Au cours des centaines d'interrogatoires qu'il avait menés et même après avoir subi la question, aucun templier n'avait cherché à se tuer.

— Seulement Dieu n'a pas voulu de son âme et Aymard est revenu. Vivant… mais fou.

— C'est du moins ce que nous avons cru alors, interrompit à nouveau Duèze. Aujourd'hui, je n'en suis plus certain.

— Que croyez-vous désormais ?

— Que les templiers survivants ont décidé de détruire la monarchie française. Le roi, ses fils… et vous.

1. Région montagneuse à l'ouest de Majorque.

Nogaret se figea. Duèze reprit :
— Et qu'ils en ont les moyens.

Le garde des Sceaux se demanda s'il devait parler à Duèze des deux *ressuscités*, de la fresque de la Chasse et de l'énigme du mot ALCOR, mais, par principe, il n'avait aucune confiance dans les hommes de Dieu. Encore moins quand ils ne croyaient pas à l'enfer. Il se tourna vers Ramon Lull.

— Dites-moi ce que vous savez.

Le franciscain se signa avant de commencer.

— Cet Aymard de Commarque nous a confirmé que les templiers qui n'avaient pas été arrêtés s'étaient regroupés sous la tutelle d'un chef dont tous ignoraient le vrai nom, mais qu'ils appelaient le Maître.

Nogaret se dit que ce devait être le Charon qui avait commandité le pillage du château de la Chasse.

— Celui-ci multiplie les identités, tantôt aristocrate de la cour, tantôt gueux des faubourgs, parfois même moine. Une ombre inconnue, au centre d'une toile invisible, qui poursuit obstinément un but unique : se venger du roi Philippe.

— Qui vous dit que ce Commarque ne vous a pas abusés, demanda le garde des Sceaux, qu'il n'a pas inventé ce que vous vouliez entendre ?

Lull secoua la tête.

— Croyez-moi, messire, même le diable n'aurait pas pu échafauder pareille vengeance ! L'homme nous a avoué qu'il avait été envoyé à Majorque pour se rendre dans une grotte, car les templiers survivants pensaient qu'il s'y trouvait peut-être encore la preuve d'un secret perdu.

— Quel secret ?

— Commarque savait seulement qu'il était composé de trois maillons et que l'ordre du Temple, devenu clandestin, en possédait deux.

Duèze intervint.

— Au début, nous avons cru qu'ils cherchaient un poison redoutable pour décimer la famille royale. Un poison que nul ne pourrait déceler et dont personne ne pourrait se protéger. Un poison qui leur donnerait tout pouvoir sur la vie.

Malgré lui, Nogaret frissonna.

— Mais nous nous sommes trompés, ce n'est pas de la vie que les Templiers veulent se rendre maîtres, mais de la mort.

Guillaume jeta un œil égaré dans la nef où la messe touchait à sa fin. Il lui semblait voir une assemblée de morts en sursis. Sous le visage de marbre du roi, le crâne perçait déjà. Valois n'était plus qu'un amas de chair rongé par les vers, Louis, un cadavre dont les parties sexuelles avaient fondu... Il secoua la tête devant cette vision d'horreur.

— Ce n'est pas possible...

— Malheureusement si, reprit Duèze, les frères survivants sont sur le point d'acquérir une capacité que jusqu'ici seul le Christ possédait : ressusciter les morts.

— Dieu ne le permettra pas, murmura Nogaret.

— Qui sait ? Dieu a peut-être décidé d'en finir avec la race maudite des hommes ?

— Vous voulez dire que la fin des temps serait arrivée ?

— Nul ne connaît les desseins du Très-Haut, mais avant de frapper Dieu envoie toujours un signe. Un signe qui peut sauver les hommes, s'ils parviennent à le déchiffrer...

Guillaume imaginait les Templiers à la tête d'une armée surgie de la nuit de la mort. Une armée de l'ombre dont ils seraient les cavaliers de l'Apocalypse. Alors, aucun pape, aucun roi ne pourraient les arrêter.

— Un signe ? Quel signe ?

— Avez-vous déjà entendu le mot ALCOR ? demanda Lull.

Guillaume masqua sa surprise et secoua la tête comme s'il n'était au courant de rien.

— C'est ce que cherchent les Templiers. Le dernier maillon.

— Et vous savez ce que c'est ?

— À l'origine, il s'agit d'un mot arabe, *al-gawan*, qui signifie *le cheval des ténèbres*. Un animal fabuleux qui aurait le pouvoir de franchir la frontière entre la vie et la mort, précisa Lull.

Nogaret s'agaça.

— Mais le véritable sens, vous le connaissez ?

Duèze glissa une main sous son surplis et en tira un papier scellé.

— Commarque a parlé.

— Que voulez-vous en échange ?

— Les biens du Temple.

Nogaret acquiesça.

— Tout ce que l'Ordre possède en France vous sera remis.

— Nous en ferons don aux Hospitaliers[1], annonça l'envoyé du pape et, qui sait, nous pourrons peut-être lancer une nouvelle croisade ?

Guillaume fixait le papier scellé. Le secret d'ALCOR.

— Sauvez le roi, murmura Duèze, si vous le pouvez encore.

1. D'abord dédiés à la sauvegarde des pèlerins en Terre sainte, les Hospitaliers étaient devenus un ordre militaire rival des Templiers.

50.

Maubuisson
13 avril 1309

— Grâce soit rendue au Seigneur d'avoir accueilli en sa sainte demeure l'âme de Jeanne, reine de France. Que son nom brille au firmament de la vertu céleste et que sa bonté descende des cieux et vienne illuminer nos cœurs !

Du haut de sa chaire, le prêcheur célébrait la mémoire de la femme du roi Philippe devant un parterre de religieuses et de novices à genoux, le front courbé vers le dallage. Dans une chapelle latérale, la famille royale au grand complet assistait à la messe anniversaire en l'honneur de la reine défunte. Seul le roi manquait à l'appel, qui suivait l'office depuis la chambre qu'il occupait dans l'abbaye. Par une fenêtre en hauteur, il entendait le prêche et observait les siens.

— Si ce que vous me dites est vrai...

Le garde des Sceaux posa la main sur son cœur. Il venait de quitter Mathilde, Draco et Artus, qui lui avaient révélé leurs dernières découvertes. À présent, il était certain d'avoir débusqué une conspiration infernale.

— Je crains que oui, Sire.

— Alors mon frère est un ambitieux qui rêve de ma couronne, mon fils, un impuissant qui attend ma mort, et ma belle-fille, une putain qui ne donnera que des bâtards au royaume.

Nogaret savait que la réaction du roi serait violente, mais il en resta muet de saisissement. Philippe montra du doigt ceux qui priaient les mains jointes dans la chapelle.

— Un traître, un demeuré et une catin, voilà la famille de France !

Le garde des Sceaux savait qu'il ne fallait pas laisser s'installer la colère dans le cœur du monarque.

— Sire, ce n'est pas votre famille qui vous menace, mais ceux qui ont juré votre perte.

— Les Templiers...

— Quant aux Mornay, qui ont dupé votre fils, Dieu vous a déjà vengé en les retirant de ce monde.

— Et ce Jean de Branan que l'on a retrouvé dans la tour de Nesle ?

— Un fou, Sire, et bientôt un mort. Un vrai mort.

Philippe regarda son frère Charles qui priait, les mains jointes et les yeux clos. Il aurait dû s'en débarrasser depuis longtemps.

— Il nous faut retrouver les véritables coupables avant qu'ils ne plongent le monde dans le chaos et la nuit.

Philippe reporta son attention sur le garde des Sceaux. Et dire qu'il avait plus confiance dans un petit-fils de Cathares que dans son propre sang !

— Que me proposez-vous ?

— Pour voir aboutir leur diabolique dessein, les templiers survivants doivent découvrir un ultime secret. Ils sont en chasse et nous devons absolument les devancer.

Philippe se leva et alla se poster à l'autre fenêtre qui donnait sur la forêt de Maubuisson. À l'entrée de l'abbaye, la meute royale hurlait, attendant que le monarque décide de partir à la traque au cerf. Mais le roi n'avait pas le cœur à la chasse.

— Vous avez une piste ?

— Oui, votre Majesté. Nous pensons que le sire de Mornay a indiqué l'emplacement du dernier secret dans une peinture. Mes meilleurs limiers travaillent à son décryptage.

Nogaret se garda bien de préciser que, même avec ce qu'il leur avait dit des révélations de Duèze, à part le nombre cinq et l'étoile Alcor, Mathilde, Draco et Artus n'avaient pas avancé d'un pas.

— Mais comment diable Mornay a-t-il mis la main sur pareille information ?

— C'est que, pour le dédommager de ses blessures à Courtrai, il lui a été donné la commende[1] des possessions templières de la forêt de Montmorency. C'est sans doute là que le secret était caché. Dans une commanderie banale et isolée où personne n'aurait songé à le chercher.

— Vous en êtes sûr ?

— Je ne puis vous en donner la juste preuve, mais j'ai retrouvé d'où venait le templier arrêté sur l'île de Majorque. Sa commanderie était celle de Rubelles[2], au cœur de la forêt de Montmorency.

Philippe leva la main. Il en savait assez.

— Guillaume de Nogaret, je vous donne l'ordre d'en finir avec cette conspiration.

Le garde des Sceaux s'inclina. Un ordre du roi avait force de loi divine.

— Considérez qu'elle n'a jamais eu lieu, Sire.

1. La gestion.
2. Cette ancienne commanderie, dont il ne reste rien, se situait sur l'actuelle commune de Saint-Prix.

51.

Maubuisson
13 avril 1309

Dans l'abbaye endormie, seule résonnait la lente litanie des prières que chantaient les religieuses d'une voix plaintive. Partout l'obscurité régnait en maître. Une lumière vacillante dansait sur la verrière qui surplombait le réfectoire réquisitionné par Draco. Sur la longue table, Mathilde avait posé tout ce qu'elle avait pu trouver dans le *scriptorium*[1] sur la Grande Ourse. Artus, lui, compulsait un traité sur les nombres. Depuis des heures, ils tentaient de réunir ce qui était épars. En vain.

Dépité, Draco prit la parole.

— Résumons. Nous sommes convaincus que le sire de Mornay avait trouvé le secret que cherchent les Templiers : un moyen de ramener les morts à la vie.

— Nous savons désormais que ce secret comporte *trois maillons*, ajouta l'herboriste, la belladone, cette *cerise noire* que l'on a identifiée sur les lèvres de la sorcière et la langue d'Anna de Mornay...

— ... et le venin de serpent, à cause des mêmes blessures en forme de crochets sur les poignets d'Anna et de Jean de Branan, compléta Mathilde.

Draco acquiesça.

---

1. Lieu où l'on rassemble et copie les livres.

— Quant au troisième maillon dont l'existence a été confirmée par la confession d'Aymard de Commarque, nous pensons qu'il s'agit d'un champignon inconnu dont le secret est caché dans la fresque du château de la Chasse.

— Secret qui serait en lien avec le nombre cinq, précisa Artus.

— ... et l'étoile Alcor, dont le mystère nous poursuit, conclut Mathilde.

Draco prit trois feuilles de parchemin, esquissa le profil d'un champignon sur la première, inscrivit le nombre cinq sur la deuxième, puis dessina une étoile sur la dernière. Artus s'empara de la première.

— Un champignon pousse toujours dans un terreau particulier. Le sol ensoleillé d'une forêt, une ancienne carrière ou le creux d'un arbre. C'est donc un lieu que nous cherchons.

— Dans ce cas, réfléchit Mathilde, je ne vois pas en quoi le chiffre cinq peut nous aider. À moins qu'il n'indique une distance à parcourir ou un repère à découvrir, comme cinq pierres dressées par exemple.

Artus écarta la feuille marquée du chiffre cinq.

— Et si l'étoile Alcor devait nous servir de guide ? remarqua Draco. En Égypte, les caravanes s'orientent grâce aux étoiles pour traverser le désert.

L'herboriste n'était pas convaincu.

— La position des étoiles varie dans le ciel selon l'endroit où on les observe.

— Et nous ne savons ni d'où nous partons, ni où nous allons, ajouta Mathilde.

Draco plissa les lèvres. Il n'était pas d'accord.

— Si le sire de Mornay a dissimulé dans la fresque le chemin secret, c'est que le point de départ se situe dans son château de la Chasse.

L'ancien croisé saisit une nouvelle feuille, dessina une tour crénelée, posa ensuite le symbole de l'étoile d'Alcor, puis l'esquisse du champignon.

— Peut-être, mais ça ne nous dit pas comment utiliser l'étoile, commenta Artus. Ce qu'il nous faut, c'est un itinéraire précis, un parcours que l'on peut tracer sur une carte.

Mathilde sentit comme quelque chose vibrer en elle, comme une lumière qui brusquement troue l'obscurité. Le mot *carte* venait d'ouvrir cette brèche. Ni le chiffre cinq ni une étoile ne pouvaient définir un parcours, bien sûr.

— Et si ce n'était pas Alcor qu'il fallait suivre, demanda-t-elle, mais le tracé de la constellation ?

Sans un mot, Draco saisit une nouvelle feuille pour dessiner la forme caractéristique de la Grande Ourse. À gauche, une sorte de panier renversé délimité par quatre étoiles, à droite, un manche légèrement coudé qui en comptait trois.

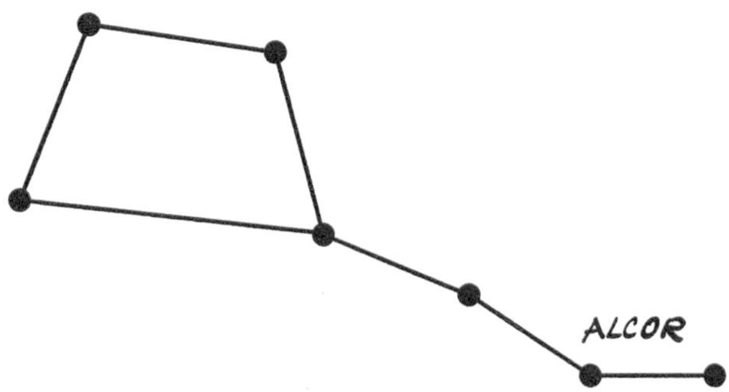

Les yeux brillants, Artus posa son doigt sur l'étoile au centre du manche.

— Dans ce cas, ALCOR révélerait la localisation du dernier maillon.

— Il nous faut une carte, déclara Mathilde, il y en a une au scriptorium.

Quand la chanoinesse revint, les deux hommes examinaient la configuration de la Grande Ourse. Elle posa la carte sur la table. Au centre se trouvait Paris, dont on reconnaissait les principaux monuments, du château du Louvre à la cathédrale Notre-Dame. Draco chercha la forêt de Montmorency, remonta une ligne sinueuse d'étangs et posa son doigt sur le dernier.

— C'est là que se situe le château de la Chasse. C'est de là qu'il faut partir.

Artus montra la partie en forme de panier de la Grande Ourse. Quatre étoiles la constituaient.

— Mais quelle étoile placer sur le château de la Chasse ?

L'ancien croisé frappa du poing sur la table. Une fois de plus, ils se perdaient dans un labyrinthe !

— Et si on se servait enfin du chiffre cinq ?

Mathilde posa son doigt effilé sur Alcor et compta, une par une, cinq étoiles pour finir sur celle située en haut à droite. Le chemin tracé par Mathilde passait par les étoiles situées en bas du panier. Artus, lui, emprunta la voie du haut, et tomba sur la même étoile.

— Ça ne peut pas être un hasard, conclut Draco. Maintenant, orientons et traçons la Grande Ourse sur la carte.

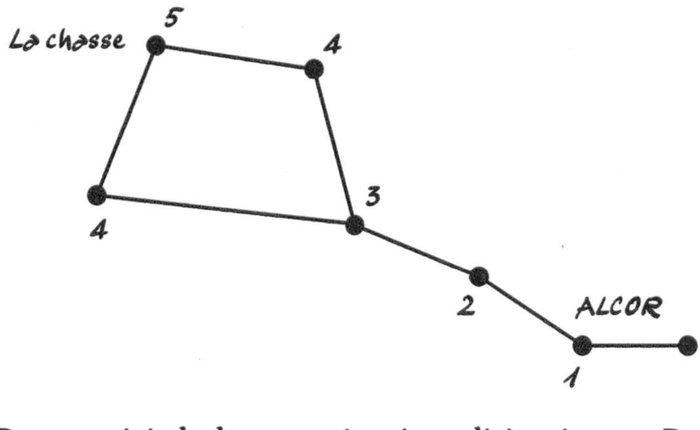

Draco suivit le lent tracé qui se dirigeait vers Paris. L'étoile Alcor tomba en plein cœur de la capitale : sur la rive droite de la Seine, près d'un large enclos bordé d'une église. L'ancien croisé crut qu'il s'était trompé. Le lieu semblait vide.

— Ça ne peut pas être ça !

Artus, lui, se tourna vers Mathilde.

— De quoi parlait Jean de Branan dans son délire ?

— De *forêt des morts*, d'*amas de cadavres*, pourquoi ?

L'herboriste montra de fines croix, presque invisibles, dessinées au milieu de l'enclos, et sourit.

— Je vous présente le plus ancien mouroir de Paris : le cimetière des Saints-Innocents.

52.

Paris, rue de la Ferronnerie
14 avril 1309

Balayée par le vent, l'eau de la fontaine des Innocents giflait le mur de l'église, trempant d'une averse glacée les servantes qui venaient remplir leur cruche avant que le soir tombe. Mathilde rabattit son foulard pour se protéger des gouttes et regarda le ciel noir de nuages qui menaçaient de crever sur la ville. Étrangement, alors que tout le quartier sombrait dans la pénombre, la rue de la Ferronnerie ressemblait à un torrent de lumière. Devant chaque échoppe brûlaient des buissons de chandelles, tandis qu'à l'intérieur, éclairé par des lampes à huile, le travail ne s'arrêtait jamais. Toute la rue ne vivait que de la mort. À toute heure, on pouvait y acheter un linceul pour enfouir un cadavre, acquérir un cercueil qui sentait encore la sciure ou commander une dalle funéraire à un graveur de pierre. Mathilde remonta la rue, dans le bruit incessant des rabots des menuisiers et les cris des couturières. Comme elle se rapprochait du mur du cimetière, un prêtre famélique lui proposa ses services. Il enterrait n'importe qui pour quelques liards. Des gueux surgirent, noirs de suie, pour se vendre comme porteurs de cierges. Certains, ivres, s'empoignaient déjà. Mathilde posa la main sur sa robe pour sentir, sous le tissu, le manche de sa dague, mais ce n'était pas le moment de s'en servir : Draco et Artus l'attendaient dans la taverne voisine.

L'ancien croisé et le dominicain s'étaient assis à l'écart. Mathilde remarqua qu'ils s'étaient habillés de noir. Un inconnu vidait un hanap à leur côté.

— Voici ma sœur, annonça Draco. Elle est très affectée par la mort de notre mère.

À voir ses mains noires de terre, Mathilde comprit que les deux compères avaient invité un fossoyeur à leur table. Le meilleur moyen de tout savoir sur le cimetière des Saints-Innocents.

— D'abord, il y a le *trou d'enfer.* C'est là qu'on met les pauvres. On les roule dans un drap et on les balance dans la fosse. Mais avant ça, on les empile dans une charrette et on attend qu'elle soit pleine. Comme ça, les pauvres peuvent se cotiser pour se payer un prêtre. Je ne vous cache pas qu'au bout de deux jours ça commence à sentir, et qu'au bout de quatre, on reconnaît plus personne. Mais bon la fosse, elle avale tout. Mille cinq cents macchabées qu'on peut lui mettre dans la gueule ! Évidemment, après, on est obligé de tout dissoudre avec de la chaux, sinon on n'y rentrerait plus personne.

Artus se pencha à l'oreille de Mathilde.

— Aucun champignon ne peut pousser sur de la chaux. Pas la peine de chercher autour des fosses communes.

L'herboriste interpella le fossoyeur.

— Et si je ne veux pas que notre mère finisse là ?

— Alors, il vous faut acheter un cercueil. Choisissez bien le bois. Évitez le peuplier, l'humidité du sol le fait pourrir. Prenez du chêne et moi, je vous ferai un trou bien propre, bien carré. Votre mère sera au chaud pour vingt ans !

Draco se rapprocha de Mathilde. Elle le trouva agité.

— Une heure que l'on parle avec ce creuseur de tombes et on n'en sait pas plus. Je me demande si on ne s'est pas trompé depuis le début. Pourquoi chercher un champignon dans un cimetière, ça n'a aucun sens !

Mathilde préféra ne pas prendre parti. Elle rentrait du Châtelet où elle avait rendu compte, par le menu, à Nogaret. Étrangement, il n'avait pas paru surpris que leur quête les mène dans un cimetière. Au contraire, il voulait en savoir plus. Elle montra le fossoyeur.

— Il faut s'en débarrasser. Nogaret nous attend dans l'église de la rue de la Ferronnerie. Il veut nous parler.

Draco jeta une pièce sur la table et frappa sur l'épaule du fossoyeur.

— On doit y aller l'ami. Bois à notre santé.

Un convoi de charrettes chargées de morts attendait pour tourner sur l'ancienne route de Saint-Denis et entrer dans le cimetière. Un coup de vent balaya la rue de la Ferronnerie sans parvenir à chasser l'odeur pestilentielle, que n'arrangeaient pas les lourdes vapeurs échappées des encensoirs que des prêtres ne cessaient d'agiter autour des cadavres.

— Par le sang de Dieu, c'est l'antichambre de l'enfer, ici ! s'exclama Draco.

Heureusement, la porte de l'église était grande ouverte. Ils s'y engouffrèrent. La nef était illuminée et plusieurs prêtres y célébraient en même temps des messes funèbres dans un chaos de cris et de pleurs. Mathilde chercha Nogaret dans ce tumulte. À leur attitude méfiante, elle reconnut ses gardes du corps. Ils encadraient Guillaume, assis sur un banc, le visage recouvert d'une capuche. Tous s'approchèrent. Le garde des Sceaux leur lança un regard interrogateur.

— Nous ne sommes pas encore rentrés dans le cimetière, annonça Draco, mais je doute de plus en plus. Nous cherchons un champignon rare – *Campionem Orientis* –, venu d'Orient de surcroît, il ne peut pas être ici. C'est impossible !

Le garde des Sceaux regarda le vitrail qui montrait un saint Sébastien en martyr, le corps lardé de flèches.

— Je dois rapidement retourner sur l'île de la Cité. Maintenant que j'ai la certitude qu'une conspiration est en cours, la sécurité de la famille royale est ma priorité absolue.

L'ancien croisé s'insurgea.

— Mais c'est ici que le maître des Templiers risque de découvrir le secret de la résurrection !

— Justement, il sait que vous êtes aussi sur la piste du secret, ce qui réduit de beaucoup ses chances de le découvrir.

Le visage d'Artus se crispa.

— Je ne comprends pas bien, messire...

— Cela signifie que si le Maître pressent que sa quête est perdue d'avance, il pourrait décider de frapper directement le roi.

Nogaret eut le sourire d'un prédateur.

— Et c'est là que je l'attends.

Artus s'adossa au pilier qui était juste derrière lui. Il balbutia.

— Ne me dites pas que vous nous avez lancés dans cette quête uniquement pour en détourner le Maître...

— Et le faire tomber dans votre piège ? ajouta Draco.

Nogaret se leva.

— Qui sait ? En attendant, vous ne vous êtes pas trompés : c'est bien dans un cimetière que se situe le dernier maillon.

Il montra le papier que lui avait donné Duèze. Le sceau était brisé.

— Mornay, quand il a noté le sens du mot ALCOR – *Ad Lucem Campionem Orientis Regit* – a mal lu ou bien mal transcrit. Le véritable sens est ailleurs.

Fébrile, Draco déplia le papier.

Ad
Lucem
***C**aro*
***O**doriferum*
***R**egit*

— *Caro Odoriferum...* La chair qui pue, traduisit Mathilde. La chair des morts !

Et elle pensa aussitôt à la parole énigmatique de Jean de Branan pour expliquer sa résurrection : *j'ai mangé la chair du diable*. Draco, lui, voyait la fresque de la Chasse.

Tout y était : les cadavres, les racines dans les cadavres... et il n'avait rien compris.

— Votre champignon, termina Nogaret, ne pousse pas dans le sol, mais se nourrit des cadavres en décomposition. Un champignon, inconnu, unique, aux pouvoirs extraordinaires... et il est dans ce cimetière !

53.

Paris, cimetière des Saints-Innocents
14 avril 1309

La bourrasque les saisit quand ils sortirent de l'église. Mêlé de pluie, le vent balayait le cimetière, transformant les croix de bois en girouettes, les buissons en fantômes gémissants.

— *De profundis clamavi ad te, Domine*[1] !

Un chœur de prêtres entonnait le chant des morts, marchant devant un catafalque, entourés de porteurs de flambeaux. Derrière eux, des pleureuses se lamentaient, hurlant de désespoir. Brusquement, Mathilde s'aperçut que le cimetière qu'elle croyait désert était aussi peuplé qu'un quartier de Paris. Chassés par la lumière des torches, des couples qui faisaient l'amour sur des pierres tombales s'enfuirent en courant. Des mendiants jaillirent de l'obscurité pour se précipiter sur le cortège funèbre, réclamant l'aumône à grands cris. Draco était stupéfait. Le cimetière semblait sans fin, parsemé de croix, de calvaires, de fosses à demi creusées.

— Autant chercher un champignon dans un amas de cadavres, ironisa-t-il.

Artus était plus concentré.

— Sur la fresque de la Chasse, l'intermédiaire entre les cadavres et les champignons, c'est un arbre.

— Un arbre à cinq branches, précisa Mathilde.

1. « Des profondeurs, j'ai crié vers toi, Seigneur. » Psaume chanté ou récité durant les messes funèbres (Ps 130 :1).

Vibrant de chants et de cris de deuil, le convoi traversait le cimetière, illuminant de ses flambeaux les chapelles et les charniers plongés dans la pénombre. Draco fit un geste ample de la main.

— Il n'y a aucun arbre, ici.

Suivant le convoi, ils atteignirent une fosse commune où gisaient des cadavres innombrables dans une odeur d'épouvante. Tout autour du trou béant, des cierges fichés dans le sol formaient une haie de lumière, malmenée par la bourrasque. Agenouillés, des femmes et des hommes priaient en silence.

— La paix soit avec vous, prononça Artus.

— Et avec votre esprit, répliqua un vieil homme en se levant.

Mathilde montra la fosse.

— Un de vos proches y est inhumé ?

— Oui, mon fils. Je n'ai pas pu lui offrir de cercueil, mais son corps a passé la nuit dans la lanterne des morts et son âme purifiée a ainsi pu monter près de Dieu.

— La lanterne des morts ? s'étonna Draco.

Le vieil homme tendit la main. Face à l'église se dressait une haute tour de pierre en forme d'aiguille.

— On dépose le défunt dans la salle basse et des prêtres prient pour lui toute la nuit. À l'aube, l'âme s'envole au ciel.

— Mais pourquoi appelle-t-on ce lieu une lanterne ?

— Regardez, dit le vieil homme.

La porte d'une chapelle s'ouvrit et un prêtre sortit avec plusieurs lampes allumées à sa ceinture et un long bâton de bois à la main. Il s'approcha de la tour, accrocha une lampe au bout de sa perche et la posa dans une des ouvertures du sommet. En quelques instants, la tour s'illumina. D'abord d'un feu, puis de deux, de trois...

— Cinq feux ! s'exclama Mathilde.

D'un coup la pointe de la tour brilla comme une étoile dans le ciel nocturne.

— ALCOR ! s'écria Draco.

Mathilde et Artus s'emparèrent d'un cierge planté le long de la fosse et se dirigèrent vers la lanterne des morts. La porte de la salle basse était entrouverte. Ils s'y glissèrent, bientôt suivis de Draco. Artus fit le tour de la pièce voûtée en forme de polygone.

— Cinq pans de mur, remarqua-t-il.

Au centre se tenait un autel. Mathilde s'approcha. Une pierre nue, sans inscription, sans signe. Juste au-dessus pendait une corde qui devait actionner une cloche placée au sommet de la tour.

— Souvenez-vous de la fresque, dit Draco, l'arbre plonge ses racines dans des cadavres. Si l'arbre correspond à la lanterne des morts, alors il y a une crypte en dessous.

Artus examina attentivement le sol. De larges dalles parfaitement agencées, sans le moindre interstice.

— Il n'y a aucun passage.

Le vieil homme apparut dans l'embrasure de la porte.

— C'est un lieu saint où les morts trouvent le repos. Après avoir veillé le corps toute la nuit, les prêtres sonnent la cloche pour prévenir Dieu que l'âme du trépassé est prête à le rejoindre.

Mathilde le regarda fixement.

— Combien de fois font-ils sonner la cloche ?

— Trois fois, en l'honneur de la sainte Trinité.

Artus sortit une pièce d'argent de sa poche.

— Faites dire des messes pour le repos de l'âme de votre fils.

Confondu de tant de générosité, le vieil homme empocha l'argent et sortit. Mathilde montra la corde à Draco. Pour la première fois, elle le tutoya.

— Fais sonner la cloche. Cinq fois.

54.

Paris, cimetière des Saints-Innocents
14 avril 1309

L'escalier dérobé était apparu sur la gauche. Une volée de marches plus bas et Draco, suivi de Mathilde et d'Artus, était entré dans une salle exactement semblable à celle qu'ils venaient de quitter.

Même voûte nervurée, même dallage immaculé.

Une grille ouverte donnait sur une niche vide.

Désespérément vide.

— S'il y avait quelque chose ou quelqu'un, déclara Mathilde, il n'en reste rien, même pas la trace.

— Le Maître, se désespéra Draco, il est passé avant nous !

— S'il s'est emparé du dernier secret, murmura la chanoinesse, imaginez qu'il ressuscite tous les morts qui sont dans ce cimetière. Il faut prévenir Nogaret !

— Pour lui dire quoi, railla Draco, que nous avons échoué ? Qu'une armée des ombres va déferler sur Paris ? Que la famille royale va être exterminée, la France submergée, la chrétienté anéantie ?

La voix calme d'Artus les interrompit.

— Regardez derrière vous.

Mathilde se tourna. Juste au-dessus de l'escalier se trouvait une seconde niche. Et derrière la grille de celle-ci, une tombe, intacte. Draco s'approcha et fit pivoter le battant.

Sur la dalle était gravé un arbre aux longues racines.

Le même qu'au château de la Chasse.

En un instant, l'ancien croisé revit le cauchemar qui l'avait hanté depuis des années. La poursuite, les cris, la chute, les sables mouvants, la croix rouge sang... mais cette fois il n'avait plus peur. Comme si, en retrouvant le secret caché du Temple, il avait exorcisé ses années de malheur. Il fit signe à Artus.

— Aide-moi à soulever la dalle, elle n'est pas scellée.

Mathilde regarda pivoter la pierre tombale. D'un dernier coup d'épaule, Artus la fit basculer. En tombant, elle se brisa en deux. Pourtant, ce n'est pas le bruit de sa chute qui fit tressaillir la chanoinesse, mais le mouvement de recul de Draco.

— Qu'est-ce qu'il y a dedans ?

Figé, l'ancien croisé ne répondit pas. Malgré sa peur, Mathilde se précipita.

Au fond de la tombe reposait un homme.

Son front était barré d'une cicatrice, une barbe blanchie lui dévorait le visage, et sur sa poitrine, entre ses mains croisées, on voyait un sac de lin. Une poche presque transparente, à l'intérieur de laquelle se devinait une tige fine et souple, des lamelles encore roses, un chapeau frappé d'une tache noire... le même champignon que sur la fresque de la Chasse.

Le secret d'ALCOR.

Mathilde regarda ses deux compagnons.

Des statues de sel.

Il fallait s'emparer du champignon.

Vite.

Avant que le Maître ne surgisse.

Elle tendit le bras.

Et la main du mort l'agrippa.

Draco saisit Mathilde par la taille pour la protéger. Du fond de la tombe, l'homme se leva sans un mot. Ses cheveux gris lui tombaient sur les épaules, son visage était buriné de rides, mais il marchait d'un pas alerte et chacun de ses gestes était assuré.

Cette fois, Draco en était certain.

Celui qui se faisait appeler Charon,

celui qui avait fait tuer la sorcière,

celui qui avait pillé le château de la Chasse,

celui qui lui avait volé le parchemin de Mornay,

celui qui était le *Maître*, se tenait devant lui.

— Je vous attendais, Draco.

L'ancien croisé jeta un œil à Artus, mais ce dernier ne bougeait plus.

— Je vous attends depuis que vous avez tué ce malheureux, place de Grève.

— Je ne vous connais pas !

— Je vous attends depuis que les hommes de Nogaret vous ont arrêté.

Comme Mathilde s'agitait, Draco lui prit les mains. En frôlant la robe, il sentit sous le tissu le manche effilé d'une dague.

— Je vous attends depuis qu'il a fait de vous son limier... et le mien.

Devant le visage stupéfait de Draco, le Maître sourit.

— Vous ne comprenez pas ? Depuis des années je cherchais le secret perdu de l'Ordre et je n'avais qu'une piste : Mornay. Alors j'ai recruté Guilhem et ses chiens et je les ai lâchés sur la Chasse. La suite...

Draco se raidit.

— La suite, c'est vous qui l'avez tracée. Je n'ai eu qu'à vous suivre. Pas à pas. Comme un loup invisible derrière sa proie.

— Vous mentez !

— C'est vous qui avez trouvé le parchemin de Mornay, je n'ai plus eu qu'à vous le dérober. À partir de là, ALCOR m'a mené tout droit jusqu'au cimetière des Saints-Innocents.

— C'est impossible ! Vous ignoriez qu'un templier avait été arrêté à Majorque, vous ne saviez pas qu'il avait parlé ! Jamais vous n'avez su quel était le véritable secret d'ALCOR !

— *Ad Lucem Caro Odoriferum Regit* ? Vous voyez que j'en sais autant que vous... La chair de la mort, la seule qui conduit à la lumière.

Cette fois, Draco perdit pied. Seul Duèze connaissait cette version. L'envoyé du pape les avait-il trahis ?

— Mais comment...

— Vous ne comprenez toujours pas ? C'est vous qui me l'avez appris !

Et le Maître éclata de rire.

Jusqu'ici Draco n'avait jamais cru au pouvoir du démon. Subitement, il venait de changer d'avis. L'homme qu'il avait devant lui était l'incarnation du diable. Et s'il le laissait en vie, le mal allait déferler sur le monde.

— Soyez maudit !

Draco glissa sa main droite sous la robe de Mathilde, dégaina la dague et frappa. Pour se protéger, le Maître leva la main. La pointe de la lame déchiqueta le sac où se trouvait le champignon, mutila un doigt et termina sa course en pleine poitrine.

— Va en enfer !

Mathilde se jeta sur le corps.

Les débris du champignon se noyaient dans le sang.

Le Maître était mort.

L'ordre du Temple était vaincu.

— Nogaret ! s'écria Mathilde. Il faut prévenir Nogaret !

Elle se leva, mais un bruit de pas l'arrêta. Dans l'escalier, deux silhouettes venaient de surgir. Draco entendit le bruit métallique des épées qu'on tire du fourreau.

Les deux hommes levèrent chacun leur poignet et Draco reconnut la double morsure du serpent.

— Vous arrivez trop tard, ricana l'ancien croisé.

— C'est toi, Draco, qui arrives trop tard.

Mathilde se retourna. La voix ferme d'Artus venait de résonner sous la voûte. Il était déjà penché sur le cadavre et recueillait avec soin les fragments trempés de sang du champignon. Autour de lui, les templiers avaient pris place, épée à la main.

Draco sentit son cauchemar devenir réalité.

— Que Nogaret ait cru que j'étais un dominicain, un herboriste... mais toi ? Tu ne t'es jamais demandé comment j'avais pu reconnaître si vite la belladone et le venin du serpent ? Regarde !

Artus releva la manche de sa tunique. Deux cicatrices étaient fichées dans la chair.

— J'ai toujours été devant toi... la mauvaise étoile de ton destin.

Draco leva sa dague, mais Mathilde lui saisit le poignet. Les templiers le tueraient avant même qu'il ne termine son geste. Furieuse de s'être fait duper, elle hurla :

— Nogaret vous traquera jusqu'à la fin !

— Lui non plus n'a rien vu venir, aveuglé qu'il était par la mort de cette sorcière. Or cette femme, c'est nous qui l'avons tuée, nous qui l'avons cachée et même nous qui en avons fait découvrir le cadavre. Nogaret n'y a vu que la piste que je voulais qu'il y trouve !

Artus se tourna vers Draco.

— Une piste que tu as ensuite suivie comme un bon limier, tout à ta haine du Temple. Et maintenant, c'est toi qui nous offres notre résurrection !

Mathilde secoua la tête.

— Ni le roi, ni Nogaret, ni le pape, ne vous laisseront en paix ! Jamais !

Artus reporta son attention sur les morceaux dans la paume de sa main, avant de lever son regard.

— Nogaret... le roi... le pape... L'Ordre les enterrera tous.

Artus sourit.

— Et cela grâce à vous deux !

— Tu es fou, lança Draco.

— Non, c'est le secret d'ALCOR qui est une folie. Une folie que tu ne peux même pas imaginer.

Ébahi, l'ancien croisé laissa tomber sa dague. Jusqu'où s'était-il fait manipuler ?

— Tu as vraiment cru que Jean de Branan et Anna de Mornay avaient ressuscité d'entre les morts ? C'était une manipulation de Mornay pour s'enrichir ! Une manipulation que nous avons reprise à notre compte. Oui, tout n'était que mensonge et illusion.

— Le secret d'ALCOR n'est pas de revenir d'entre les morts ? murmura Mathilde.

— La vérité, rien qu'une fois la vérité, implora Draco.

— Le rituel comporte bien trois maillons, le venin du serpent, le champignon sacré, mais pas la belladone, c'était un leurre.

Protégé par les templiers, Artus se dirigea vers l'escalier avant de se retourner.

— Le dernier maillon…

Il ouvrit la paume de sa main.

— … c'est le sang.

Artus avala les fragments de champignon et fixa Draco.

— Et c'est toi qui me l'as donné.

Seule Mathilde trouva la force d'articuler :

— Mais pourquoi ?

Puis elle comprit.

Les deux templiers venaient de s'agenouiller devant Artus et lui baisaient le poignet en signe d'allégeance.

L'Ordre avait un nouveau Maître.

Et désormais, il ne mourrait plus.

Épilogue

Majorque, crique de Portals Vells
Printemps 1312

Le front en sueur, Antonio dévala la pente en prenant garde de ne pas se tordre une cheville dans les crevasses. En dessous des arbousiers, une de ses brebis bêlait à fendre l'âme : elle avait dû tomber dans un ravin. Toute la falaise en était criblée jusqu'à la grotte qui donnait sur la mer. Plus bas, son frère Tomàs s'agrippait aux branches de myrtes pour tenter d'arriver au plus près. Lui aussi sentait ses fesses lui chauffer si, par malheur, il perdait une des bêtes du troupeau familial. Antonio arriva au moment où son cadet venait de la dégager. Il baisa la croix de bois pendue à cou.

— Merci, Dieu tout-puissant !

Comme il prononçait ces paroles, la cloche sonna dans le prieuré posté sur le sommet aride de la colline voisine.

— Regarde, ils vont sortir !

Un petit groupe de moines, capuches noires rabattues sur le visage, quittait l'église pour se rendre sur la plage. Antonio fit le signe de croix, imité par son frère.

— Ils vont dans la grotte face à la mer pour prier Dieu.

Comme les moines atteignaient le sable, le premier sortit un fouet de sous sa bure et se fustigea les épaules en réclamant la miséricorde de Dieu pour tous les hommes.

— Seigneur Jésus-Christ, aie pitié de nous !

De ferveur, Antonio tomba à genoux. Lui qui n'avait jamais reçu que des coups de sa famille, était reconnaissant que des inconnus offrent leur propre souffrance pour que l'humanité entière entre un jour en paradis. Ému, il se mit à pleurer.

— Ce sont des saints !

Paris, île de la Cité

Précédé d'une nuée de prêtres, Duèze entra dans les jardins du roi. Quoique décharnée, sa main droite tenait fermement sa crosse d'évêque. Il s'inclina devant le roi qui l'invita à s'avancer devant une table de marbre. De chaque côté, gantés de rouge, Charles de Valois et Guillaume de Nogaret tenaient ouvertes les pages du traité qui entérinait la dissolution du Temple. Comme Duèze avançait à pas lents, Valois ricana.

— Hier, simple envoyé du pape, aujourd'hui, évêque d'Avignon, la capitale de la Chrétienté. Croyez-moi, Nogaret, si demain Duèze devient cardinal, nul ne pourra lui barrer la route du trône de saint Pierre.

Guillaume ne répondit pas. Il s'inclina et tendit une plume au nouvel évêque qui signa le traité au nom du pape Clément. Philippe le Bel, lui, fit glisser son anneau du doigt et en frappa la cire chaude. Le lys de France venait de sceller la fin du Temple. Duèze se signa et Nogaret ferma le traité. En tant que garde des Sceaux, il en avait désormais la responsabilité. Valois eut un sourire amer.

— Toute ma vie, j'ai tenté de mettre une couronne sur ma tête...

Il montra Duèze qui bénissait un par un les membres de la famille royale, en commençant par Marguerite.

— ... et lui va mettre une tiare sur la sienne.

Nogaret ne répondit pas. Pour la première fois, il était d'accord avec Valois.

Majorque, crique de Portals Vells

Un à un, les moines jetèrent leur fouet au sol et entrèrent dans la grotte. De la main, l'un d'eux toucha le serpent ouroboros gravé dans la roche. À l'intérieur de la cavité, de vastes ouvertures donnaient sur la mer et la fraîcheur remplaçait l'ardeur, déjà accablante, du soleil. Pour autant, personne ne venait dans cette *cova*[1]. On la disait hantée depuis la nuit des temps, que le diable y menait grand train et que seuls les prêtres se risquaient à l'affronter. À l'intérieur, les moines formèrent un arc de cercle et ôtèrent leur capuche. Tous fixaient du regard Artus, le nouveau Maître. Les bras croisés, il avait pris place contre une des parois.

— C'est ici, dans cette grotte, que le Temple a découvert le secret des secrets. Et c'est ici, depuis que nous sommes passés dans l'invisible, que chaque nouveau frère est initié.

Artus se déplaça et désigna la paroi sur laquelle était sculptée une porte de pierre.

— Cette porte est le miroir de notre passage. Chaque frère qui reçoit l'initiation y sculpte un symbole : celui qu'il a vu, en passant de la nuit à la lumière.

Artus tendit la main et montra, au-dessus de la porte : un soleil et une lune gravés. Sur la gauche, trois belladones et à droite, deux étoiles.

— Désormais sept frères ont reçu la connaissance. Bientôt ce sera votre tour.

Un chœur de voix lui répondit :

— Qu'il en soit ainsi !

Artus porta le tranchant de la main droite à son cou.

— Nos sept frères sont désormais à Paris. Et ils n'auront de cesse de se venger de la race maudite qui a causé notre perte.

Le ton du Maître se fit plus grave.

— Mais l'initiation n'est rien, si la volonté sans faille, l'obéissance aveugle, et la foi absolue ne sont pas en vous...

Artus fixa chacun des visages.

— ... et je vais vous le prouver.

---

1. Une grotte.

Les moines ressortirent sur la plage. Artus leva sa capuche, fixa la colline, le troupeau et les deux garçons dans les taillis. Il se retourna vers le frère le plus proche.

— Tu connais ces enfants ?

— Oui, ce sont des fils de berger.

— Ils nous observent.

— Ce ne sont que des enfants, Maître.

Artus le regarda longuement.

— Notre mission est sacrée : nous ne devons prendre aucun risque.

Le templier pâlit et porta sa main droite sur le cœur.

— Il en sera ainsi, Maître.

Le templier avait parlé à ces enfants une fois. L'aîné s'appelait Antonio et le cadet...

Il ne se souvenait plus.

Après tout, ça n'avait plus aucune importance.

Demain, ils seraient auprès de Dieu.

Paris, le Châtelet

Nogaret leva le regard vers les secrétaires, penchés sur leur écritoire, qui recopiaient le traité signé entre le roi et le pape. Demain, il serait envoyé dans chaque province, chaque seigneurie, chaque paroisse, et les biens du Temple changeraient de main. Guillaume se se massa les tempes. Mathilde l'interrogea du regard. Il secoua la tête. Ce n'était rien. La fatigue.

— La journée a été longue et, dans les prochaines semaines, je devrai m'occuper de tous les templiers prisonniers. Il sera pardonné à ceux qui reconnaîtront leurs fautes.

— Et pour les autres ?

— Ce sera le bûcher.

Mathilde fronça les sourcils.

— Tu sais ce qui s'est passé au cimetière des Saints-Innocents ! Si les bûchers s'allument dans le royaume, *ils* se vengeront et *ils* en ont les moyens désormais.

— Le roi est vivant, Louis est réconcilié avec son père, Marguerite, avec son mari et moi, avec Charles de Valois. Quant aux deux reliques de saint Louis, elles sont à leur place à l'hôtel de Nesle et il n'y a plus qu'à espérer qu'elles fassent un miracle : un héritier pour le royaume de France !

Serein, Guillaume se dirigea vers la fenêtre. Mathilde comprit que désormais il ne l'écoutait plus. Le garde des Sceaux montra un groupe de moines qui traversait le pont. Chacun tenait un fouet à la main.

— Tu sais comment on les appelle ? Des flagellants. Ils viennent d'arriver à Paris. On dit qu'ils se fustigent pour expier nos péchés !

— As-tu eu des nouvelles de Draco ?

Guillaume vit un coup de fouet s'abattre sur le dos d'un moine. Il haussa les épaules. Des fous !

— Draco ? Il cherche son étoile.

FIN

Au commencement...

Il y a quelques années, égarés dans une crique sur l'île de Majorque, Éric Giacometti et moi avons découvert dans une falaise éboulée une vaste grotte aux parois gravées, sans doute depuis des temps immémoriaux. Dans la roche, une main anonyme avait sculpté une porte gothique dont les bordures étaient parsemées de symboles. J'étais resté longtemps rêveur devant cette porte de pierre qui ne donnait sur rien et ces symboles que rien ne semblait relier entre eux. J'avais pensé à ce vieux précepte maçonnique : *réunir ce qui est épars*... et puis j'avais oublié, pris, comme chacun, dans le flux incessant de la vie.

L'an dernier, cette porte m'est revenue en mémoire comme un regret : elle représentait tout ce que le hasard de la vie nous offre parfois et que nous ne savons pas saisir.

À cette époque, je me passionnais pour un moment précis de l'Histoire – le tout début du XIVe siècle – où l'Église en finit, dans le sang, avec les malheureux cathares et où le pouvoir royal plonge ses crocs avides dans la chair torturée des templiers. Une époque de fer et de feu dans laquelle les tyrannies à venir ont sans doute puisé leur origine et leurs méthodes.

C'est en réfléchissant à ce moment de haute injustice que m'est venue l'idée de faire de cette étrange porte, découverte au milieu de la Méditerranée, le pivot secret de ce roman : la vengeance des Templiers.

Annexes

Ce roman est né d'une histoire vraie : en 1309, la famille royale, stupéfaite, vit revenir d'entre les morts Jean de Brabant, tué à la bataille de Courtrai... sept ans plus tôt. Ce neveu de la reine fut aussitôt reconnu par tous et réintégré à la cour. On s'aperçut néanmoins qu'il était passé entre les mains d'une secte mystique, les Louez-Dieu, qui s'était fait une spécialité de « réveiller » les morts. Devant l'afflux inexplicable de « ressuscités », le roi choisit la manière forte : Jean de Brabant fut exécuté comme tous ceux qui prétendaient être revenus à la vie.

La vengeance des Templiers : popularisée par Maurice Druon dans son cycle romanesque *Les Rois maudits*, le thème de la vengeance posthume des Templiers est en fait né à la fin du XVIIIe siècle. Dans *Le Tombeau de Jacques de Molay*, l'écrivain Charles-Louis Cadet de Gassicourt fait des descendants des Templiers, métamorphosés en francs-maçons, les responsables de la Révolution française. Un mythe que l'on retrouve dans un des grades les plus fascinants de la franc-maçonnerie et dont certains trouveront peut-être l'écho entre ces pages...

Le château de la Chasse : si la Tour de Nesle, le Grand Châtelet et le cimetière des Innocents n'existent malheureusement plus, le château de la Chasse se tient toujours droit dans la forêt de Montmorency. Quant à la carrière souterraine dans laquelle les templiers rescapés se réunissent au chapitre 46, elle se situe sous l'actuel hôpital Cochin. Le visage sculpté de Jacques de Molay y est toujours présent…

Celui qui ne croyait pas à l'enfer : devenu pape en 1316, le subtil et redouté Jacques Duèze tint d'une main de fer les rênes de la papauté pendant près de vingt ans. Victime d'une tentative d'ensorcellement au début de son pontificat, il assimila la sorcellerie à l'hérésie, ouvrant la voie à une répression de plusieurs siècles. C'est à la fin de sa vie qu'il rendit publique sa conviction selon laquelle l'enfer n'existait pas. Quoique très argumentée d'un point de vue théologique, le scandale fut tel qu'il dut se rétracter…

Les hallucinogènes au Moyen-Âge : Si le modèle de la fresque du château de la Chasse existe vraiment – nos lecteurs y retrouveront, vingt ans après, un clin d'œil au *Rituel de l'ombre*, notre premier roman – en revanche, il n'y a pas de version orientale de la belladone aux pouvoirs aphrodisiaques. Le venin de serpent a parfois été employé à des fins initiatiques avec des résultats souvent incertains. Quant au champignon, né de la chair des morts, c'est une pure invention, à moins que…

L'étoile Alcor : est un hommage à Maurice Leblanc dont l'Aiguille creuse a enchanté, au sens propre, mon adolescence.

Pour prolonger l'expérience

Cet ouvrage a été composé par Nord Compo
pour le compte des Éditions J.-C. LATTÈS
17, rue Jacob – 75006 Paris
contact-lattes@jclattes.fr

Imprimé en France par
CPI BRODARD & TAUPIN (72200 La Flèche)
en avril 2025

PAPIER À BASE DE FIBRES CERTIFIÉES

JC Lattès s'engage pour l'environnement en réduisant l'empreinte carbone de ses livres. Celle de cet exemplaire est de : 450 g éq. CO_2
Rendez-vous sur www.jclattes-durable.fr

N° d'édition : 01 – N° d'impression : 3060972
Dépôt légal : mai 2025
Imprimé en France